# 回到過去變成貓

BACK TO THE PAST TO BECOME A CAT NO.6

陳詞懶調 × PieroRabu

# 東區四賤客

## 黑碳（blackC）

主角貓。本名「鄭歎」，原為人類的他不知為何變成一隻黑貓，穿越到過去年代。為求生存，他開始訓練自己的貓體，展開以貓的角度看世界的貓生歷險。

## 警長

白襪子黑貓。個性好鬥，打起架來不要命，總跟吉娃娃過不去。技能是學狗叫。

## 阿黃

黃狸貓。外形嚴肅威風，其實內在膽子小，還是個路痴。技能是耍白目，被鄭歎稱為「黃二貨」。

## 大胖

黑灰色狸花貓。很聰明，平時不動則已，動則戰鬥力爆表。技能是被罰蹲泡麵。

# 焦家四口

### 焦明生（焦爸）

收養黑碳的主人，楚華大學生命科學系副教授，住在東教職員社區B棟五樓。他很保護黑碳，也放心讓黑碳接送孩子上下學，他與黑碳之間似乎有種莫名的默契。

### 顧蓉涵（焦媽）

國中英語老師，從垃圾堆中撿回黑碳。鄭歎很喜歡吃她做的料理。

### 焦遠

焦家的獨生子，有點小調皮，時常被焦媽扣零用錢。其實是個很用功的好孩子、很照顧妹妹的好哥哥。

### 顧優紫（小柚子）

因父母離異而寄住焦家，是焦遠的表妹，就讀楚大附小。她平時不太說話，但私下裡會對黑碳說說心裡話。

# 小動物們

## 黑米

黑白花色的母貓，鼻子上有一塊黑色米粒大小的花紋。是隻流浪貓，曾經被虐待，因此警覺性很高，也相當聰明，會護主。

## 花生糖

李元霸和爵爺的兒子，繼承了父母的強悍基因，體型比一般同齡貓要大。牠性情偏凶悍，到處挑場子、打架，但在黑碳面前很老實。

## 大米、小米

黑米的女兒和兒子。女兒大米是三花貓，兒子小米是黑白花色、嘴邊有痣。兩隻奶貓相當活潑好動，似乎遺傳到父親的強大基因？

## 桂圓、蓮子、八寶

三隻合作無間的貓，白身黑尾的桂圓穩重犀利，乖巧聽指令的是狸花貓蓮子，個性像狗的長毛貓八寶，其特殊的叫聲連黑碳也震驚了。

# 人類朋友

## 黃坤（坤爺）

在天橋上拉二胡的盲人老頭，被黑碳扯鬍子惡搞也不生氣。他看似是個落魄的獨居老人，其實是個退隱江湖的大人物。

## 阿午

相當有自信的馴貓師，曾訓練過豹紋貓之類的大貓。帶著桂圓、蓮子、八寶三隻貓走江湖，對於黑碳的特殊感到好奇。似乎與大胖認識？

## 王明（二毛）

留著莫西干髮型的二十多歲年輕人，是衛稜的師弟，其吊兒郎當的個性讓全家族都受不了。只有他敢初次見面就惹毛黑碳，還跟黑碳打上一架！

## 阿金

有夢想的年輕人，與朋友組了一個五人樂團，想闖盪江湖歌壇。在黑碳流浪賣藝時，一起合奏過。

# Contents

Back to the past to become a cat

# 第一章 出場費一萬元的貓

東教職員社區裡，鄭歎趴在高高的梧桐樹枝上，看著下方草地上正在遛貓的二毛，這傢伙最近外出遛貓時防周圍的貓像防狼似的，阿黃除外，因為阿黃是唯一一隻已經去勢的公貓。

「二毛！」一個人從社區大門那邊慢悠悠的晃了過來。

鄭歎看過去，認出這人正是之前被他引到天屎之路那邊砸中兩坨鳥屎的秦濤，衣著還是和上次差不多，休閒的西裝、皮鞋，人模人樣。

「你又早退了。」二毛瞟了他一眼。

這時候才下午三點鐘，秦濤這麼早過來肯定是提前開溜。

「坐那裡無聊，玩了兩局遊戲，連輸兩局，沒興致了，準備回去睡覺，睡到晚上再去酒吧逛逛，再找個看得順眼的妞。」秦濤無所謂的說道。反正他每天都這麼過來，有時候颳風下雨的壞天氣就直接在家裡睡覺，反正公司缺他一個也完全沒有關係，員工們都知道他只是個掛牌的裝飾而已。

二毛對秦濤的回答不置可否。

「我過來就是跟你說一聲，這週六我生日，晚上七點，夢華莎那邊我訂了個包廂，到時候順便介紹些朋友給你，熟悉了大家一起玩，別整天跟貓待一起，無不無聊啊你！」秦濤鄙視道。

「王斌去不去？」二毛問。

「那傢伙現在是正經人、大忙人了，從不參加這類活動，來楚華市就沒見過他幾次。不過我們跟他不一樣，我們是及時享樂的壞學生。」秦濤遞了個「你懂的」的眼神。

「行，週六晚上七點，一定準時到。」聽到王斌不去，二毛也放心了。

的尾巴。

「對了……」秦濤往周圍掃了一眼，「那隻黑貓呢？」

二毛抬手往鄭歎趴的那棵樹指過去。

那棵樹的樹葉現在長得還沒有很茂密，從下方看的話，很容易就能看到鄭歎那垂在樹枝一旁

秦濤順著二毛指的方向瞧。

鄭歎也帶著好奇看向秦濤，這傢伙找自己幹嘛？報仇嗎？

「二毛，你週六的時候把這隻黑貓一起帶過去吧。」秦濤說道。

「為什嗎？過生日還請貓？你屬貓的啊？再說了，你跟牠也沒多熟啊……不對，為什麼請牠而不請我女兒？你歧視？！」二毛瞪眼。

「嘁，真不知道你們這些貓奴成天在想什麼，腦子怎麼就總往偏處拐？」秦濤搖搖頭，「是我表妹。她這人啊，脾氣比較差，但偏偏對貓很好，問題就在於她養貓從來都養不好，不是貓自個兒跑了，就是出了什麼意外，總之她自己是養不了貓的，但是有貓在的時候她心情還不錯。最近那丫頭不知道受了什麼氣，像吃了炸藥似的。你也知道，我在楚華市是得了我舅舅的照顧，怎麼也得照顧一下這丫頭，我過生日不可能不請她去嘛！若能有隻貓鎮著，我放心點，至少她不會亂發脾氣。」

聽著秦濤的話，鄭歎總結了一下：說來說去，秦濤的意思就是為了讓自己的生日宴順利點，玩得high一點，避免被他表妹攪局，便把自己拉過去陪表妹。而在秦濤眼中，黑米比不上他鄭歎可靠，這傢伙雖然算個紈褲，但眼力還是有的。

——陪客啊……

鄭歎動了動尾巴尖。沒好處自己憑啥過去？

正想著，鄭歎就聽到樹下的二毛說道：「一萬。」

「什麼？」秦濤愣了愣，一時沒反應過來二毛的意思。

「我說——」二毛豎起右手食指，指了指樹上那隻黑貓，然後伸向秦濤，「那隻貓，出場費一萬。」

「我靠！你當我請的是金貓呢？還一萬！一萬塊錢能買上百隻這種貓了！哦，貓販子手裡的更便宜，沒多少錢就能買隻肥壯的。」

二毛也不急，掰手指開始跟秦濤算得失，「你想，如果你表妹發飆，到時候摔掉的酒都不止這個價吧？還有，那裡的桌椅、板凳等各種賠償費……」

聽著二毛的話，鄭歎心裡點頭。孺子可教也，有時候，二毛的用處還挺大。

「行了行了，不就一萬塊嘛，就這樣說了！週六晚上七點，你，還有那隻黑的，準時點。」

一萬塊錢對於秦濤來說還真不算什麼，目的達到後，他接通電話就匆匆跑了。助理打來的電話，有份加急的文件得他簽字拍板，雖然在公司掛的職位基本上只算個擺設，但必要的流程還是得走。

開車出了楚華大學的校門之後，秦濤才突然想起來，那隻黑貓又不是二毛家的，那傢伙有個屁資格談別人家的貓的出場費啊！真是的，一不注意就被耍了！

不過，這件事是秦濤冤枉了二毛，二毛之所以談鄭歎的出場費，還是衛稜說的。衛稜告訴二毛，如果以後要鄭歎辦什麼事情，最好能給點好處，不然那貓會敷衍了事的。

如果鄭歎知道實情一定會感慨，果然還是衛稜比較熟悉自己的行事作風。

得了衛稜的話之後，剛才二毛就在想，貓糧和毛絨玩具等東西都派不上用場，還不如直接要錢來得實在，到時候給焦家人就行了，就說是別人家給的紅包作為謝禮。

二毛現在跟焦家的人熟了很多，經常主動去幫忙搬東西，讓焦家三人對他的好感度倍增。因此，在二毛提出帶鄭歎出去玩之後，焦媽猶豫了一下，還是答應了。

有衛稜在前，二毛和衛稜又是師兄弟，再加上自家貓本就喜歡出去玩，焦媽只能在心裡嘆氣，自家這貓養歪了啊！但要是不准牠出去玩的話，又不忍心看牠耷拉耳朵趴沙發上無精打采的樣子。總而言之，都是慣壞的。

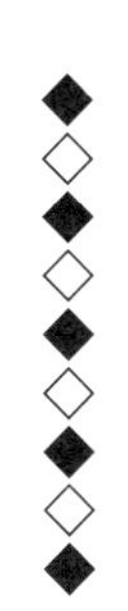

週六，鄭歎仍是在家吃晚飯。至於秦濤的生日宴，鄭歎可不覺得去那裡能吃到什麼東西，還是先填飽肚子再說，就算到時候出了什麼事也有力氣開溜。

夢華莎是個私人俱樂部，老闆是個四十多歲的女人，雖然跟秦濤的母親差不多年紀，但秦濤還是稱她為莎姐，而不是「姨」字輩，畢竟這個年紀的女人，很多更傾向於年輕點的稱呼。

莎姐今天正好在店裡，見到二毛後有一瞬間的愣神，然後就笑著主動跟二毛說了幾句。因為她見過王斌，所以看到二毛有些驚奇而已。

鄭歎待在背包裡，但是頭伸出背包看著周圍。

店裡進進出出的人比較多，鄭歎要是在地面上走的話，估計會被踢傷踩傷，這就是小個子的悲哀。

「喲，你也帶貓了呢。」莎姐看到二毛背包上那個黑色的貓頭後輕笑道。

難道秦濤還做了幾手準備，以防止鄭歎不能過來？

見二毛疑惑，莎姐解釋道：「剛才有個小美女帶著隻比一般貓大些的豹紋貓，可威風了，也是去秦濤那邊的，所以……」

看了看鄭歎，莎姐真心提醒：「多留意點，那隻貓我瞧著不太好惹。」

聽到莎姐的話，二毛皺眉，心裡罵秦濤這傢伙辦事不力，但臉上還是露出笑容向莎姐道謝，畢竟莎姐這樣也算是賣個人情。

往秦濤訂的包廂那邊走的時候，二毛對鄭歎道：「黑煤炭吶，待會兒別亂跑，如果情況不對我們就直接走算了，不摻合他們。」

在二毛眼裡，鄭歎雖然智商高了那麼一點，但不管怎麼說也只是一隻普通的貓，而莎姐口中的「大些的貓」以及「不好惹」讓二毛心裡嘀咕，那類的大貓似乎一般都不太好相處，有的甚至野性十足。

侍者帶著二毛往秦濤訂的包廂那邊走，鄭歎則站在包裡看著周圍的情形。私人俱樂部這層樓好像都是年輕人，走道的燈光調得有些曖昧，鄭歎看到有幾對男女旁若無人的在那裡親熱，周圍經過的人要麼吹幾聲口哨，要麼像是沒看見一般，淡定的走過。很顯然，他們早已經適應了這裡的風格。

或許正因為燈光的原因，很多經過的人都沒有注意到鄭歎的存在，再說鄭歎待在包裡僅露出個貓頭，存在感也差，那些年輕男女們「忙」得很，如果是個身材火辣的美女還能吸引點注意力，但沒人會花工夫去注意一隻貓。

「就是這裡了。」侍者示意。

二毛打開門進去，鄭歎被背在身後，看不到裡面的情形，不過能夠從耳朵聽到的聲音猜出這裡面的情況。

年輕人聚在一起總喜歡唱唱跳跳，也放得開一些。

二毛進門的時候，坐得離門比較近的人看了他一眼，估計不認識，也沒在意。

二毛進門第一件事不是找秦濤或者看裡面各種風格的妞，而是找莎姐說的那隻大貓。不過，不知道是不是人太多擋住了視線以及包廂內的光線問題，二毛沒發現那隻貓。

秦濤注意到門那邊，見進來的是二毛之後立刻跑過來，搭著肩膀對二毛道：「走走走，介紹幾個多才多藝的女大學生給你！」

沒等秦濤走兩步，就被二毛拉到一旁，「你還找了一隻大貓過來？！」

「啊？哦，這事啊，我也是剛剛才知道的，那是一朋友養的，我也不知道她會把她家的貓帶來啊。」

秦濤和二毛在旁邊說話，包廂裡的人也因為秦濤的關係注意到二毛，看他們倆這樣子就知道關係相當不錯，絕對不是泛泛之交，頓時一些人在心裡就思量開了。

而由於二毛的角度轉換，鄭歎改而面對著包廂內的那一群人。

「哎呀！又一隻貓誒！」不知道是誰出聲叫道。

「哪裡呢？」

「背包裝著。」

「還真是……」

「砰！」

門被大力推開，一個頭髮染得五顏六色的女孩走了進來，破洞牛仔褲加上機車夾克，還有臉上那跟鬼似的濃妝，和這裡其他女孩子的裝扮形成強烈反差。不過，大家似乎對這個女孩很熟悉，沒說什麼，還有些要避著的意思。

「唐彩，唱歌嗎？」剛唱完一曲的女孩問進來的人。

這是秦濤的新女朋友，是個音樂學院的學生，今天他女朋友的同學也來了一些，多半時候都是她們在唱歌，剛說話的就是秦濤他女朋友。不得不說，科班出身的唱起來正規多了，鄭歎想，難怪剛才那歌聽著挺舒服的。

秦濤他女朋友問這話其實也是出於好意，她不出聲的話，唐彩就真的被邊緣化了。但是，顯然秦濤他女朋友對唐彩還不夠瞭解。

那個叫唐彩的女孩並不領情，揮開遞過來的麥克風，「我唱不唱關妳屁事！」

一開口就像吃了火藥似的。

「那就是我表妹，唐彩。」秦濤小聲對二毛說著，然後示意二毛趕緊將貓遞過去，「快點，沒看我女朋友表情都僵硬了嗎？！」

唐彩今天的心情相當不好，坐在靠邊的沙發上，自顧自的點上一根菸。看了看袖子上一條爪痕，唐彩更煩躁了，要不是這袖子擋著，手臂上肯定會出現抓傷。

女孩子抽菸的並不多，尤其是像唐彩這種，一看就不是個好脾氣的，難怪她周圍相鄰的幾個位子都空著，沒誰蠢到過來這裡找罵。

「哎，唐彩，有件事找妳幫個忙。」秦濤拉著二毛往這邊走。

「沒空！」唐彩看都沒看秦濤，繼續抽菸，不知道在想什麼。

「我不管，妳得幫忙照看，我帶我兄弟去認識幾個人。」說著秦濤就將二毛的背包抓過來往唐彩那邊扔。

「你聾了嗎？！我說了我沒……」唐彩的話聲戛然而止，接到秦濤扔過來的背包她還準備甩回去的，沒想到直接就對上一雙貓眼，這便是讓她止住話聲的原因。

——貓？

唐彩當即就僵在那裡。

就這麼被扔過來，鄭歎在心裡問候秦濤他祖宗幾句，然後便仔細觀察起眼前這個女孩來。妝太濃，將本來的相貌都遮掩下去了，嘴巴塗成深紫色，夾著菸的手指指甲塗了黑色的指甲油……看起來確實不像個好女孩。

但是，就像秦濤所說的，唐彩一見到貓，這脾氣就壓制下去了，彷彿一個渾身長著尖刺逮誰刺誰的刺蝟，在見到鄭歎之後，立刻就將那身刺收了起來。

鄭歎感覺不到唐彩身上的惡意，雖然眼前這個女孩看起來就像電視上的那些「魔頭」，但他的直覺是不會錯的。

扒開背包的拉鏈，鄭歎從背包裡走出來，他抬頭就能碰到唐彩的胸部。鄭歎打量了下，還挺大，如果他抬爪子踩上去，想來唐彩也不會介意，反正現在自己只是一隻貓嘛，誰會跟一隻貓計較這麼多。

不過，想歸想，在沒摸清這女孩的脾氣之前，鄭歎還是選擇安分點。從唐彩腿上走到旁邊的沙發上，然後就蹲在旁邊，看著包廂裡的其他人。

秦濤的眼光不錯，裡面美女不少，有清純型也有嫵媚型，而有意思的是那些人的小心思，觥籌交錯間很多細小的地方就能看出來。或許旁觀者清的原因，鄭歎看得挺有意思。

唐彩將手指夾著的菸扔進菸灰缸，然後從口袋裡掏出濕紙巾擦了擦夾菸的手指，而她現在的一舉一動都透著些小心，似乎生怕把身邊的這隻貓驚跑了。雖然在五分鐘之前，唐彩在洗手間差點被那隻豹紋貓抓傷，導致她剛才在見到這隻黑貓的時候有一瞬間的緊張，但這並不影響她對貓的喜愛。

鄭歎正看著包廂內那些人的互動，突然耳朵有點癢，他知道是唐彩輕戳了他耳郭那裡的毛一下。他彈了彈耳朵，沒在意。

沒見鄭歎伸爪子，唐彩放心了些，伸手指到鄭歎的下巴處，撓起來，也注意著不讓自己的長指甲傷到這隻黑貓。

鄭歎看了唐彩一眼，回頭繼續注意那邊的人，有人開始試探二毛了，很顯然他們並不清楚二毛的身分背景，秦濤也沒跟他們說過。

秦濤為二毛介紹自己朋友的時候，抽空看了一眼唐彩那邊，見唐彩果然一副沒刺的刺蝟樣，頓時感覺那一萬塊錢也沒白費。

「咦，你們又在玩什麼？」一個十七、八歲的女孩走了進來。

鄭歎看過去，視線掃過，然後定在那女孩身邊的豹紋貓身上。

瞇了瞇眼，鄭歎仔細盯著那隻豹紋貓，聽莎姐說的時候，他還疑惑到底是誰呢，這傢伙……不就是方邵康請客時襲擊自己不成，反而被自己一巴掌抽翻的那隻嗎？現在又神氣起來了？

——看那鳥樣，跩兮兮的。

——跩個蛋！

——就憑這傢伙能給自己帶來威脅？

不是鄭歎吹噓，他能抽翻那傢伙一次，就能抽翻第二次、第三次……

進來的女孩正在跟人炫耀她家的貓怎麼蹲馬桶，在某幾個人有心的暗示下，她看向唐彩那邊。而那隻豹紋貓原本想從茶几上叼塊肉乾吃，肉乾沒叼到，倒也注意到鄭歎了。

一時間，包廂內的氣氛有些怪異，一些人看了看那隻豹紋貓，又看了看淡定地蹲在唐彩旁邊的黑貓。他們臉上表現出擔心的樣子，但心裡可興奮著，就等著看場好戲。

二毛和秦濤都準備讓那女孩將豹紋貓帶走，這是進門的時候二毛跟秦濤說好的。

唐彩也緊張，她可領教過那隻豹紋貓的脾氣，要不是自己反應快了一點，手臂絕對得見血。

只不過還沒等他們出聲，那隻豹紋貓突然拱起身體，雙耳往後壓平，全身的毛豎起，張開嘴發出低吼，像是警惕著什麼危險事物，並沒有像其他人心想的那樣立刻就衝上去。

周圍人懵了，怎麼感覺……這反應……反了吧？不應該是那隻黑的炸毛，然後這隻豹紋大貓優雅走過去抽巴掌嗎？

只有鄭歎知道，這傢伙認出自己了。

有人覺得貓的記憶力不行，但其實在很多時候來說，牠們能很輕易忘記的都是牠們不在意的東西。

鄭歎在焦爸訂閱的一本雜誌上見過相關的描述，上面說貓不僅具有長期性的記憶，而且具有情緒影像。貓和其他哺乳動物一樣透過學習獲得經驗，不論好與壞的記憶都是由各種活動和接觸的經歷所帶來。一隻貓的短期記憶也許只是轉瞬即逝，但牠們的長期記憶卻相當的驚人。

再說了，這隻豹紋貓也算是精心培育出來的品種，可能會有遺傳學上所說的「雜種優勢」，記憶力強點也有可能。

又或許是當初挨的那一巴掌太深刻，這隻豹紋貓每次跟其他貓打架的時候都會想到自己被抽翻的那一巴掌，以及那隻看起來並不算太大的黑貓。

鄭歎瞇著眼睛，看著那隻豹紋貓在那裡炸毛低吼，自己則仍舊淡定的蹲在沙發上面。察覺到旁邊的唐彩很是緊張，鄭歎抬了抬下巴，往唐彩手指上蹭了一下，示意唐彩繼續撓。

——爺正爽著呢，懶得去理會那傢伙。

秦濤用手肘撞了撞旁邊的二毛，「我說兄弟，不對勁啊，怎麼那隻大的像是很忌憚似的？」

二毛抬手指摳了摳扯動的嘴角，「可能牠被揍過吧。」

鄭歎趴在沙發上，居高臨下看著茶几旁邊的那隻豹紋貓。

那隻豹紋貓就這樣站在那裡一直低吼著，但周圍沒人敢去將牠拉開，畢竟牠看起來不好惹。

「Anna，把妳的貓拉走！」秦濤來到那個帶豹紋貓進來的女孩旁邊，低聲說道。

那位叫 Anna 的女孩蹙眉，「這個時候還是不要輕易動牠的好，牠正在憤怒中，而且我爸媽請的訓練師說過，如果牠表現出這個樣子的話，一定是碰到了什麼讓牠感到棘手的人或者事物，我一個人根本搞不定。」

Anna 也覺得奇怪，那邊的沙發上明明只有唐彩和那隻黑貓，讓自家的豹紋貓變成這樣的肯定不會是唐彩，在洗手間的時候牠就抓過唐彩，沒半點害怕的樣子；但若是那隻黑貓，別說 Anna 自己不信，在座的人多半人都不會相信。

秦濤掏手機準備打電話給莎姐，請她找點幫手，他可不想在這裡出現流血事件。一隻貓瘋狂起來，破壞力不會比唐彩發飆弱，尤其還是這樣一隻大貓。

貓與貓對峙，不是你氣勢足、聲音大、吼得多就更能贏過對方。

鄭歎原本不想理會這傢伙，在場這麼多人，他不想惹事，如果這傢伙識趣點主動退下，大家都相安無事。

可是，事情的發展並不是鄭歎所希望的那樣。這隻豹紋貓顯然並不是輕易退縮的類型。

或許在人類聽來，這隻豹紋貓一直就那麼莫名其妙吼著，但從這隻豹紋貓的低吼聲中，鄭歎能夠分辨出來這傢伙已經開始轉變想法了，剛才牠還只是純粹的警戒，但漸漸的，估計某種想法被壓制，開始帶著點挑釁和攻擊意圖，雙耳後壓，鬍鬚上揚，低吼的時候張大嘴露出尖牙。

鄭歎動了動尾巴尖，然後抬爪將唐彩的手推開，伸了個懶腰。

唐彩正緊張的盯著那隻豹紋貓，察覺到手指被推開，又看到鄭歎這個樣子，趕緊伸出胳膊，以一種維護的姿態，攔在鄭歎眼前，她怕那隻豹紋貓突然衝過來，雖然不太明白為什麼那隻豹紋大貓會這樣，但她和其他人的想法一樣，自覺將鄭歎放在弱勢地位。

鄭歎很感謝唐彩這種維護的態度，但他可不想在這種情況下被一個女孩子護著，又抬爪推開攔在眼前的胳膊。突然，鄭歎動作一頓，動了動鼻子，看向唐彩的胳膊，見到了機車夾克袖子上有一條爪痕，這件機車夾克幾乎被直接抓穿。剛才唐彩伸手為鄭歎撓下巴的時候並不是這條胳膊，所以鄭歎沒有注意到。

湊近又嗅了嗅，鄭歎看向那隻越叫越凶的豹紋貓。原本只是準備跟上次一樣抽這傢伙一巴掌讓牠知難而退了事的，但鄭歎臨時改主意了。

那隻豹紋貓吼聲突然改變的時候，鄭歎就知道那傢伙忍不住了。

幾乎是在豹紋貓朝這邊撲過來的那一刻，鄭歎也起跳，避開豹紋貓的利爪，也沒跟牠正面硬撞，而是直接給了牠一爪子！

爪子刺破毛皮在血肉的阻力下划動，血腥味傳來。

鄭歎玩不來警長牠們那種抱、咬、踹、撓的組合打法，他更喜歡簡單粗暴點的，就好像上次的那一巴掌、現在的這一爪子。

這次沒有抽翻，但卻見了血。

落地的時候兩隻貓相隔很近，那隻豹紋貓身上，從脖子那裡到腹部有一條抓傷。鄭歎的爪子比一般的貓要硬，再加上鄭歎有意要讓這傢伙見血，便刺得深了一些。

短毛貓這點不好，打架的時候容易被抓傷，毛長點厚點的就能用皮毛減去些爪子的攻擊，頂多被拔點毛。

鄭歎還準備接著再來一爪的，如果不是體型差距，再加上起跳的時候有意避開對方的爪子，導致沒跳得太高，不然鄭歎能夠直接從這傢伙的頭開始，而不是從頸部動爪。可那隻豹紋貓退得也很快，察覺到鄭歎的意圖之後就趕緊跳開，而且還是朝 Anna 所在的方向退。雖然還在低吼，但氣勢弱了許多。所謂一鼓作氣，再而衰，好不容易鼓足勇氣衝上來，結果又挨了一爪子，牠現在又開始害怕了。

那隻豹紋貓可不像鄭歎這種深色的皮毛，傷口迅速滲出血之後，已經將周圍的皮毛染紅，而且傷口比較長，已經有血滴低落到地面的地毯上。

秦濤等人看著這一幕，下巴都快掉到地上，這麼明顯的體型差距，一個回合的結果卻與眾人所想的截然相反。

Anna 正欲將手上的酒杯朝鄭歎扔過去，被二毛攔住了。

包廂的門打開，秦濤找來幫忙的人進來，走在最前面的正是莎姐。

這麼多人看著，鄭歎沒有繼續追擊，不然自己給人的印象就是凶煞並攻擊意向強烈的危險物了，他犯不著為了這隻豹紋貓而讓更多人忌憚自己，那不一定是好事。

饒是這樣，眾人也感覺渾身發毛。這隻黑貓雖然沒有齜牙、沒有低吼，但是那眼神看起來頗嚇人。

秦濤感覺後背涼颼颼的。

莎姐帶來的人將兩隻貓隔開的時候，鄭歎收起攻擊的姿態，蹲在那裡一副「我很乖」的樣子，直到 Anna 將那隻豹紋貓帶離，鄭歎才跳上沙發，趴在唐彩旁邊。

二毛將鄭歎提起來看了看，鄭歎的毛色太深，就算受傷也看不到。檢查的結果，二毛和唐彩都沒發現任何傷口，只有那個爪子上帶著血跡。唐彩找人要了塊方巾，沾了些溫熱的水幫鄭歎擦爪子。

鄭歎任由爪子被唐彩捏著擦血跡，心裡想著另外的事情。剛才打的時候他就覺得有些怪異的地方，卻說不上來是哪裡。

「看來沒吃虧。」二毛總結道。

秦濤站在離二毛和唐彩一公尺遠處，他可沒二毛和唐彩那膽子，剛才他近距離觀察了那隻豹紋貓身上的傷口……如果這隻黑貓的巴掌再大點，爪子再長點，是不是就能直接現場表演開膛破肚了？

見鄭歎沒受傷，二毛放心了，同時也慶幸還好這次沒把黑米帶過來，不然絕對是個炮灰，雖然黑米凶起來也很有氣勢，但戰鬥力跟這兩隻比起來根本都不夠看。

這也是二毛第一次發現鄭歎的戰鬥力與普通貓的不同之處。看來以後得讓自家黑米離這隻黑煤炭更遠一點。

「妳不怕牠？」二毛問正在幫鄭歎擦爪子的唐彩。

「不怕，牠這是幫我報仇了呢。」唐彩笑道。笑容中，沒有平日的那種肆意張狂，而是柔和許多。

二毛沒再說話，那邊秦濤又在叫他，好不容易藉著生日來聚會玩玩，秦濤可不想就這樣因為兩隻貓打架而浪費掉。再說，對其他人而言，貓不過是貓而已，純當個樂子看，雖然有些意外，但在意外之後也不會花太多的注意力，他們得抓緊時間達到自己來此的目的。

二毛被拉走之後，一個女孩猶豫了下後走過來，她跟唐彩是親戚，現在在唐彩她爸的公司實習。或許是見到鄭歎一副溫順的樣子，似乎沒有威脅，才在隔了個空位的沙發上坐下。

唐彩喜歡聊貓，那女孩很顯然清楚唐彩的喜好，聊的都是關於貓這方面的。

在她們聊到 Anna 家的貓被訓練蹲馬桶的時候，唐彩突然問道：「她家的那隻貓專門找人訓練過？」

那女孩見唐彩感興趣，心裡很高興，討好了唐彩，她自己在公司轉正職後也能更順利點。

「聽說那貓是過年的時候 Anna 她家一個親戚送的，不過，這種大貓脾氣可能不好，Anna 的爸媽花重金請人訓練過。這是要當寵物的貓，可不是去鬥殺場的，如果太過桀驁不馴的話，Anna 也不敢將牠帶過來。哦，蹲馬桶也是那時候一起訓練出來的。」

「也就是說，那隻貓不會主動攻擊人？」唐彩微垂著頭，讓旁邊的人看不清眼神。

「是啊，要不是這樣，Anna 的父母也不會允許她整天把那隻大貓帶在身邊，一個不注意被抓傷了毀容了，找誰哭去？」那女孩答道。

既然得不到允許是不會抓人的，那麼，在洗手間的時候那隻大貓為什麼對自己伸爪子？沒有Anna的引導，可能嗎？唐彩看了看袖子上的爪痕，不語。

旁邊的人看不到唐彩的眼神，但鄭歎能發現唐彩眼裡湧現出的怒意，如果不是因為自己在身邊，唐彩那脾氣估計又得爆起來。

鄭歎也突然想到之前那點怪異是從哪裡來的了。和以前相比，這隻豹紋貓身上的那股野性淡了很多，莫非就是被訓練過的緣故？將牠的野性磨了磨？如果是性子烈點的，受傷見血之後會更凶悍。

當然，這只是鄭歎的猜測，具體怎麼樣他也不知道。

晚上聚會結束，二毛帶著鄭歎離開的時候，唐彩還滿臉的不捨。二毛讓秦濤留了兩塊蛋糕，打包帶回去給焦家的兩個孩子。不過鄭歎打架還把人家那貓撓傷的事情，二毛一個字都沒提，說出來的話，下次就別想再把這貓「請」出去了；再說了，就算去參加聚會的人在外面見到鄭歎，也未必認得出來。

週日，唐彩請吃飯，只叫上了秦濤和二毛，叫二毛的原因是為了讓二毛將鄭歎帶出來。在一家經常去的私房菜館吃頓晚飯而已，吃完後二毛主動提議請他們去夜樓那邊玩，順便叫上幾個昨天剛認識的、二毛覺得印象還不錯的幾人。鄭歎就不跟他們去摻合了，沒提前通知，再晚回去焦媽又得嘮叨。

鄭歎被送到校門口，他也沒繼續耽擱，直接往東教職員社區小跑回去。這個時間點，東教職員社區這邊的路上並沒有什麼人，再過半小時才會有上晚課的以及辦公加班的老師們回來。

鄭歎正跑著，快到社區的時候，步子慢了下來。

前面的路上蹲著三隻貓，攔在路中間。

這三隻貓，鄭歎從來沒在這周圍見過，完全陌生。

隨著鄭歎的走近，那三隻貓依然維持原樣穩穩的蹲在前面，都盯著鄭歎。橘色的路燈將三隻貓的影子拉長。

遠處不知道是誰家的貓蕩漾了又在嚎，而這三隻貓只是動了動耳朵而已，彷彿對那些都不感興趣，就像只是聽到周圍樹葉的沙沙雜音一般，依然穩穩的蹲在那裡。

鄭歎正想著這到底是哪裡來的三隻攔路者，突然聽某道聲音傳來。

「黑碳？」

一個戴著氈帽的男人從路邊一棵樹下的陰影裡走出。

鄭歎循聲看過去，路燈並不會讓鄭歎的視線受到太多的干擾，仔細瞧了瞧後，他確定從來沒見過這個人。擋著路的這三隻貓顯然跟這人是一夥的，但問題是，大晚上這人帶著三隻貓過來專程守在這裡到底是什麼意思？要說群毆也不對，沒什麼殺氣。而且，這人又是從哪裡得知自己名字的？

雖然沒有從這人和三隻貓身上感覺到什麼敵意，但鄭歎還是保持高度警戒。這人瞧著有點古怪，這三隻貓也古怪，牠們和鄭歎平時接觸到的周圍的那些貓不太一樣。

鄭歎與那人相互打量著，同時心裡琢磨，是不是無視他們直接跑回家算了？

「久仰久仰。」那人又道。

鄭歎抬眼，久仰你大爺！

「或者也可以叫你blackC？」那人語氣很自然，就像是隨意聊天似的。

那人接連說了幾句，鄭歎不想理他，也不想與那人對視，總覺得那人好像能夠從眼神裡看出些什麼似的，鄭歎不爽。

他正準備抬腳跑開，卻聽那人說道：「先介紹一下吧。來，桂圓，由你開始。」

說著，那人打了個響指。

只見擋在正中間的那隻身體白色、尾巴黑色看上去一本正經的貓，「喵——」的叫了一聲。

「蓮子。」那人又道。

「喵～」蹲在右側最靠近路邊的那隻狸花貓叫了一聲。這隻狸花貓的毛色跟大胖一樣，但與大胖截然不同的是，這隻狸花貓看上去顯得瘦長一些，瞧著一副乖巧的樣子，而不是大胖那種成天睡眠不足、啥事都不感興趣的呆樣。

「八寶。」那人道。

蹲在最左側，尾巴一直甩來甩去像是在憋著勁的那隻貓張嘴，「喵嗚哇嗚哇嗚哇嗚——」

鄭歎：「……」

「好了，八寶你住嘴。」

那人打了個響指，名叫八寶的貓立刻將自己的聲音停下來，看了那人一眼，甩甩尾巴。

「最後，自我介紹一下，我叫阿午。」那人抬手頂了頂自己的帽簷，看向鄭歎，正欲說話，突然看向路的另一頭。

蹲在原處的三隻貓耳朵動了動，準備轉身往後瞧，一道身影飛馳過來，跳起越過攔在路中間的三隻貓，撲向那個叫阿午的人。

阿午敏捷的避過，看著眼前對自己齜牙咧嘴低吼著像是要立刻再撲過來使勁撓咬的貓，不但沒生氣，反而還笑道：「喲，胖子，你住這裡啊？」

鄭歎看了看一臉凶樣朝著阿午低吼、渾身的毛都快炸起來的大胖，心裡詫異，他極少見到大胖這副模樣，除了小偷和貓販子那幾次之外，就只有今天了，但前幾次也沒像此刻這樣過，像是對待仇敵一般。

看看阿午和三隻貓，再看看大胖，鄭歎更迷糊了，這幾隻牠們之間都認識？而這個叫阿午的人，顯然和大胖是認識的，而大胖只是衝過來的時候主動攻擊了一次之外，就帶著濃濃的警戒在旁邊低吼。

「嘖嘖，一年多沒見，又胖了。」阿午打量了大胖一眼，對於大胖威脅式的低吼一點都不在意，慢悠悠的道：「泡麵還沒蹲夠嗎？」

鄭歎再次詫異，沒多少人知道大胖會被罰蹲泡麵的事情，大胖家那位老太太從來不對外說這事。這人既然知道，那還真的跟大胖是舊識了。

「算了，今天的目的也達到了。黑碳，我們現在算是認識了，到時候有時間再過來找你。」頓了頓，阿午感嘆似的道：「到底是誰把你訓練成這樣的呢？真想見見。」

說著，那人又打了個響指，「桂圓、蓮子、八寶，走了！」

攔在路上的三隻貓趕緊跟上去。那隻叫八寶的貓估計還準備走過去跟大胖打招呼，但是大胖依然一副高度警戒的樣子死死盯著離開的阿午，壓根沒理會八寶。

鄭歎掃了眼周圍，爬上一棵梧桐樹，看著往遠處離開的阿午以及三隻貓，那隻叫桂圓的貓站在人行道旁邊緊跟著阿午，蓮子跳上阿午的肩膀，趴在上面，時不時伸爪子勾兩下阿午的氈帽；至於八寶，那傢伙正精力充沛地將飄落的樹葉當假想敵，到處撲騰。

真是奇怪的組合。

大胖已經沒有繼續叫了，但是耳朵還是微微後壓，身體微躬，盯著阿午遠去的方向。這傢伙是真的被嚇到了吧？

在阿午走遠見不到人影之後，鄭歎才跳下樹，抬爪拍了大胖一下，招呼這傢伙回社區去。

剛才估計是聽到那隻叫八寶的貓的叫聲，大胖才從家裡陽臺上跑出來的。如果大胖對牠們有印象，循著聲音過來也說得通，而且八寶的叫聲太特別，雖然比不上鄭歎的鬼哭狼嚎，但也夠跌宕起伏。

因為碰到阿午的事情，鄭歎回去後一晚上都在猜測阿午到底是什麼人？他認識大胖，還特意跑過來找自己，為了啥啊？

次日，二毛估計昨晚玩得太晚，還在家睡，鄭歎沒見到他家門打開過。大胖依然在自家陽臺上趴著，但是有點草木皆兵的樣子，鄭歎更好奇到底這傢伙受過什麼打擊，以至於昨晚見到阿午後，今天還是這種狀態。

晚上吃完晚飯之後，鄭歎習慣性的在外面走動走動，現在白晝的時間越來越長，氣溫回升，很多人晚上會出去活動，鄭歎也會在外面溜達。

太陽隱沒在高樓之下，天空還帶著晚霞的餘暉，社區裡陸續走出來一些飯後散步的人。鄭歎動動耳朵，警長又在外面跟西社區的貓打架，抬腳正準備過去看看戰況，突然察覺到什麼，鄭歎側頭看向一邊的行道樹。那隻名叫桂圓的貓站在那裡，看著鄭歎。

鄭歎往周圍瞧了瞧，沒發現那個叫阿午的人，也沒看到另外兩隻貓。

桂圓朝鄭歎走過來，在離鄭歎半公尺遠的距離時停下，看了看鄭歎，然後往另一個方向走，走兩步又回過頭看向鄭歎。這是讓鄭歎跟上去。

鄭歎在心裡權衡一下之後，還是抬腳跟了上去。雖然不確定牠將自己帶過去幹什麼，但只要還在楚華大學，鄭歎也不那麼擔心。在心裡，鄭歎已經將楚華大學區域當成自己的地盤了。

桂圓走的路鄭歎很熟悉，他平時也往這邊走過。

這邊人比較少，屬於比較偏僻的小道，兩旁都是樹，在前面有個小範圍的竹林，生長在小道兩旁的竹子在離地三公尺處逐漸會合在一起，形成一個拱形門洞，而在這個拱形下面有一張學校裡常見的長木椅，夏天白天經常有人在這裡躲避陽光歇息，也有來練習吉他或者背誦英文單字的學生等等；但在晚上，這裡確實有點陰森感，因為路燈只能照到拱形下面的一小片地方，照不到坐在長椅上的人。就算有晚霞的餘暉，人們也看不清楚拱形下面的情形，這時候也極少有人往這邊走。

桂圓就是將鄭歎帶到這邊來。

一個物體從拱形下面飛出，在這個物體飛出來的同時，一道身影從那裡衝射而出，經過鄭歎和桂圓身邊的時候，那道身影並沒有一點停留的意思，在牠眼中只有那個被扔出的物體。

鄭歎認出了是昨天見過的八寶，牠跳起來接住的是一個小型的飛盤。

八寶叼著飛盤往拱形門洞那邊跑，經過鄭歎身邊的時候只是瞟了一眼，便繼續往回跑。

坐在拱形門洞下方長椅上的人正是阿午，狸花貓蓮子趴在一旁，桂圓過來後便跳到蓮子旁邊，一本正經的蹲著。

「又見面了。」

阿午跟鄭歎打了聲招呼，然後拿著八寶叼回來的飛盤，摸了摸八寶的頭，誇獎幾句，抬手又將飛盤往外扔，八寶也迅速轉身跑出去接飛盤。這種飛盤小一些，輕軟一些，也讓八寶接起來不會太費勁，不會傷到牙齒。

扔了飛盤的阿午低頭看蹲在兩步遠處的鄭歎，拍拍長椅空出來的地方，「過來，我們聊聊。」

鄭歎不動。底細都沒摸清，他才不會傻不拉嘰跑那麼近。

阿午又拿出來一些食物，鄭歎沒理會。

將手裡的食物分給自己的三隻貓，阿午拍拍手上的碎屑，看向依然保持警戒站在那裡的黑貓。他昨天第一次見到這隻黑貓就知道不能用普通的方法接近，所以很多逗貓的東西都沒拿出來，再加上有大胖那隻胖子攪和，也就先回去了。

「你能聽懂我在說什麼吧？」阿午突然出聲。

鄭歎側頭避開與阿午直視。

「看來確實能聽懂。」阿午有些感慨的說道。雖然臉上表現得很淡定，但在心裡，阿午要激動得多。

Anna的那隻豹紋貓就是他訓練過的，昨天聽說那隻豹紋貓慘敗給一隻黑貓，激起了他的好奇心，找人調查過之後就更感興趣了。他還買過blackC拍廣告的貓糧，而找過來其實只是想見識一下這隻貓到底被訓練成什麼樣，阿午並不認為這隻黑貓天賦異稟，只認為這是一名優秀的馴貓師訓練的成果。作為一名自認為還頗有能耐的馴貓師，阿午難得碰到一個對手。

阿午接下來又說了一些話，還問了些問題。而鄭歎就站在那裡，對於阿午的話沒表現出什麼反應，而且阿午那句「看來確實能聽懂」的話嚇到鄭歎了，但鄭歎決定裝糊塗到底——甭管你說什麼，老子就是假裝啥都不懂！

阿午自說自話一會兒之後，沉默了兩分鐘，將八寶叼回來的飛盤再次扔出去，然後平靜的說道：「小時候見到我師父訓斥他的貓，而他的貓看上去眼神無辜還一副迷茫的樣子，我就對我師父說『反正牠們都聽不懂，您說這麼多話也是浪費口水』。我師父嗤笑一聲，他說『牠懂，甚至或許能聽得懂我剛才說的每一句話，並且已在腦中備案，只是裝作什麼都不知道而已』。」

說著，阿午看向鄭歎，心道：小傢伙，你再跟老子裝！

不管阿午怎麼說，就算直接點明，鄭歎也決定一裝到底，反正他現在只是一隻貓而已。而且，阿午給他的印象並不怎麼好，在這裡他總感覺不自在。

所以，就在阿午心裡得意的時候，鄭歎直接扭頭轉身，頭也不回的走了。

不理會阿午在後面喊話，鄭歎加快步子往東教職員社區那邊跑，下次見到那三隻貓還是不理會了。鄭歎也不怕阿午亂說，反正就算阿午說出去，別人也不會真的相信，就算信也不會全信，畢竟很多聰明些的、跟人類生活久了的動物確實能夠聽懂一些簡單的語句。

鄭歎在大部分人眼前還是比較低調的，知道些他底細的人也不會出賣他，怕啥？

# 第二章 貓竊賊登場

週五晚上，衛稜開車過來帶鄭歎和二毛去夜樓那邊玩，許久不見的核桃師兄今天恰好有空，他們三個師兄弟聚聚，鄭歎蹭個車。

師兄弟三人都很隨意，不會像上次生日宴鄭歎見到的那些人掛著面具、揣著小心思演戲。這三人在剝花生的時候也很自覺地剝點到鄭歎眼前的盤子裡，所以鄭歎只需要坐著等吃就行了，聽聽外面現場表演的小調，飽了就趴沙發上瞇一覺。

不過，鄭歎聽到旁邊衛稜師兄弟三人在談論「馴貓師」的時候，睡意一下子沒了。

話題起始於核桃師兄提起正在調查中的案子，其實年前就有一些失竊案發生，只是大家都覺得大概是年關將近，牛鬼蛇神都出來撈點過年費，很多人聽到也都沒真正往心裡去，畢竟往年這種事情見得多了。而核桃師兄等人也將原因歸到一些有案件紀錄的那些人身上，那些人抓到後被罰點錢或者扔牢裡蹲一段時間而已，算不上大事。

可是後來，過完年報案的人依舊持續著，比往年同時期的數量要多，如果不是一個偶然的機會，核桃師兄也只會認為是那些留案底的人蠢蠢欲動罷了。

「貓？！」二毛驚訝得手裡剝的花生都掉了。

「嗯，失主家對面有一間書店，雖然不大，但那家書店的店主手頭有些錢，因為最近身體不太好，懶得去一直緊盯店裡的人，就裝了一些監視器，店門口也有個，只是不太惹人注意而已，剛裝上沒幾天，附近很多人都不知道。我手下有個人當時只是運氣好，見到後找那店主要了最近的監視錄影。」

說著，核桃師兄拿出一張照片。

鄭歎湊上去看了看，這款監視器拍攝的效果並不怎麼好，比不上銀行以及一些大公司的監視器，不過，確實能夠從這張照片中看到一個模糊的身影，在牠前端有一個物體，那應該就是失竊的東西。

這個體型，再加上敏捷的身法，只能是貓了。

「這事我壓下了，沒對外傳，書店的老闆也不知道。那個畫面很短暫也比較暗，不仔細看的話也沒誰會去注意一隻貓。」核桃師兄繼續說著，將自己的懷疑也說了說，他覺得接到的報案裡面有一部分就是貓犯下的，而貓就算聰明，也不會像鄭歎這樣，除非有人專門訓練過。

鄭歎在看到這張照片的時候就直接聯想到了阿午，難道是他？不過照片上的貓，並不像是桂圓、蓮子、八寶這三隻貓之一。

正當鄭歎疑惑的時候，核桃師兄也提到了阿午的名字。

原來，阿午是接了工作後來楚華市的。本來阿午只打算在楚華市待一段時間，將接下的工作完成就離開，沒想到會被警察找上門。而他接的工作估計就是訓練那隻豹紋貓吧。

「他確實是懷疑對象之一。不過，阿午雖然沒洗清嫌疑，但他似乎對這件事很感興趣，主動表示願意協助調查。當然，他還沒洗清，我們也並沒有真將案子的調查進展告訴他。一直到現在他還待在楚華市，很多時候找不到人，派去盯梢的人也會被他甩脫。而他一直帶著三隻貓，特徵明顯，出來閒逛也只是在晚上，再加上……」

頓了頓，核桃師兄嘆氣道：「我並不認為指使貓偷竊的人是阿午。他這人有些傲氣，也不缺錢，我讓人調查過他的收入，讓我都想學著馴馴貓。」

後半句顯然帶著開玩笑的意思。

馴狗的人不少，馴貓的卻極其罕見，貓的脾氣太臭，要不怎麼說貓是唯一的人類尚未完全征服的家養動物呢？從貓走進人類社會，這都多少年了。

鄭歎一邊思量著，耳朵也注意核桃師兄他們的談話。

「我曾經問過阿午，他說確實有一些貓有『盜竊』癖好，而他們本就比較喜歡找一些有『特長』的、有天賦的貓來訓練，激發牠們的長處。而那隻偷竊的貓，估計就是哪個對馴貓感興趣的人訓練出來的。」

「那個叫阿午的馴貓師，難道不認識這個區域的馴貓師嗎？那應該也算是他們圈內的人。」二毛問。

核桃師兄搖搖頭，然後臉色不自然的說道：「我還打電話問過師父呢。」

衛稜和二毛聞言，一臉「你在找死」的樣子看向核桃師兄。

「師父他老人家似乎對馴貓師沒什麼好感，而且他還說，他自己頂多算得上是教導、指導一下大山，而不是強行將大山的某些彆扭性子掰正。」核桃道。

「那肯定。就大山那破性子，絕對不是馴出來的！」二毛嗤道。大山那破性子絕對是在日常生活中跟周圍的人，尤其是跟師父他老人家學的。

衛稜在旁邊一聲不吭，聽到核桃問師父關於馴貓師的那幾句話時還撇了撇嘴，估計在心裡說壞話。

二毛剝了兩顆花生扔嘴裡，「我到時候注意點附近周圍，看看有哪隻貓比較可疑，不過我不想碰到那個叫阿午的。」二毛最近都會帶黑米出去走走，卻不想讓馴貓師見到自家貓，他覺得自家黑米就是核桃師兄口中所說的有天賦的、比較聰明的那類，所以得保護好。馴貓師？誰知道他們會做出什麼事情。

「那你可以放心，阿午不會去楚華大學那邊了，至少近期不會過去。」核桃師兄說道。

「為什麼？」這下連衛稜都好奇。

核桃笑了笑，「那個叫大胖的胖貓，牠『爹』前兩天找阿午了，警告他別接近楚華大學。而且一年多以前，阿午離開楚華市似乎就有大胖牠貓爹的原因在內。」

「大胖牠貓爹？」二毛疑惑，然後恍然大悟，接著便開始感慨這年頭貓都比人還神氣。

因為自家老子身擔重任的原因，二毛對本地一些大人物也做過瞭解，租束教職員社區房子之前便對裡面的住戶尤其是B棟樓的住戶做過調查，那隻胖狸花家的，衛稜特意提過，二毛當時還感嘆這看似平常的教職員社區竟然臥虎藏龍，所以也經常幫大胖家那位老太太搬點東西啥的，賺點好感度。

鄭歎則在想，難怪那天見面之後，一直到現在都沒見阿午出現在楚華大學，他還以為阿午放棄過來惹自己了呢！現在看來，是大胖牠貓爹的功勞。

想到這，鄭歎不由得再次在心裡感慨——這是個拚爹的時代，人是這樣，連貓都加入進來了。

其實核桃師兄從阿午口中得知這原因的時候，他自己也沒少感慨。這年頭，很多貓確實比人還神氣，比如大胖，又比如眼前這隻正垂著腦袋不知道在想什麼的黑貓。

從核桃師兄嘴裡瞭解到阿午留在楚華市的原因，鄭歎也注意著周圍是不是有陌生的可疑的貓

出現。

安逸的週末後，週一一大早鄭歎就被小郭從焦家接走。

今天有任務，小郭作為綠翼協會副會長，這次帶著寵物中心拍廣告的工作組出去拍一部公益廣告，幫著刷一刷綠翼協會的存在感，提高一下自己在協會內部的影響力。

鄭歎無疑是小郭手中的絕對王牌。

今天選擇了一個離楚華大學三十分鐘車程的地方，靠近一座湖。由於已經跟這邊的負責人打過招呼，提前就圍起了一塊地方，鄭歎到的時候就見那邊很多部分都準備好了。

今天拍的公益廣告，主要是告訴人們巧克力以及一些強刺激性食物對寵物的危害。這其中包含一些「高難度」的比如裝暈厥、裝嘔吐等戲分，貓裡面也只有鄭歎才能挑大梁了，而小郭的寵物中心其餘那幾隻則在旁邊負責賣萌。

在鄭歎看來，這些廣告拍得很幼稚，拍製得也相對粗糙一些，但畢竟只是寵物公益廣告而已，人們對寵物的容忍度總會比人要大得多。不過，秉著「敬業」的原則，在拍攝的時候鄭歎還自加戲分抽搐了幾下，嚇得那邊拍攝的人臉都白了，一身冷汗，生怕這貓假戲真做，小郭會直接把他們解雇掉。

大家都知道 BOSS 小郭將這隻黑貓當整個寵物中心的招財貓，惹不起，傷不起。

總的來說，和平時在寵物中心拍廣告的時候一樣，順利得很，所以鄭歎這邊很快就結束了，而負責寵物犬那邊的人只進行了三分之一，工作組還得在這裡繼續。

小郭這位副會長很忙，來這裡之後就沒見人影了，不知道又去跟哪位大人物交涉，被小郭交託重任來照顧鄭歎的是一個二十出頭、名叫查理的年輕人，鄭歎遺憾居然不是個妹子。

查理是個絕對的本國人，只不過由於這名字的原因，姓氏「查（ㄓㄚ）」總被人唸錯。他是小郭今年從農大那邊挖過來的，主修動物醫學，大四了臨近畢業，最近在寵物中心實習，今天被叫過來幫忙。

查理負責照顧鄭歎，這邊一些要注意的事情小郭都跟查理交代過了，比如盛水的免洗紙杯必須是乾淨的、沒用過的，食物中不能有貓餅乾、貓糧之類的。一開始查理看到給鄭歎的那些食物時，還說了下其中危害，但後來發現這隻貓確實比較獨特，也就沒提了，今天更不會提，而且還要做得隱蔽些，這都是與今天拍的公益廣告相悖的，查理道行不夠，有些心虛。

鄭歎不想一直待在這裡，準備出去轉一圈。查理剛才被人叫過去幫忙了，休息區這邊也沒人盯著鄭歎，好不容易來這邊一趟，看看風景也好。

從圍起來的布欄下鑽出去，鄭歎見到了一小片松樹林，準備過去走走。

剛走進松林就聽到聲響，看過去的時候，鄭歎見到一道黃色的身影一閃而過。不過，察覺到鄭歎的存在後，對方瞬間停頓了一下，看了眼鄭歎，然後迅速離開。

那是一隻跟阿黃長得很像的貓，不過阿黃沒有那麼犀利的眼神。

那隻貓嘴裡剛才叼的是一個短款的男士皮夾。

那隻貓很快就消失在這片松林裡，鄭歎也沒準備去追，抓小偷那是警察的事情，是核桃師兄的事情，他沒心情去管閒事。

這邊相對於城區來說空氣好了很多，周圍大片的綠化樹林再加上一座湖泊，沒有多少生活汙水和實驗室廢水的亂排亂放，環境品質立刻提升一個等級，難怪很多人喜歡跑這裡來散心，小郭選擇這個地方也不是沒有理由的，就算是一部寵物類公益廣告也得精心包裝下不是？不然小郭這位副會長感覺拿不出手。

邊走邊想著，鄭歎就聽到那邊的查理在喊，估計是發現鄭歎不在，著急了。

查理現在相當後悔，原以為只離開五分鐘時間沒事的，但回來就沒見到鄭歎的影了。如果丟了這隻貓，他以後別想在楚華市混下去，BOSS小郭絕對不會放過他。

而在查理和工作組的幾個人正急著找鄭歎的時候，鄭歎慢悠悠的從小松林這邊走出來。

見到貓沒丟，查理幾人頓時放下心，也不再離開鄭歎周圍，其他人就算忙也不會找查理過去當幫手了，不然丟了這貓，他們也是寵物中心的罪人之一。

被這麼盯著，鄭歎不可能還有心情去哪裡逛，趴在安置的地方打了個盹，等寵物犬那邊的拍攝結束之後才跟著回去。

直接回到寵物中心，鄭歎在寵物中心還要待一會兒，等小郭忙完手裡的幾件急事再將鄭歎送回社區去，不親自送回去，小郭自己也不放心。在這段時間，鄭歎以及這次外出拍攝的幾隻寵物貓犬會統一檢查一遍身體。

這是小郭新制定的規定，防止貓犬們在外感染某些病菌，然後帶進寵物中心內部感染更多的寵物，而寵物身體不適的話也能提前發現，畢竟寵物不是人，不是誰都懂得表達自己哪裡不舒適。

鄭歎接受檢查的時候，正好看到隔壁一個熟面孔。

撒哈拉牠狗爹帶牠過來打針，估計撒哈拉生了點小病，打針的時候這傢伙將頭埋進牠狗爹懷裡哼唧哼唧的撒嬌。

鄭歎強烈鄙視之。

——遜斃了！不就是戳一下針嗎！平時那橫衝直撞的勇氣去哪裡了？

回到東教職員社區，看了看客廳的掛鐘，才下午三點多，鄭歎開電腦查了一下，還真發現論壇裡有一些貓友們抱怨有貓喜歡去別人家叼東西回來的嗜好。還有人貼了一部影片連結，是那位貓友偷拍的一段自家貓大晚上的不知道從哪裡叼回來毛絨玩具的影片。

如果有這種「天賦」的貓，再經由那些馴貓師訓練，會變成什麼樣？

鄭歎猜不出。

聯想今天見到的那隻貓，其他的不敢說，訓練那隻貓的人手頭肯定不會缺錢。

論壇那篇帖子裡有學法律的人回帖：「如果只是動物偷東西，那屬於動物本能的行為，並不算犯罪，但動物的飼養人或者動物的所有人應當承擔因管理動物不善而導致他人財產減少的賠償義務；如果飼養的動物是經過專業培訓並進行偷盜行為的話，對動物而言仍不算犯罪，但對於動物的指使人而言便是典型的利用動物作為其盜竊的工具，而實施了祕密盜取他人財物據為己有的行為，構成了刑法中的盜竊罪……」

這類似的討論太多，可在真正生活中彈性比較大，鑽漏洞的人層出不窮。不過，鄭歎看這些也就是好奇一下而已，只要不發生在自己身上，不發生在焦家這邊，他也懶得費太多時間關注。

關掉電腦，抹掉一些比較明顯的痕跡，鄭歎來到陽臺，剛一走出來就聽到四樓那傢伙又在唱戲。不知道為什麼那隻賤鳥這段時間會沉迷於唱戲，但鄭歎實在不想在這裡忍受被荼毒，真不知道公寓裡其他人是怎麼忍下來的，或許那些老頭、老太太就喜歡這調調？

今天在外面睡覺的時間夠長，在家裡也閒不住，鄭歎最後還是決定出去轉一圈，到時間點了回來正好去接小柚子。

許久不去工地那邊，鄭歎決定去看看。從焦遠他們學校旁走過，焦遠他們老師正在講臺上說本國教育的弊端並唾沫橫飛批判應試教育。

鄭歎甩甩尾巴，這種話都懶得聽了，光說有個屁用？繼續往前小跑過去。

工地那邊，周圍依舊是藍色的施工圍籬，不過裡面建起的樓房是擋不住的。進度還不錯，希望這邊能早點完工，他也多個娛樂的場所。

正看著，鄭歎突然聽到有人在叫自己的名字，側頭望過去，有段時間沒見的鍾言正戴著安全帽穿著工作服，提著一堆不知道是什麼的東西走過來。

鄭歎沒想到今天這時候會碰到鍾言，算算時間，這孩子好像確實到了放月假的時候。高三每個假期之前都意味著模擬考，不過，看鍾言的樣子不像有太大的壓力。

「嘿，你今天怎麼過來了？」

鍾言往邊上走，他本來就打算在邊上休息一下，沒想到會看到鄭歎。

進臨時休息所接了水出來，鍾言找個地方坐下，灌了兩口水，將另一個塑膠杯接的水遞給鄭歎，然後對鄭歎說起一件事。

「知道嗎？最近工地來了一隻貓，跟你長得差不多，也是全黑的，剛開始寧哥他們還以為是你來了呢，好吃好喝伺候著，不過最後是我認了出來。」說起這個鍾言還挺得意。

「那隻黑貓一般都是晚上過來，轉一圈就走，寧哥他們說大概是工地這邊有耗子，把貓引過來了。可是我瞧著那隻貓也不像是流浪貓。那隻黑貓戒心很重，還凶，寧哥他們逗牠的時候被撓過，聽說工地上有人在知道那隻貓不是你之後，還想將那隻貓套住下鍋，一直沒成功。」

鄭歎原本也沒多往心裡去，一隻跟自己長得比較像的貓而已，沒什麼大不了，黑貓多的是。可是，鍾言的下一句話就讓鄭歎心中一凜。

「說回來，最近工地上也發生了一些事，有幾個人的皮夾不見了，聽說是喝了酒沒注意，估計被誰順手撈走，現在大家都將自己的皮夾藏得好好的。哎，工地上就是這樣，亂得很。」鍾言感慨道。

鄭歎不知道自己是不是多心了，鍾言說這事的時候，他第一個想到的就是將那隻黑貓與皮夾丟失事件聯想到一起。

或許是自己多慮了吧。聽核桃師兄他們那天的交談，又親眼見過一隻偷皮夾的貓，鄭歎現在一聽到「丟皮夾」就想是不是被哪隻貓偷了，而且剛才鍾言還說有隻跟自己長得很像的黑貓常過來呢。

不管是不是自己多慮了，鄭歎決定還是小心為上，那隻貓跟自己長得差不多，要是真和早上看到的那隻貓一樣偷東西，牠做壞事被人看到的話，屎盆子是不是會扣到自己頭上？

揹黑鍋的事情鄭歎絕對不願意接受！為了防止意外，鄭歎決定最近警戒其他黑貓。

鍾言很快返回工地幹活，鄭歎也往回走，同時注意著周圍的貓，並沒有發現跟自己一樣的黑貓，大概沒到時間點，那貓沒出來活動。

這日，吃完晚飯，焦媽被同事叫去校內廣場那邊跳舞了。現在氣溫並不低，她們也不窩在體育館，直接在廣場上活動，過去跳舞的老師還挺多的。

鄭歎看警長跟西社區那邊的貓打架，一直跟到接近廣場那邊，想著待會兒直接去找焦媽算了。雖然焦媽在廣場上活動，但焦媽在體育館有熟人，包和水杯之類的都放在體育館的櫃子裡，鄭歎只要在體育館門口等就行了。

鄭歎正準備往體育館那邊走，突然一道身影從前面不遠處橫穿路面跑過，路徑從左邊靠近廣場的地方跑向右面的綠化帶小樹林。

停住步子，鄭歎頓了兩秒，轉個方向跟了過去。

鄭歎聽著小林子裡傳來的沙沙聲，這是有物體在裡面跑動與地上的黑麥草摩擦發出的聲音。

雖然是晚上，但藉助周圍路上的路燈，鄭歎也能夠將小林子裡的情形看清楚，只是長勢太好的黑麥草以及裡面的一些樹木讓鄭歎的視線受阻。好在這裡的樹木夠粗壯，間距恰到好處，因此鄭歎直接跳上樹，在枝杈中穿梭奔行。這技能可不是白練的。

「直覺」這玩意兒有時候確實準。鄭歎看到前面不遠處黑麥草草叢裡有一隻貓，抬起的貓頭讓鄭歎看到了牠嘴裡叼著的皮夾，只是看不清楚那隻貓到底是什麼顏色，不知道是不是鍾言所說的那隻黑貓。

鄭歎還真沒想到自己能夠這麼快就又碰到這種事，雖然說事不關己高高掛起，但為了避免被扣屎盆子，也不管是不是那隻跟自己長得很像的黑貓，鄭歎決定先揍了再說！

再說了，楚華大學被鄭歎納為自己的地盤，外來者在自己的地盤上撒潑，不教訓一下牠，鄭歎都不好意思說自己是這裡的頭兒！

鄭歎在樹枝上跳動的聲音也被那隻貓察覺了，牠的速度加快了一點，但也不算是很著急，估計是覺得貓比不上人有威脅。

從上方接近那隻貓後，鄭歎縱身跳下，朝牠撲過去，直接一爪子！

那隻貓被拍到一邊還滾了兩圈，嘴裡叼著的皮夾也掉在黑麥草草叢裡，起身後朝鄭歎憤怒的低吼了幾聲，似乎想上來較量一下，但還是迅速跑開了。

鄭歎想繼續追下去，可恰好這時候警長和那隻西社區的貓一路打到這邊了。看到鄭歎，警長還樂顛顛跑過來打招呼，干擾了鄭歎一下。而沒有皮夾拖累的那隻貓，逃得也迅速，很快便跑出林子消失不見。

警長並沒有意識到自己做了錯事，被鄭歎拍了一巴掌之後還有些愣，不過很快就又繼續跟那隻西社區的貓打了起來，從這座小林子一路打了出去。

心裡罵了警長一句「豬一般的隊友」之後，鄭歎動了動爪子，抬起來嗅了嗅。剛才從樹上直接跳下來的那一爪子，從爪感上鄭歎就知道見血了，給對方留了條傷，今天也不算沒收穫。

林子裡就剩下鄭歎一個，他抬腳準備離開，突然想起那個被盜的皮夾還掉落在草叢裡，便跑過去看了看。反正現在周圍光線很暗，也沒誰會注意這邊，鄭歎索性直立起來，用兩隻前爪將皮夾拾起，慢慢往林子邊沿走。

鄭歎沒想將皮夾據為己有，也沒興趣打開皮夾看看有些什麼東西，雖然沒仔細瞧這個皮夾的樣子，但從皮夾上傳來的香味可以得出結論，這是個女士皮夾。

作為校園裡的綠化草種之一，黑麥草的綠化效果雖然不錯，但鄭歎並不喜歡在這種草叢裡竄動，草葉子刮在身上的感覺不太舒服。鄭歎看了看周圍，小林子旁邊的這條小路上，這時候走動的人並不多。

鄭歎走到邊沿時，恰好看到一個在教學樓那邊看門的大叔正拎著收音機哼著戲曲小調經過。在學校裡閒逛的時候，鄭歎也辨認過這周圍每棟教學樓和院系樓的看門大叔們，雖然不知道這位大叔的品行怎樣，但鄭歎只想趕緊將手上這個皮夾解決掉，趁那個大叔搖頭晃腦哼曲沒注意的時候，鄭歎將皮夾扔在大叔必經之路上，然後退回林子爬上樹，看著那邊。

那位大叔估計是剛出去閒晃了，撿到皮夾之後不知道咕噥了些什麼，看了看周圍，沒發現附近有什麼人，便往廣場那邊走。

鄭歎就跟在他身後不遠處，看到大叔走到廣場旁的體育館門外，來到公告板前拿著筆寫了個失物招領，然後跟那邊的警衛人員談起來。

解決完皮夾的事，鄭歎就在體育館門口一個裝飾作用的石臺那裡蹲著。

「嘿，那貓怎麼回事？」那位大叔指了指鄭歎，很奇怪為什麼會有一隻貓這麼淡定的蹲在這裡。要知道，廣場周圍很熱鬧，音樂聲在這裡都聽得到，體育館門口也是進進出出的來這裡鍛鍊或放鬆的學生和教師們，這貓竟然一點都不怕。

門口的警衛回頭看了一眼，說道：「是顧老師她家的貓，等顧老師跳完舞跟著一起回去呢。」這倒讓那位大叔提起興趣了，拉著那個警衛聊了聊鄭歎的事情，直到焦媽跳完舞過來拿包和杯子。

聽到別人誇自家貓，焦媽很得意，晚上帶著鄭歎回家的時候臉上的笑就沒消過。

鄭歎倒是沒將這些誇讚放心上，他心裡想著那隻貓的事情。

自打發現小偷貓將爪子伸進楚華大學，鄭歎接下來幾天都一直警戒著，出去轉圈的時候也注意周圍不認識的貓。不過，挨了自己一爪子的那隻貓沒再出現。

這日，因為聽到天氣預報說晚上有雨，只是不知道什麼時候會下，吃完晚飯後鄭歎便安分的待在家裡，不過，心裡總感覺有點煩躁不安。鄭歎看看外面暗下來的天空，感覺比前兩天黑得早了點，估計是天氣原因，烏雲將應有的晚霞遮住了。

在陽臺上吹了一會兒風，鄭歎回到客廳，趴在沙發上跟小柚子一起看動畫片；焦媽在洗碗，焦遠在房間裡玩電腦。

晚上十點左右，開始下雨了，很快就聽到外面劈里啪啦的雨滴砸窗戶的聲音，雷聲滾滾。

鄭歎窩在小柚子旁邊正迷迷糊糊想事情的時候，耳朵一動，聽到主臥房那邊電話響起的聲音。這種天氣誰會打電話過來？不知道有危險嗎？雖然這邊的建築物都裝有避雷針，但也不能保證百分之百安全。

因為外面雷聲和雨打窗戶的聲音，鄭歎沒聽到焦媽電話的內容，等了一會兒，沒再聽到焦媽那邊有什麼動靜，估計睡下了。鄭歎抬爪子撥了撥耳朵，然後鑽進毯子裡面開始醞釀睡意。

一晚上鄭歎並沒有睡好，莫名的睡不安穩。

一大早起來吃早餐的時候，焦媽問了鄭歎一句：「黑碳吶，你知不知道警長去哪裡了？」

鄭歎正準備啃碗裡的雞蛋，聽到焦媽的話，心裡咯登一下。

警長那傢伙雖然喜歡跑外面，但一直都按時回家的，很少在外面待一整晚，而且昨晚還是那種天氣，按照以前的習慣，那傢伙應該會早早回來的。

見自家貓愣愣看著自己，焦媽心裡嘆氣，覺得自家貓大概是聽不懂自己的意思，也沒再說了。焦遠和小柚子問起來，焦媽也沒多講，只是讓兩個孩子多將心思放課業上，別操心其他事。

而鄭歎這邊則沒什麼胃口了，難怪從昨天就有種不太妙的感覺。

怕焦媽看出什麼，鄭歎最後還是強行將碗裡的雞蛋和一點兒麵條嚥了下去，要出去辦事，總得吃飽才有氣力。

出門的時候，焦媽還叮囑鄭歎送完小柚子就回家，別到處亂跑。

焦媽倒是想將自家貓關家裡，可惜關不住啊！說來說去，還是焦爸的錯，誰讓他將大門鑰匙都給貓了呢，還配了電子感應卡，誰家的貓會有這些？偏偏這些煩惱焦媽還不能跟別人說，就像焦爸談過的，太高調了不是好事。唉，家裡養隻太聰明的貓也不是那麼讓人省心！

鄭歎送小柚子進入學校後，就在周圍閒晃，專找那些愛八卦的大媽們平日聚集的地方偷聽。於是，鄭歎沒有花費多少時間，就從幾個剛買菜回來的大媽嘴裡瞭解到焦媽早餐時那麼問的原因。

昨晚九點多的時候，西社區那邊一個老師上完晚上的課程，在回家的路上發現自家貓重傷躺在路邊，身上全是抓傷咬傷，毛上全是血跡！那老師打開手電筒發現血跡從路邊延伸到林子裡面，看上去自家貓應該是從林子裡爬出來的。

趕緊將貓送到寵物中心那邊的二十四小時門診部，檢查了傷勢確定沒有生命危險後，那位老師頓時放下心，要不是自家貓運氣好碰到自己，估計再拖半個多小時，一場雨下來，小命就真的沒了。

安置好自家貓之後，那位老師一肚子氣。獸醫說了，自家貓身上那傷就是貓抓咬的。而平日裡跟自家貓最不對盤的只有東教職員社區那隻「警長」，以前打打也就算了，反正兩隻身上都是小傷不斷，但這次實在太過分了！

所以，那位老師直接找上門問責，卻發現警長並沒回來，直到下雨都沒回家。

這下子警長牠主人也意識到不對勁了。貓嘛，在外面打打架，身上出現一些抓傷都是常有的事，警長的主人已經習慣了。不過自家貓精神一直不錯，就算晚上出去玩也按時回家，平時到九點、十點的時候會在樓下叫喚喊門，讓主人開電子鎖，而且過年那段丟貓高峰期也已經過去，正因為這樣，牠主人平時便沒放在心上，誰知道現在發生這種事，再也淡定不了了。

大家猜測是不是有其他貓進了校園，下爪那麼狠，應該不是學校裡面的貓，要不然以前學校裡怎麼一直平平靜靜的？

瞭解到事情始末，鄭歎也擔心。難怪昨天那麼晚了，而且還是這種天氣，警長牠主人還急著打電話到處問人，聽說晚上還冒雨出去找到十二點多了，一直沒找到，今早雨停了卻依然沒見警長回來。

警長牠主人還去學校保衛處那邊要監視錄影，學校裡的監視器並不都是擺設，可是有監視器的地方畢竟都是人多的、經常走動的地方，並不是貓的活動區。

很多人私下裡說，警長大概是回不來了。

鄭歎覺得這事與那隻挨了自己一爪子的貓有關，當時那隻貓離開時低吼的聲音和眼神，看得出來不是個好對付的，凶性十足。

而且，鄭歎還猜測應該不止一隻貓過來，如果只有那樣的一隻貓的話，不至於讓西社區那隻貓傷成那樣，還差點斷氣，而警長到現在也沒見影，這兩隻算是東、西教職員社區的貓中身經百戰的高手了，一般的貓還真不能拿牠們怎麼樣。

昨晚那場雨，將一些氣味都沖走，鄭歎想尋尋可疑氣味也不大可能。

如果警長只是被盜賊貓的主使者——那位至今未曾謀面的馴貓師抓走的話，至少暫時應該沒性命之憂吧？核桃師兄不是說過嘛，馴貓師對於一些有天賦的貓會感興趣，警長也算是有天賦了，一隻貓能將吉娃娃語吼得那麼正宗，也算是貓裡面的一大奇葩。

但倘若那位馴貓師並沒有發現警長的天賦，而是直接任由自己的貓下殺手的話……

鄭歎接連找了好幾個綠化樹林區域，那也是警長打架時常去的地方；而在西區那隻貓被發現的位置附近的一座林子裡，鄭歎還真的嗅到了一些氣味，有警長的，有西區那隻貓的，以及那隻被自己抽了一爪子的貓，還有至少三種陌生的貓的氣味。

可惜，林子之外就再發現不了什麼了。如果昨晚沒下雨多好。

鄭歎找了一圈之後，煩躁地趴在一棵大梧桐樹上喘氣。

雖然警長只是一隻貓，但從鄭歎變成一隻貓到現在，東區的四賤客也算一個小型的團體了，警長也被鄭歎看作是個重要的玩伴，一個貓兄弟。兄弟出事，鄭歎也平靜不了，此刻的擔憂多過憤怒，甚至在各個林子裡找的時候鄭歎都懸著一顆心，生怕看到出現在林子裡的是一隻身體已經僵硬的貓。

鄭歎煩躁的抓了抓耳朵，尾巴甩在粗壯的樹枝上發出啪啪的聲響。

往好的方面想，如果警長那傢伙沒有被抓，傷勢也沒有到跑不動的地步，或者被攻擊的時候找機會逃了，會躲在哪裡？雖然那傢伙智商不怎麼高，但也不是隻蠢的。

尾巴甩動的幅度漸漸減小，尾巴尖有節奏的動著，鄭歎回想了一下警長可能去的藏身地點。

警長常在校園裡活動，對各處應該也很熟悉。鄭歎一個一個地方開始回想、篩選。

突然，鄭歎想到一個地方，那裡也是警長經常去的——學校裡那處老瓦房區！

天氣不錯的時候，那裡可是一個小型的貓聚集地！

不再遲疑，鄭歎立刻跳下樹，往老瓦房那邊過去。

由於剛下過雨，老瓦房區一片潮濕，鄭歎過來的時候也沒見到一隻貓，今天確實不是個出來趴屋頂睡午覺的好天氣。

將小車撈到手之後，鄭歎過來這邊的次數也不怎麼頻繁了，偶爾閒逛的時候才順道來看看焦威他們玩汽車模型和飛機模型。

跳上一棵相對高些的樹，鄭歎看了看這片區域，將經常有學生活動的幾間瓦房排除在外。

不過，在此之前……

鄭歎深呼吸。

「嗷嗚——」

一連嚎了幾聲，東教職員社區的幾隻貓對於自己的叫聲是知道的，警長在的話能夠聽到跑出來當然最好，雖然這個可能性不太大，但總得試一試。

吼完之後，沒聽到警長的反應，倒是有幾個正在某間瓦房內舉行什麼活動的學生推開窗戶開罵：「臥槽，哪個神經病，大白天的嚎泥妹啊！」

他們以為是誰無聊或者惡作劇而發出的叫聲，壓根不會聯想到一隻貓身上。

鄭歎也沒時間去跟那些學生們較勁。沒看到警長，支著耳朵也沒聽到警長的叫聲，要麼因為牠不在，要麼牠沒聽見或者沒有行動能力，一半對一半，有可能性就得試，而且還得抓緊時間，有了西社區那隻貓傷情在前，鄭歎可不敢就這麼等下去。

雖然下了場雨，將地上很多氣味都沖刷掉了，但挨近那些老瓦房還是能嗅出點東西的。鄭歎排除部分後開始一個挨一個找，黑色的身影在一片老瓦房中竄動，時不時在一些窗臺或者許久不開的帶著破洞、鐵鏽和縫隙的大門前停頓一下，然後立刻往下一間瓦房跑去。

找到第八棟瓦房的時候，鄭歎在門口發現了一些血跡，再遠一點的估計被雨水沖走了，但在門口有很明顯的帶著貓腳掌印的血色印記，鄭歎嗅了嗅，確實是警長沒錯，只是這間瓦房的門窗關得太嚴實，警長應該只是在這裡短暫逗留一會兒便離開了。

不過，順著這些零星的血跡和不太明顯的氣味，鄭歎找到了離這裡不遠的另一間瓦房。

這間瓦房的門是木板門，在門的右下角有個缺口，缺口周圍有血跡，從氣味判別，正是警長。

鄭歎試了試，擠一擠還是能夠從缺口擠進去。

這間老瓦房裡面堆著一些老舊的桌椅和櫃子，估計是學生餐廳和一些教學樓淘汰下來的，鎖在這裡很久沒人過來動，上面全是灰塵，角落處也能看到很多蜘蛛網。

動了動鼻子，鄭歎順著氣味尋過去，在靠裡的一張桌子下面找到了趴在那裡的警長。

鄭歎不知道西社區那隻貓身上的傷口到底是什麼樣子，但從警長身上能夠看出來，昨晚的打鬥很激烈。而讓鄭歎鬆口氣的是，這傢伙還活著，只是情況不太好。

鄭歎抬爪子輕輕推了推警長，沒反應，牠耳朵倒是微微動了動。

在警長旁邊有一隻身體殘缺的老鼠，看上去還算新鮮，估計是昨晚撞到警長嘴裡的，也正因為補充了點能量才能夠讓警長維持到現在這種狀況吧。

看來警長不能自己走動了，鄭歎可以將牠搬出去，但他不能舉著警長一路跑去寵物中心那邊吧？先不說上新聞頭條，抬著牠一路跑去寵物中心也要耗費不少時間，而且還不知道警長現在這狀況能不能顛來顛去。

得找人幫忙。

鄭歎先將警長往外搬點，門上的缺口還是太小，鄭歎也不能就這點空隙將警長搬出去。竄出門看了看周圍，確定這間瓦房周圍沒人之後，鄭歎跳起來抬腳朝門踹過去。他沒對著門鎖那裡踹，只對著缺口那處。

一腳之後，缺口那裡掉下一塊木板，破洞更大了。

將警長挪動到門旁邊，但沒將牠搬出去，外面的風有些大，鄭歎不知道這傢伙現在能不能吹風，保險起見還是留在門內。他再次看了看警長的情況，呼吸不算有力，但也沒變壞，剛才還發出了點輕微的聲音，依舊不太清醒，還是得抓緊時間送去寵物中心那邊醫治。

鄭歎從門裡出來之後，就撒腿往生科院大樓那邊跑。這個時候，焦威不知道在哪裡上課，焦媽在上班，二毛不知道在不在家裡，最近他活動挺多……他想來想去，最好的方式還是去生科院那邊找「保姆」。

易辛在焦副教授的辦公室裡將整理好的簡報檔案複製到隨身碟，拿起列印出來的數據，起身準備往會議室那邊過去。有個報告會議，今天院長親自過來主持。

手剛碰到門，易辛就聽到窗戶那邊「刷啦」拉開的聲音，轉身看過去，便見到老闆家那隻黑貓跳了進來。

焦副教授出國之前與自己手下的研究生開會的時候，跟他們說過家裡的某些突然情況，而在幾個研究生裡面，易辛算是最瞭解鄭歎習性的，所以在鄭歎伸爪子扯著他的褲腿往外拖的時候，易辛就覺得肯定出什麼事了。而且鄭歎在搬警長的時候，身上也沾上一些血跡，這可把易辛嚇到了，一時也忘了打電話給焦媽細問，看著鄭歎往窗外跑，便趕緊將手裡的東西擱下，衝出生科院大樓。

等在外面的鄭歎，很快便看到易辛騎著一輛不知道從誰那裡借的小摩托車出來。

鄭歎在前面帶路，易辛跟在後面。老瓦房區離生科院大樓這邊不算太遠，鄭歎跑得快，路線也選擇讓摩托車容易走的道。

這時候校園主幹道路上的人沒多少，更何況往老瓦房那邊偏僻些的地方更沒什麼人，所以易辛騎快了點，他心裡也急，焦家這三口人要是真的出了什麼事，該怎麼辦？

可很快的，易辛就發現這貓帶著自己來的是老瓦房區，他極少來這邊。而當鄭歎將警長從門裡推出來的時候，易辛囧了。

褲子上被貓爪子勾出幾個破洞，基本上算是報了廢；院長親自主持的重要報告會議也缺席，最後卻只是為了一隻不知是誰家的貓……

出來的時候，易辛向院長說有急事，當時會議快開始了，院長也沒多問，但會議結束之後，院長肯定會細問的，該怎麼編？說實話肯定不行，那絕對挨罵。

——唉！

——不管怎樣，既然來了，眼前這隻貓肯定得救。

一時找不到什麼東西，易辛直接將自己披著的外套脫下來，反正這外套不怎麼值錢，也有十來天沒洗了。將警長裹上，放到摩托車後尾箱，有些擠，只能將就一下了。

鄭歎自己跳上摩托車，這次他只要跟著去寵物中心那邊就行了。

只是，易辛騎車到校門口，突然發現自己不太清楚寵物中心具體該往哪條路走，他知道附近最好的寵物醫院就是「明明如此」寵物中心，但他只聽說過，沒去過。

好在校門口來來往往的計程車比較多，易辛將小摩托車停好後，便抱著貓，攔了輛剛載完客的計程車，開門坐了進去，鄭歎也跟著竄上車。

「哎你這貓……」

「大哥，救貓一命勝造七級浮屠啊！」

司機：「……」

最終那司機臉上抽了抽，看了看易辛懷裡抱著的傷病貓，又看看蹲在車座上的鄭歎，警告易辛如果貓在後座上拉屎拉尿嘔吐的話要加錢，然後才開車。

經常跑這周圍的司機對「明明如此」寵物中心都很熟悉，再加上寵物中心離楚華大學不算太遠，沒多久就到了。

為警長檢查傷情的獸醫還覺得奇怪，怎麼最近這麼多被抓傷的貓？

等確定警長沒有生命危險之後，鄭歎聽著那獸醫的抱怨，心裡思量開來。除了西社區那隻貓和警長，難道還有其他貓被襲擊嗎？

警長留在寵物中心醫治，中午的時候，易辛打了電話給焦媽，簡單說了一下這事，焦媽立刻趕過來寵物中心。為了感謝易辛，焦媽特意打了電話給生科院的院長，說自己這邊有點事，易辛過來幫忙而缺席會議。

易辛離開之後，剩下的事情鄭歎也不用管，焦媽通知了警長的飼主，也打電話給焦威，讓他們中午吃飯不用找鄭歎了。

警長在寵物中心還得待兩天觀察傷情，鄭歎被焦媽送回楚華大學之後，再次來到老瓦房區，之前是急著找警長，並沒有去注意一些其他的細節，現在不著急了，鄭歎決定好好找一下。

既然警長選擇躲在這裡而不是直接往東教職員社區那邊跑，打架的地方肯定離這裡比較近。

那天那隻小偷貓離開的時候，碰上過警長和西區的那隻貓，而學校內部那麼多貓，昨晚在外閒晃的肯定不止警長和西區那隻貓，但為什麼只有這兩隻受重傷？最可能的就是那隻小偷貓為了報仇，報那一爪之仇，可惜鄭歎自己並沒出來，警長和西區那隻貓都「撞槍口」了。

而昨晚那場雨下得太巧，或許對方因為這場雨而不繼續追趕警長，不然依照那傷勢來看，攻擊得那麼狠，幾乎是拚命一般，不會那麼輕易就放過警長，畢竟相比起西區那隻貓，警長身上的傷勢稍微輕了那麼一點。

最後，鄭歎在老瓦房區邊沿的一座小林子裡發現了一些貓打鬥的痕跡。不僅如此，鄭歎過來的時候，還看到了那隻白身黑尾、名叫桂圓的貓正在林子裡嗅來嗅去，似乎在尋找辨認著什麼，牠見到鄭歎之後，就迅速離開了。

核桃師兄說過阿午被警告過不准出現在楚華大學，但他的貓沒被警告，這貓可能是被阿午指派過來的，應該沒有參與昨晚的事情。

不管阿午的貓會不會與小偷貓對上，這口氣鄭歎嚥不下去。

——雖然焦爸說要低調點，但不代表受氣了就得一直忍！自己的地盤上，有氣自己親自出才爽快！

——昨晚沒堵到自己，那些貓肯定會再來。正好，來了就別走了！

鄭歎立起來在粗壯的樹幹上磨了磨爪子，將樹皮都抓下來幾塊。

這貓爪子，總得磨磨才能保持最佳狀態。

# 第三章

# 四賤客與小偷貓的大戰

焦媽這幾天心情不太好，兩個孩子倒是不用她多操心，週一至週五上學、週末在家休息，頂多焦遠調皮點，但這也還好。

讓焦媽這幾天總懸著心的是自家貓。

關都關不住！

焦媽每天晚上提心吊膽的，生怕自家貓成為第三隻遭受嚴重抓咬傷的貓，晚上看電視都集中不了注意力，一到九點之後隔幾分鐘就看一下客廳的掛鐘，直到鄭歎回來。

自打兩個社區的兩隻貓出了事，大家將自家貓都看得好好的，甚至有些老師還向學校保衛處提議清理一下學校裡的流浪貓，小郭知道後也讓綠翼協會的人過來一趟，將幾隻流浪貓帶去救助站。這個那個的一連串事情下來，結論是校園裡挺正常的，沒啥異常情況。

協會的人布下的幾個捕貓籠捕到的貓，除了那麼兩隻看起來沒啥威脅的被學生們丟棄的流浪貓之外，都被周圍住著的人認領回去了，畢竟掛貓牌的貓在這裡還是占少數。

也有很多人覺得這事其實沒什麼好說的，總歸只是貓的事情，何必鬧得這麼複雜，費這麼多事幹嘛啊，只要管好自家貓不就萬事大吉了嗎？

於是，不到一週，學校裡又平靜下來了。

警長在寵物中心待了兩天後被帶回家，前天鄭歎去牠們那棟樓閒晃的時候，還看到牠趴在陽臺上，脖子上套著個伊麗莎白圈，不是去勢的原因，估計是怕牠舔身上塗了藥的傷口。幸好警長聽不懂人們說的那些複雜的話，不然肯定會鬱悶死，因為周圍鄰居一看到警長那樣子就問牠家飼主：「呀，妳家這貓終於做了？！」

警長家飼主只是「呵呵」兩聲。

總之，警長去勢已經被社區的大媽們傳開了。

不過警長精神看起來還不錯，現在能跑能跳的，恢復力強悍得很，大概再過一週就能去掉那個圈了。最近這傢伙因不習慣戴圈而在家「造反」，牠的飼主也是無奈得很。

阿黃被關在家，就連大胖也經常被牠家老太太盯著，社區裡唯一一隻在外竄的也就鄭歎了。

鄭歎也不是在外瞎竄，他直覺那些貓還沒教訓自己，目的沒達到，肯定會再次出現。他這段時間不管是大白天還是晚上，都大搖大擺在顯眼處閒晃，可惜並沒有什麼結果，估計是前些天盯著學校裡貓的人太多了，而且那些貓在跟警長牠們幹架的時候自身也肯定受傷，大概是趁這段時間休養著。

阿午的貓這段時間也沒見出現在校園裡，倒是核桃師兄來過一次，被二毛一通電話叫過來的。來看二毛倒是其次，主要是聽二毛說了這邊兩隻貓受傷的事情後，核桃師兄有了懷疑。

鄭歎那天也賴在二毛那裡，聽核桃師兄講了些案子相關的東西，新拍到的照片裡面有那隻黃色的貓，也就是鄭歎在外拍廣告的時候碰到的那隻。

可惜的是，楚華市那麼多貓，黃色的這種貓多的是，楚華大學內部就有好幾隻，看起來都差不多，這讓人從哪裡下手去找？而且到現在都沒有真正拍攝到一些比較特異的東西，那個馴貓師估計警覺了。所以，在接到二毛的電話之後，核桃師兄抽了個空親自過來瞭解一下情況。

鄭歎蹲在旁邊，聽著他們談論案情，據核桃師兄從阿午那邊瞭解到的，馴貓師如果真的是很有目的性行動的話，除了一些經常訓練的項目之外，其他是需要近距離指揮的。

具體怎麼去指揮，鄭歎不清楚，但他能推測出一個結論——偷皮夾算是個經常訓練項目，所以那些貓在偷皮夾的時候，馴貓師未必離牠們很近，但警長和西社區那隻貓挨揍的時候，那個馴貓師應該就在周圍看著。太近倒不至於，貓打架會竄來竄去，但應該在一百公尺內吧？

如果到時候真的遇到那個馴貓師，鄭歎決定跟他「好好」打個招呼。

這日，鄭歎大搖大擺遛到學校廣場那裡，白天的時候，也有很多學生在廣場周圍活動。在廣場旁邊有一條文化長廊，學生以及一些出來散步的人都喜歡坐在那裡休息或者看書。而讓鄭歎停下腳步的是那裡的一隻長毛貓。

那貓的體型比普通的家貓稍微大一點，咖啡色虎斑，看起來像是有些森林貓的血統，不過這種貓也不算是很罕見，小郭店裡就有一隻咖啡色虎斑的挪威森林貓，乍一看去和這隻差別不大。

此刻，那隻貓正待在文化長廊那裡。大部分學生對校園裡的貓還是很好的，有個學生將手裡的麵包給牠吃，不過那隻貓都是等那些學生們將撕下的麵包團放下之後，再伸出爪子釘上去，貓掌一彎將麵包團撈起來，慢悠悠的咬兩口。

牠對於周圍的人也是不鹹不淡的樣子，不害怕，不親近。或許那些學生們感覺不到，所以才一直待在那隻貓旁邊換著花樣餵食，壓根不知道那隻貓其實一點都沒將他們的示好放在眼裡，心情好就吃點遞到眼前的食物，心情不好就扔那裡。

鄭歎以前沒在學校裡見過那隻貓，看牠都已經是成年貓了，學校裡面的人飼養貓一般都是從小貓養起，這隻貓外來的可能性極大。

或許是察覺到鄭歎的目光，那隻正彎著爪子啃麵包團的貓看向鄭歎這邊，目光冷冷的，看了幾秒之後，又繼續低頭啃釘在爪子上的麵包團。但鄭歎知道，那傢伙肯定警惕著自己這邊。

剛才那一眼，鄭歎能感覺到對方傳來的並不友好的信息。如果沒這麼一眼的話，鄭歎只是有些懷疑而已，但經過這一眼之後，鄭歎已經百分之八十確定這貓有問題了。那種目光不像是作為寵物飼養的貓的眼神，但看起來又不像是流浪貓和野貓，牠盯著鄭歎看的時間雖然很短，卻讓鄭歎有種被視作獵物的感覺。

不過，誰才是獵物，現在還說不準。

鄭歎看了那邊一會兒之後，抬腳往其他方向離開，走到拐彎處的時候，他猛地扭頭看過去，恰好看到那隻貓正盯著自己這邊。冷漠的眼神，比剛才更甚，截然不同於小郭店裡的那隻。

鄭歎挑釁地朝那邊抬抬下巴，尾巴勾了勾，然後昂首挺胸，不急不緩的邁著步子離開。

在鄭歎離開之後不久，那隻貓甩掉剛釘在爪子上的一截火腿腸，鳥都不鳥那些「亂獻殷情」的學生們，轉身離開。

有個男生還準備伸手去攔，被那貓撓了一爪子，在手上留下長長的血痕，立刻有血滴下來。沒等男生氣憤地抬腳踹，那貓立刻就跑開，消失在這些學生們的視線中。

晚飯的時候，焦媽發現自家這貓吃得多了些。這是在外逛累了，消耗體力多了嗎？

雖然焦媽經常抱怨家裡人對貓太過溺愛，但輪到自己時依舊那樣，替鄭歎添了點飯之後，又從湯碗裡舀了兩大塊肉放在鄭歎碗裡。

「吃多點也好，吃飽了就待在家裡睡覺，長長肉，別總在外瘋跑。」

焦媽想得倒好，可到晚上看新聞的時候，鄭歎又自己開門竄出去了，氣得焦媽差點將手裡的遙控器甩出去。

從公寓裡出來，鄭歎將脖子上戴著的東西放在大胖家陽臺上藏好。

大胖正趴在通往陽臺的門口，看到鄭歎之後，抬起頭動了動耳朵，沒有要起身的意思；在鄭歎離開之後牠又將下巴擱在爪子上，閉眼瞇覺，只有兩隻耳朵微微動著，注意著周圍的動靜。

鄭歎晚上吃這麼多，其實也是打著主意晚上戰一場的，他有種感覺，今天在校內廣場上見到的那隻貓肯定會找上來。不知道會發生怎樣的事情，所以多蓄積點能量總好一點。

鄭歎沿著警長牠們經常活動的那片區域中的一條小路走著，這邊的路燈比較少，只能看到偶爾從樹葉間透過來的零星光點。

月光被雲層遮擋，晚風中也似乎帶著些與平時不一樣的東西，讓鄭歎的神經有些緊繃。

這兩年的經歷讓鄭歎的直覺更敏銳，雖然並沒有真正嗅出些什麼，但他感覺自己被盯著。往周圍看了看，入眼的都是樹林和灌木叢，身後是那條不太寬敞的小路，一個人都沒有。廣場那邊傳來的一些隱約的樂聲，更讓這裡顯得安靜。

鄭歎的步子放慢了些，支著耳朵注意周圍。突然前面的草叢裡面來一聲輕響，接著便是幾聲鳥叫和翅膀撲騰的聲音，倒是有些像當初貓販子下籠子的情況。

尾巴尖動了動，鄭歎往那邊看了一會兒之後，抬腳朝那邊走過去。那裡有陷阱。但是，不過去也不能將那些傢伙引出來。

翅膀撲騰的聲音越來越近，但鄭歎在離那邊十來公尺的時候就停住了，沒有繼續往前。撲騰聲從種植在邊沿的灌木叢後面不遠處傳來，鄭歎置若罔聞，而是警戒著周圍的動靜。可是，除了翅膀撲騰聲傳來的那處之外，林子裡面挺安靜的，如果有誰在裡面活動的話，肯定會與那些長得密集的黑麥草摩擦發出聲音。

周圍只有樹葉飄動的響聲，可鄭歎那種被盯著的感覺越來越強烈，還帶著危機感。

當上方傳來輕響的時候，鄭歎立刻就轉身往後跑。

對方竟然在樹上！

一般貓從高高的樹上下來的時候會有些縮手縮腳的樣子，不像爬上去時那麼俐落，所以鄭歎之前並沒有覺得貓待在樹上有多大的可能性，但這隻從樹上下來的速度相當之快，幾乎是眨眼間的事。

雖然沒有看清楚從樹上竄下的那隻貓的樣子，但鄭歎確定這就是今天在廣場見到的那隻。

小郭曾經在拍一段廣告的時候，誇讚過店裡那隻挪威森林貓，還說過這種貓差不多是唯一一種從高處面向地面俯衝而下卻毫無懼色的貓。可惜店裡那隻貓從小當寵物嬌養著，鄭歎沒見識過那隻貓有多勇猛，而現在，他深刻體會到了這種行為帶來的壓迫感。

不管其他貓有沒有這樣的，至少鄭歎現在面對的這隻確實夠猛！

即便對方只是正常的貓，並非爵爺那種特殊貓，鄭歎也不敢小瞧。鄭歎跑得快，沒被那隻貓

直接撲到，而他之所以跑，就是為了找個覺得安心的地方。誰知道眼前這座林子裡還有沒有其他的陷阱，鄭歎可不想傻瓜似的一頭栽進去，那樣吃虧的只能是自己。

在離這裡不遠的地方還有另一座林子，鄭歎對那裡夠熟悉，今天下午回去吃晚飯的時候還從那邊走過，那時候也沒覺得有危險，想來也沒誰會在那裡設陷阱，在自己熟悉的地方解決問題肯定是最好的，總比這裡安全。天時地利人和，「地利」絕對不可忽視。

那隻貓跑動的速度很快，可鄭歎更快。

竄到那座熟悉的林子裡之後，鄭歎直接爬上樹，在樹與樹之間穿梭。論這個技能，鄭歎還是很有信心將後面那隻比下去的。而且，這才只出現一隻，其他的呢？

那隻貓大概追得有些累了，一時拿鄭歎也沒辦法，停下來後張嘴叫了幾聲。這種貓叫的時候與普通的貓發音不一樣，小郭說牠們叫起來像唱歌，鄭歎當時一點都沒聽出來哪裡像唱歌了，這時候更不覺得。

——這應該是在招呼同伴吧？

——正好，全部出現了一起解決。

剛才鄭歎就察覺到周圍還有其他注意這裡的貓，而那個馴貓師則沒出現。

可是，在這隻貓叫聲剛停下來的時候，又一聲貓叫從另一個方向傳來，讓樹下那隻貓準備爬樹的動作頓了頓。

鄭歎看著這貓像是突然高度警戒起來。

說起來，剛才那聲從遠處傳來的貓叫，鄭歎聽著有些熟悉，只是一時對不上號，也沒有太多時間去想到底是哪個傢伙。

此時的東教職員社區，B棟一樓，大胖家——

老太太戴著老花眼鏡正看著手上一本關於崑曲的書，突然想起什麼，喊道：「大胖啊，把陽臺上的拖鞋叼進來吧。」

天氣漸熱，冬天的毛拖鞋也早用不著了，老太太將毛拖鞋洗了放外面晾著，今天忘了收。平時老太太也經常讓大胖幫忙叼陽臺上的東西。老太太經常說的幾個詞，大胖還是能聽懂一些的。

等了一會兒沒聽到動靜，老太太抬頭看向陽臺那邊，「大胖？」

發現不對勁，老太太擱下手裡的書，走到陽臺一瞧——哪有大胖的影？！

鄭歎待在樹上，下面那隻貓以及遠處那隻聲音有些熟悉的貓都在叫喚著，像是在召喚同夥，鄭歎聽著也有些想嚎一嚎，可他知道自己一大聲嚎，東教職員社區那邊估計就會鬧起來，所以還是憋著了，他不想把社區那邊的貓都惹過來，那邊愛挑事的傢伙可多了，真若挑起來，這晚上就不得安寧了。

周圍已經傳來嗖嗖的輕響，鄭歎看了看，大概又來了四隻貓，看這四隻貓奔跑的樣子，不像是帶傷的，或許並不是前些天的那批，那位未曾謀面的馴貓師手下未必只有那麼兩、三隻貓。

雖然不是上次的那批，但鄭歎記仇還是記在牠們身上。

一挑五？

不，鄭歎還是選擇各個擊破。

這些貓都是訓練過的，換個成年人過來也少不得挨幾爪子，牠們可不是那隻被「柔化」的豹紋貓。貓爪子不長眼，鄭歎不想挨爪。過程不重要，結果一樣就行。

鄭歎第一個目標選擇的是那隻最大的，也就是剛才追著自己過來開吼的那隻，牠給鄭歎的感覺最危險。至於另外四隻，讓牠們跟著在後面竄好了。

召喚同夥過來之後，那隻貓看上去凶性也起來了，爬上樹朝鄭歎逼近，還朝鄭歎齜牙，發出威脅似的低吼，在這片原本安靜的林子裡顯得很有心理和氣勢上的壓迫感。

不過，鄭歎可不是隻真正的貓，而且貓不是猴子，在樹上打架的局限性還是很大的，因此相對來說，鄭歎的優勢比牠要大得多。

很顯然，這貓並不適應鄭歎這種在樹之間跳動的跑法，跳的時候雖然不像另外幾隻那樣要遲疑一段時間，但畢竟沒什麼經驗，著落點不那麼準確。鄭歎就是瞧中這一點，找準機會踹了對方一腳，不出意外直接將那隻貓踹了下去。

下方的樹枝比較多，那隻貓勾住了一根樹枝作為緩衝，然後才落在地上的草叢裡。挨了鄭歎一腳，還能有這反應也確實不錯了。在牠剛落地還沒站穩的時候，鄭歎已經從樹上竄了下來，上去又是一爪子！

然後，撓下來一爪子毛。

所以說，像這種渾身長著厚厚長毛的就跟穿著一件軟鎧甲一般，總能將對方的攻擊力減弱許多。也正因為這樣，鄭歎不可能像對待那隻豹紋短毛貓那樣直接撓這隻貓。

爪子不能很好的解決問題，那就直接用揍的吧！

雖然沒用全力——為了防止洩露一些自己的祕密，鄭歎還是收斂了些——但即便如此，兩巴掌加上一腳，對於這隻剛從樹上掉落下來的貓而言也是不輕的打擊。

鄭歎看出來這隻貓的腿好像受傷了，要麼扭傷，要麼骨折，一般受這類傷的時候不能隨意亂動，尤其是骨折。不過，這傢伙看上去卻依舊那麼凶，張大嘴低吼著，耳朵後壓，渾身的毛炸起時體型膨脹，顯得更有威懾力，可惜對鄭歎沒用，但也不可小覷。剛才鄭歎上去揍的時候，要不是閃得快，否則就被這傢伙抓傷了，旁邊那棵樹的樹皮都被勾下來一塊。

將從側面撲過來的一隻貓搧去邊上，鄭歎正準備再繼續給眼前這隻長毛貓兩巴掌讓牠閉嘴，突然耳朵動了動，接著退到一棵粗壯的大樹旁邊，如果形勢不對就先竄上樹。

當鄭歎看到竄出來的那三道身影的時候，放心了點。

來的正是阿午的那三隻，鄭歎這時候也記起來，剛才遠處的那聲吼就比較像那隻白身黑尾的桂圓發出的叫聲。

鄭歎身後的一棵樹上有一隻貓跳下來，朝這邊撲過來，鄭歎剛準備轉身抽一巴掌，一道身影猛地從灌木叢竄出，帶著與身形不符的敏捷跳起，直接將鄭歎背後的那隻貓壓在地上，壓得那隻貓發出「哇嗚——」的尖聲慘叫。

大胖這傢伙平時看起來又懶又和善，但凶起來戰鬥力絕對比警長強，這個鄭歎一直都知道。但他沒想到這時候大胖會跑來這裡，老太太肯定囑咐過牠不准亂跑，要是老太太發現這胖子跑出來，不知道會急成什麼樣。這次事情結束後，大胖回去大概會被罰蹲泡麵。

大胖跑來這裡，估計是聽到桂圓的那一聲吼，不過牠能夠過來，鄭歎還是很感動的。能看出大胖並不在桂圓那三隻貓的陣營之內，那三隻貓之間的配合太好，大胖也沒想要加進去的意思，過來的原因多半是為了幫鄭歎。

——不愧是貓兄弟！夠義氣！

雖然阿午不在附近，但看桂圓牠們三隻貓之間的配合，顯然這種事情並不是第一次碰到，就像那些小偷貓自己偷皮夾的基礎技能一樣，桂圓牠們三個聯合作戰也是熟練得很。桂圓冷靜，總能選擇最好的時機；蓮子攻擊力不高，但勝在靈活；而長毛貓八寶抗抓，這傢伙的性子有些像警長，屬於越戰越猛型，有另外兩隻在旁邊，牠也不會太獨斷獨行。

瞧到這一幕，鄭歎只能說真不愧是被阿午訓練出來的，不像警長牠們平日打架時那麼散漫。

貓與貓ＰＫ的時候，不只會到處跑動，還會發出低吼或者其他叫聲。鄭歎並不用這種方式，所以剛才這裡也還算安靜，但來的貓一多，陣營一對上，這座安靜的小林子就熱鬧了。

這裡離東教職員社區不算太遠，如果在白天的話，社區那邊未必會注意到這邊林子的動靜，可現在是晚上，而且這片區域晚上很安靜，兩邊的貓打架時發出高低不等的叫聲，再加上剛才估計八寶那傢伙打架打得太激動吼了一嗓子，帶動另外幾隻吼起來，還有被鄭歎揍趴下還沒能起來走動的那隻貓，雖然不是一直持續這樣叫，但社區那邊有貓聽到了。

東教職員社區裡，二毛正在洗澡，突然聽到自家黑米大聲嚎起來，身上的水都沒擦直接裸著出來，反正家裡就他一個人，也不怕被人看到。

二毛出來的時候就見到黑米站在陽臺欄杆上對著一個方向大叫，嚇得他趕緊跑去陽臺將黑米抱進室內。好在這時候大晚上的也沒誰注意這邊，不然肯定會發現這裡有個裸男。

在黑米叫的時候，警長和阿黃都在家裡叫喚著撓門，可惜都被看得緊緊的，無法出門。一時間，東教職員社區又吵鬧了起來，除了貓叫聲，還有那幾隻唯恐社區不亂的狗扯著嗓門狂吠。

社區每次出現這種情況的時候，不是有小偷就是有貓販子，所以這次一聽到動靜，大門警衛就通知學校保衛處。

最著急的還是焦媽和大胖家的老太太，周圍鄰居勸也勸不住，沒等保衛處的人過來，就拿著手電筒出去找貓。二毛將黑米放在寵物包裡，拎著包跟焦媽她們一起出門，住焦家對門的屈向陽再次幫忙看孩子。

除這些之外，B棟四樓也沒靜下來。

「放我出去！放我出去——」將軍用腳趾匡匡匡的踩著鐵網。

「你晚上出去就是個瞎子！」屋裡剛被吵醒的覃教授怒道。

一般來說，大部分的鳥在晚上視力下降，也不怎麼叫，飛出去的話很容易迷路。鸚鵡也是這樣，晚上的時候牠會靜靜地躲起來。正因為如此，有很多鸚鵡愛鑽人被窩，將軍以前也鑽過，自從某次在被窩裡拉屎之後，就被覃教授扔出去睡籠子。

將軍算是鸚鵡中比較特殊的例子了，有時候晚上興致好不睡覺，雖然不會大叫，但也會低聲唱點小曲自娛自樂，因為不會打擾人，飼主覃教授也就隨便牠了。

聽到覃教授的訓斥聲後，將軍停頓了一下，然後繼續踩鐵網，踩得更大聲了，嘴裡還跟唱戲似的嚷嚷著：「放～我～出～去～～」

「滾去睡覺！」

與此同時，鄭歎這邊，形勢一片大好。

雖然鄭歎自己一個也能解決這幾隻貓，但既然有幫手，他也能騰出空早點去找那個馴貓師。鄭歎選擇這座小林子的另一個原因是，這裡的地形和林子周圍的布置方便他尋找那個背後的馴貓師。

此時，那位馴貓師正躲在一個雕像後面拿著夜視鏡觀察著，他最近也不好過，警方那邊盯得緊，還有另一個馴貓師阿午在背後等著，好不容易聽說阿午被下令不准靠近楚華大學，他才選擇楚華大學下手，沒想到會在這裡失手。

上次沒出動「老大」，損傷嚴重，這次他下狠心決定報復回去，換一批健康的，由「老大」領隊，可他沒想到的是，一所大學裡面，打架厲害的貓竟然這麼多！

像這種校園裡的貓不是應該更溫順些的嗎？

可事實是，上次他訓練出來的四隻貓對上那兩隻貓只能說是慘勝，這次更是一開始「老大」就折了，後面來的這幾隻也不是什麼溫和的角色，而且阿午的那三隻貓竟然出現在這裡！

這位馴貓師此刻心思千回百轉，可還沒等他琢磨出個所以然來，就發現把自己好不容易訓練出來的「老大」輕易揍趴下的那隻貓，竟然會直接朝自己跑過來！

——臥了個大槽的！

那個馴貓師也不管林子裡的貓了，轉身就跑，林子裡自己的貓正被壓著打，分不出空來幫他。而且憑他馴貓這麼多年，當然能夠判別出哪些貓好惹、哪些貓不好惹。現在對上這隻貓，還是先跑為妙。

就在鄭歎追那個馴貓師的時候，二毛根據黑米的反應，帶著老太太和焦媽往小林子這邊尋了過來。

大胖一聽到老太太叫自己的名字，使勁咬了一口被牠再次壓著的貓，然後跑出林子，跳到老太太懷裡。

老太太顫抖著手讓二毛幫忙打著電筒看自家貓的情況，大胖嘴邊還黏著不知道是哪隻貓身上的貓毛，反正看顏色不是大胖身上的。光線不好，小傷不容易發現，但也沒看到什麼大傷，老太太頓時放下心來。

焦媽繼續喊著自家貓，要不是二毛拉著，估計就衝進林子裡去了。

那林子裡的貓叫聲聽著特別嚇人。

鄭歎其實有聽到焦媽他們的喊聲了，但他並沒有停下來，好不容易逮到這個馴貓師，不能功虧一簣。

那個馴貓師雖然看起來有些狼狽，對於鄭歎突然追擊也感到很意外，但鄭歎從他逃跑的路線來看，這傢伙做過充分的準備，對這周圍的布局很瞭解，不是滿腦子漿糊的亂竄。

這傢伙的身形不怎麼健壯，卻沒想到他跑得這麼快，而且反應很迅速，幾乎在鄭歎衝過來的時候這人就轉身開溜，翻越欄杆和一些障礙物時躍得輕輕鬆鬆。

鄭歎在後面追著，但也沒放下戒心，這傢伙奔跑的路線都不是校園裡的主幹道，而且這些地方都沒有安裝監視器，難怪之前學校保衛處的人沒從監視錄影裡面找到線索。

那個馴貓師在翻過一道柵欄時往後瞟了一眼，藉著不遠處的路燈，他看到了緊追著自己的那個黑影，心裡暗罵。雖然沒被追上，但這貓一直緊追在後面，而且馴貓這些年，他從沒見過一隻這麼強耐力的貓，真他媽操蛋！還好自己有準備……

馴貓師看了看前面的一座小林子，嘴裡發出幾聲奇怪的聲音，聲音不大，有些像某種蟲鳴聲。

鄭歎能夠清楚聽到，而且這聲音在之前林子裡的時候也聽到過，只是當時和貓叫聲混雜在一起，鄭歎沒有特別去注意罷了。

「嗖嗖嗖！」

從林子裡衝出來四道身影。

這便是這位馴貓師的後手。保險起見，今天他帶過來的除了正在那邊林子裡面打架的那幾隻之外，還有兩隻健康的貓，外加上次受傷不太嚴重的兩隻貓待在這邊埋伏著，現在牠們成了這個馴貓師逃跑的幫手。

沒受傷的「老大」，鄭歎都不怕了，這幾隻他更沒放在眼裡。只是現在鄭歎的主要目標是那個馴貓師，這幾隻貓暫且不去理會。

四道身影從斜前方衝過來的時候，鄭歎跳起越過最前面那隻撲過來的貓，然後將第二隻攔路的貓撞開，至於後面那兩隻貓，牠們已經被鄭歎甩身後了。

那位馴貓師往身後看，準備瞧瞧阻截得怎樣的時候，恰好看到鄭歎將那隻擋路的貓強行撞開的情形，差點一口血噴出來。

——這他媽真的是貓而不是戰鬥犬？哪隻貓遇到這種情形會用這麼粗暴方式？！

原本那位馴貓師只是希望自己的貓能夠拖住鄭歎一會兒，讓他有機會擺脫追擊，但沒想到壓根沒啥效果。一想到這隻凶悍的貓，馴貓師忍著不適感繼續跑。

只不過，這位馴貓師畢竟對這周圍不熟悉，也沒有貓那麼好的夜間視力，橫穿一塊草坪時被一個凸起的區域絆了下，腳是沒扭傷，但是緩了幾秒，等他準備再次加速的時候，身後突然一股大力襲來，直接栽在地上，下巴磕在地面上。雖然是草地，但是磕這麼一下也不好受，他腦子有點暈了。

馴貓師搖了搖頭，爬起來，手伸進褲腰將電擊棒拿出，還沒等他找到目標，後背就被踹了一腳，再次向前栽倒。可是，由於他剛才爬起來尋找目標的時候變了個方向，這次栽倒剛好撞上旁邊的景觀石。

撞上石頭就不比磕草地上了，更何況是面朝那個景觀石撞上去的，本來就有些暈的腦子頓時更暈了，額頭和鼻子裡都有血流出來，電擊棒也掉落在地上。雖然腦子暈，思維不是很清晰，但以馴貓師的本能，還是發出一些急促的蟲鳴般的聲音，招呼自己的貓過來幫忙。

鄭歎將掉落在草地上的電擊棒踹進不遠處的人工湖裡，上去對著那個馴貓師就是一爪子，在他臉上留下爪痕。

挨了一爪子的馴貓師慘叫一聲，踉蹌站起來，他現在腦子暈，站起來也不能像剛才那麼俐落的跑步，他甚至來不及想為什麼自己會被踹倒，明明追擊他的只有一隻貓而已……一隻貓，有這種力道嗎？這個問題只有等他腦子清醒的時候才會想起來了。

鄭歎看著他站起來之後，跳起又是一腳，然後看著那人第三次栽倒在地。

估計是累了再加上腦子暈乎，那人不打算再站起來，將衣服上的連帽拉起來套住頭，面朝地面整個人蜷起來，防止鄭歎對著他的臉撓。

鄭歎看著眼前這個扮烏龜的傢伙，沒有立刻衝上去。見到電擊棒之後，他懷疑這傢伙身上還藏著某些器具，保險起見，鄭歎不打算再近身戰。但這傢伙要是以為不近身就奈何不了他的話，那就大錯特錯了。

鄭歎看了看周圍，前段時間校方在學校裡各個草坪區域進行了鋪磚，草坪上那些被學生們走出來的「路」都鋪上了方形的草坪磚，而旁邊灌木叢那裡有一些破掉的、還沒清理掉的廢棄草坪磚。鄭歎走過去，撿起一塊，朝那裝烏龜的人砸去。

這周圍沒有其他人，沒有監視器，大晚上的也沒人看到，鄭歎用兩條後腿直立著，然後兩隻前爪子抱著草坪磚碎塊砸人。有隻貓尋了過來，攻擊鄭歎的時候被鄭歎打翻到邊上了，然後鄭歎繼續抱著磚砸。

那人一開始還疼得叫，後面沒叫了，估計實在忍不住，翻身起來的時候手一揮，一條細細的鞭子甩向周圍，掄了個圈。不知道這鞭子是不是馴貓用的。

揮鞭子的力道不錯，動作看起來也很老練，可惜鄭歎在鞭子的攻擊範圍之外。

鄭歎現在相當慶幸自己剛才沒搞近身攻擊，不然多半會挨上一鞭子。

那人朝周圍揮了幾鞭子之後，發現並沒有觸碰到目標，反而自己有些站不穩，便打算走到樹邊靠著，但突然臉上一痛，才剛清醒些的腦袋現在又覺得意識混沌了。

扔完磚，鄭歎看著那人再次倒在地上，想著要不要過去看看，再撓幾爪子、踹幾腳幫警長牠們報報仇出出氣，便聽到有人往這邊跑過來的聲音。

來人是二毛。

這邊沒多少路燈的燈光，只能大致看到模糊的影子。二毛打開手電筒看過去，便見到地上有個一副半死不活樣子的人，而焦媽正焦急尋找的黑貓正好好地蹲在一塊景觀石上面，看上去淡定得很。

「黑煤炭，趕緊回去，你貓媽著急找你呢。這裡交給我。」二毛對鄭歎道。

見到二毛，鄭歎也不準備繼續跟這個馴貓師糾結，走之前他還從那個馴貓師身上踩過去。

終於見到自家貓的焦媽懸著的心終於放下了，但擔憂過後，便是怒氣。

焦媽很生氣，後果很嚴重。她讓鄭歎將家門鑰匙拿出來，鄭歎裝傻，反正鑰匙他自己藏得好好的，只要大胖不出賣自己，焦媽就找不到。

鬧哄哄的東教職員社區在警察來後不久便重歸平靜。

鄭歎不知道阿午以及他的三隻貓怎麼樣了，不過，從第二天在二毛那裡聽到的消息中，鄭歎瞭解到，那個馴貓師被核桃師兄帶走了，也帶走了幾隻貓，包括那隻被鄭歎揍到骨折的「老大」；阿午的貓則由他自己帶走了。

核桃師兄和二毛都沒準備將馴貓師這件事公布出來，不然到時候不僅學校裡的貓，整個楚華市的貓都要受到人們的敵視了，尤其是那些被偷過皮夾的人，甭管是不是被貓偷的，他們都會將怒意放到貓身上，也肯定會有本就敵視貓的人將各種髒水往貓身上潑。

核桃師兄和二毛可不想到時候人們看到貓的第一反應就聯想到小偷，而且前陣子愛貓的活動才舉辦沒多久，現在曝出這事簡直就是啪啪的打臉。還是隱瞞下來得好。而且他們和學校高層也商議好了，統一口徑，不將這事公開，就說半夜抓了個小偷而已。抓到小偷也確實是事實，算不上隱瞞真相，這樣說也不違心。

鄭歎待在家裡，今天沒出去，之後幾天也不會出門，頂多在公寓樓裡竄竄，至少短期內是這樣；門鑰匙沒交出去，鄭歎自覺的在家「面壁思過」，等哪天焦媽消氣了，他再出樓閒晃。

在陽臺上曬太陽的時候，鄭歎看到社區裡停著一輛熟悉的車，那是大胖牠貓爹的，看來這時候大胖應該在家蹲泡麵。老太太不忍心，只有牠貓爹過來督促。

鄭歎想了想，如果焦爸在家的話會怎樣？最後想不出個最可能的情況，焦爸那人太難揣測了，不能以常人論之。

最讓鄭嘆氣憤的是，小柚子不讓自己鑽被窩睡床了，於是這兩天鄭歎都睡在貓跳臺。

越想越不爽，鄭歎從旁邊的花盆裡撈出個小土塊，朝四樓扔過去，砸在鐵網上。正蔫蔫垂著頭不知道在想什麼的將軍聽到聲響立刻拍著翅膀跑過來，左看右瞧。

鄭歎沒心情去理會那隻鳥，在陽臺上無聊的打了幾個滾之後，決定開電腦上網看看八卦。這次鄭歎沒有去逛寵物論壇，而是進了楚華大學本校的論壇網，討論得比較熱烈的帖子都是關於這次事件的。

貓走了，馴貓師也走了，但人們的討論卻並未停止，而且越來越往詭異的方向發展。東教職員社區的大媽們將事情添油加醋傳了出去，說社區裡的貓貓狗狗這次又幫忙抓小偷了，有了前幾次的經歷，這次更是傳得神乎其神，只是外面大多數人只當笑話聽聽而已，並不當真。相比而言，學生們這次的討論異常火爆。

那晚上林子裡的幾隻貓後來打架跑動的範圍擴大了，靠近某區學生宿舍的時候，一些夜裡沒睡著的學生都聽到那嚇人的貓叫聲，而且這些叫聲持續的時間還比較長，聽起來感覺氣溫都降了好幾度，第二天又聽到學校裡抓了個小偷的消息，便討論開來。

鄭歎往下看也忍不住吐槽，這些學生想得真多，連妖魔鬼怪都出來了。

一部分學生懷疑學校用小偷事件來掩蓋真相，還說貓能看見鬼魂跟二重身什麼的，一定是見到什麼髒東西了，畢竟這幾棟宿舍樓都出過事，將舊事件翻出來，再結合這些學生們的言論，看得人後背發涼。後面還有人談論養貓驅邪。而這次事件，最後被評為本年度楚華大學十大靈異事件之一。

◆◇◆◇◆◇◆◇◆

對於鄭歎來說，在家「面壁思過」的日子總結起來就一個詞——無聊。

前兩天還能上網打發一下時間，順便在網上看看自己拍過的廣告，除了這些就是在家睡覺。衛稜來過一次，不過為了防止被焦媽罵，衛稜只去了三樓二毛那裡，鄭歎跑去聽他們聊了一下事情的後續發展。

那位馴貓師被判刑，具體怎樣衛稜沒說，不過鄭歎瞭解到那隻被自己揍骨折的貓被阿午帶走了，聽說那貓太凶，而且攻擊性很強，尤其是在被鄭歎揍骨折之後脾氣更差了。還有人向核桃師兄建議直接對牠執行安樂死，這種貓放出去太危險。後來阿午開口了，作為這次事件的報酬，也為了解決掉「老大」這個麻煩，核桃樂得將那隻貓扔給阿午。

當初阿午不准接近楚華大學的消息是他自己主動放出的，就是為了引蛇出洞。很顯然，他的目的達到了，難怪那段時間鄭歎在學校裡面能見到桂圓。事件平息後，這人和貓也不知道到哪裡去了。

總的來說，這幾天大多數時間鄭歎都在家養膘，對於喜歡在外閒晃的鄭歎來說，憋得相當難受，每天趴在陽臺上對著外面憂傷。

終於，在一週後的某天，早上吃完早餐，焦媽帶著焦遠和小柚子出門的時候，鄭歎試探著跟在他們身後往外走，一邊走一邊看焦媽的臉色。小柚子看了鄭歎一眼，抿著嘴不出聲，焦遠倒是咧著嘴偷笑。

鄭歎一直跟到一樓電子鎖那裡，然後在三人出門的時候，見焦媽沒什麼表示，厚著臉皮趕緊在電子鎖關上之前竄了出去。

再看焦媽的臉色，不怎麼好，但更多的是無奈。

「不准惹事也不准管閒事，以後碰到小偷也別自己衝上去，逮小偷那是警察和狗的事情，你一隻貓衝上去幹什麼？」那天晚上確實把焦媽嚇到了，不然也不會生這麼長時間的氣。

雖然這是在訓話，但同時也表示，焦媽暫時默許鄭歎出門了。如果不是因為焦媽還看著，鄭歎肯定會興奮得跳起來翻幾個觔斗。翻觔斗這事對於貓來說並不難。

將小柚子送到附小，看著焦媽和焦遠離開直至不見身影，鄭歎撒腿往旁邊的草坪裡跑，上竄下跳，這一週來他感覺自己渾身都要生鏽了，憋得慌，現在跑了跑感覺舒暢多了。

調戲了幾隻灰喜鵲，鄭歎沿著花壇走，走到教職員活動中心那裡的時候，聽到那邊有聲音，還有個異常熟悉的。

鄭歎跳上一個窗臺往裡瞅了瞅，只見那隻賤鳥站在一個擱毛巾的架子上搖頭晃腦，跟著那些退休的老教師們唱崑曲段子。難怪這傢伙最近腔調怪怪的，還總唱戲，原來是跟著這些老先生、老太太們學的。

大胖牠家的老太太也在裡頭，大胖就蹲在旁邊，將軍時不時跑去撩撥兩下，然後被拍回來。

鄭歎可聽不懂那些戲曲，對那個也不感興趣。上午沒跑太遠，他就在學校裡閒晃，下午才決定去外面跑跑。

# 第四章 性格惡劣的黑碳

有些人被關久了之後，一出門就想跑更遠，鄭歎就屬於這一類。

還是選擇焦遠學校所在的那條老街，之前沿著這條路走得最遠的就是臘梅叔住的那一帶，今天鄭歎決定再往前走走。

城市建設的步伐在加快，一段時間不見，鄭歎感覺又有了些變化。

走到臘梅叔以前住的那個小社區的時候，鄭歎想了想，從圍牆翻進去，來到那棟樓前。

「刷——」

熟悉的窗戶處，窗戶被拉開，一張陌生的面孔露出，還有一些對話聲。陽臺上放置著一些盆栽，卻不是以前那些紙盒子。這裡應該是賣給了別人。

既然都不認識，鄭歎也沒再繼續待下去，走出小社區，按照計畫的路線往前走。

越往前走，與老街那邊的區別也越來越明顯，不論是商鋪還是圍牆，透著一股新時代的活力。沒有圍牆的時候，鄭歎就靠著邊上走，偶爾有人會多看他兩眼，但更多的人來去匆匆，懶得去注意一隻看起來沒什麼特別的貓。

走了一段路之後，鄭歎看到前面有座天橋。

前面街道兩旁的行人很多，人行道旁邊也沒有讓鄭歎滿意的行走路線，所以鄭歎不準備再往前走了，但又不想立刻轉身回去，於是決定去天橋走走。

沒有理會周圍逗貓的聲音，鄭歎自顧自的爬著臺階。臺階拐彎處有賣水果的人，有人在那裡討價還價。

來到天橋上，鄭歎看了看，還挺豐富，除了幾個賣水果的，還有賣發糕的、賣小玩具的等等，難道沒執法人員過來走動？

站在天橋上，腳下是川流不息的車流。從天橋的一邊望過去，是多數為老建築的街道，很多樓不知道什麼時候就會被打上「拆」字標籤；而另一邊是更加繽紛繁華的世界，高聳的現代化大樓彰顯大都市的氣息。

收回遠望的視線，鄭歎往天橋上看了一圈，視線最後落到位於天橋正中位置的那裡，有個頭髮花白、穿著灰藍色款式老舊衣服的老人坐在簡易的摺疊矮凳上，背靠著欄杆，在他旁邊有根導盲杖，頭上方有把黑色的大傘，撐開著遮擋陽光，傘柄綁在欄杆上。

老人懷裡抱著把二胡，腳邊有個打開的不大的木箱子，木箱裡面放著一些硬幣和金額不大的紙鈔。

賣藝的？並且還是盲人？

在鄭歎觀察周圍的時候，其實周圍的人也好奇地看著這隻黑貓，他們來天橋上賣東西已經有段時日了，這還是第一次見到獨自走上來的貓，而且看起來還一點都不怕人，淡定得很，對路人的逗弄聲也沒理會。

原本有些人只是對這隻突然來到這裡的黑貓有些好奇的看了看而已，然後便開始招呼想買東西的行人。可是，當他們發現這隻黑貓朝中間那個瞎子老人走過去的時候，一些人不禁停下吆喝聲，注意著那邊的動靜。

鄭歎純屬好奇，他聽二毛他們講過一些事情，比如現在流行的一些騙子，很多人裝瞎裝可憐來騙取人們的同情，一天下來的錢不一定比某些坐辦公室的差。不過，這個老人一沒嚷嚷自己可憐向路人乞討，二沒在地上寫字或者墊上已經寫好的那些讓人同情的身世，這第三嘛……鄭歎覺得這人有些古怪，卻說不出來到底怪在哪裡。

這人真的是瞎子嗎？

鄭歎走近，在離老人半公尺遠的地方停下，蹲坐著，歪著頭看坐在那裡閉著眼睛像是睡著了的人。等了兩分鐘，他發現這老頭一點都沒有要睜眼的意思。

視線落到老人腳邊那個打開著的木箱，鄭歎起身走過去，看了看木箱裡的硬幣，又看了看閉著眼靠著欄杆一動不動的老人，再看了看箱子，然後抬爪，撈了撈，彎爪子將一枚硬幣勾起，又放下。

硬幣下落碰到其他硬幣發出「叮」的一聲響。

鄭歎放硬幣的時候就注意著那個老人，當硬幣發出「叮」的一聲時，他注意到老人的耳朵動了動。鄭歎見過的人裡面，耳朵能動的不多，難得見到一個耳朵能動的，鄭歎在家憋了一星期滋生出來的惡趣味又來了。反正只要不太出格，周圍的人也只會認為是貓對箱子裡的硬幣好奇但撈也撈不出來罷了，不會想太多其他的。

又撈起一枚硬幣，在快撈出木箱的時候鬆爪，又是「叮」的一聲。

老人的耳朵又動了動。

再撈，鬆爪，「叮」一聲！

老人耳朵再動。

反覆了幾次，鄭歎都不耐煩了，這老頭怎麼就不睜眼呢？就算真的眼睛有問題，不能張開，難道不會說話嗎？還是說，這老頭目不能視，口也不能言？

就算目不能視、口不能言，至少聽力在。看剛才那情形，這老頭的聽力不會太差，聽到自己的錢箱被動，竟然一點反應都沒有！甚至臉上都沒有一點變化！

這也太過鎮定了。

想當初自己在外面跟方邵康一起賣藝的時候，雖然覺得很丟人，但要是誰動錢箱，鄭歎肯定會上去揍人，可這老頭呢？

蹲在原地想了想，尾巴尖有節奏的擺動，然後，鄭歎將視線放在了摺疊矮凳旁邊的半瓶礦泉水上，走過去，抬爪，推！

這是鄭歎跟警長和阿黃他們待久了之後染上的「惡習」。

只見那半瓶礦泉水倒下之後，又往遠離老頭的方向滾了滾，原本老頭垂手就能碰到的瓶子，現在起身也很難碰到了，畢竟他是盲人。

周圍看到這一幕的人心裡都有同一個想法：這隻貓的性格真他媽惡劣！

鄭歎可不管別人的想法，看著依然老樣子坐在那裡的人，心裡罵道：這人就是個木頭吧？除了耳朵會動，還會什麼？！

——沒意思。騷擾半天也沒個反應。

鄭歎將已經滾遠的半瓶礦泉水又滾了回來，雖然沒將瓶身立起，但還是推在老地方，老頭垂手就能碰到。

正準備離開，鄭歎又注意到，這老頭下巴上的鬍子還挺長，風一吹兩邊閒晃。一想到這老頭半天沒反應，鄭歎惡趣味再次升起，跳起來伸爪子將老頭的長鬍子撥了下。

然後，老頭依舊沒反應。

鄭歎覺得，那些熊孩子要是抓自己鬍子的話，自己肯定會生氣、會發飆，真不知道這老頭怎麼能夠忍下來。

如果這老頭能夠給出點除了動耳朵之外的其他反應，鄭歎也就沒興趣撩撥了，可偏偏這老頭坐得住，硬是把鄭歎激出了倔性，鍥而不捨一次次去抓鬍子。

不遠處賣芒果的那個臉色黝黑的大叔見此狀況，嘴巴張得老大，露出一口白牙，連路人的問價都忘了回覆，他心裡感慨：這隻貓一定是在找死！

鄭歎正忙著將這老頭氣出個反應，一點都沒注意周圍幾個小攤販變化的臉色。

當阿金揹著吉他走上天橋的時候，便看到那隻許久不見的黑貓，正在欺負人家盲人老頭。

阿金最近因為創作進入瓶頸期，狀態極差，團員們建議他出門走走，或許會有一些靈感，不要急躁，也不要有太大的負擔，要保持對音樂的熱情。

因此，在沒有演出的時候，阿金便揹著吉他在楚華市其他地方走動。

這段時間，阿金在地下道和一些廣場演奏過，夜晚睡過公園，彷彿又回到了當初作為流浪歌手的那段時間，急躁的心情不自覺也漸漸平靜下來。

今天，阿金原本準備去中心廣場那邊唱唱的，其實在楚華市的很多大型廣場晚上都有一些頗具才華的年輕人表演，這兩天阿金在其他兩處就碰到過不少，交流的時候也有很大的收穫。只是阿金沒想到會在這裡碰到鄭歎。

對於鄭歎，阿金感激，也帶著些他自己都說不清的敬畏。有時候阿金自己都覺得不可思議，只是一隻貓而已，卻能夠對他、對樂團造成這麼大的影響，當初如果沒有這隻黑貓，自己和團員們又會何去何從？不敢想像，那個時候幾乎就放棄了。所以，對於這隻貓，阿金以及他的團員們一直都抱著感激，從他們的黑貓團徽就能看出來。

而說到敬畏，或許這是阿金遇到過的貓裡面唯一一隻大牌，畢竟這隻可是連夜樓的大老闆葉昊都敢直接甩臉色的貓。

阿金並不知道鄭歎具體住在哪裡，實際上他連鄭歎的底都沒摸清，只知道這貓跟幾位「大人物」挺熟的，每次去夜樓都跟幾位「大人物」一起。所以，在這裡乍一看到鄭歎的時候，阿金並不確定，但再看了兩眼之後，才將眼前的黑貓與那隻大牌貓對上。或許，沒有第二隻貓敢公然在這種地方、在這種氛圍下，淡定的欺負人家盲人老頭。

「黑碳！」阿金開口叫道。見到鄭歎，阿金挺高興的，這可是他們樂團的福星。

鄭歎剛拔了這老頭的一根長鬍子，只看到老頭臉上抽了抽，沒有其他的反應，便準備再拔兩根，看這老頭能忍到什麼時候，沒想到突然聽到有人叫自己的名字。

——傻瓜！叫名字幹什麼？！

鄭歎心裡罵道。

做壞事的時候，最忌諱的就是將自己的真實信息暴露出來，原本這地方鄭歎第一次來，別人也不認識鄭歎，遛遛玩玩然後尾巴一甩走人，誰能找到誰啊？可是現在阿金直接就把他的名字叫出來了。

鄭歎猶豫著，自己要不要裝作被認錯了？

正想著，鄭歎抬頭看了看坐在那裡的老頭，卻發現老頭已經睜開眼睛，眼球是混濁的灰白色，並且看向鄭歎所在的地方，嚇得鄭歎反射性往後跳了一步。不是鄭歎膽小，實在是因為太突然了，剛才折騰那麼久這老頭都沒睜眼，現在眼睛卻突然睜開了。

不過，還真是瞎子……

老頭不僅睜眼，他還動了。

老頭一動，阿金趕緊走過去，生怕這老頭抄著導盲杖朝鄭歎打過去。而周圍擺攤的其他人也想著這老頭會怎麼對付這隻貓，平時這老頭雖然不怎麼說話，不與人交流，沒與誰有爭執，但那是因為大家都沒去惹他，而現在的情況是——這隻貓太找死！

就連鄭歎也以為這老頭會給自己點教訓，貓爪子上還夾著根鬍子呢！所以，他做好了開溜的準備。

可沒想到，這老頭動了動，調整了坐姿，拿著二胡開始拉起來。

鄭歎見過焦爸老家那個老太婆拉二胡，現在聽這老頭拉，感覺應該並不遜於那個老太婆，何況這老頭還是個瞎子呢，太難得了。同時，鄭歎也不得不承認，這老頭脾氣真好，都被自己揪鬍子了，還有心情拉二胡。

阿金雖然對於二胡不怎麼瞭解，但對於樂聲很敏感。阿金覺得，這老頭不像是生氣的樣子，反而聽起來應該心情不錯。

拉二胡的人很多，而且大多數曲風都帶著些淒切寒涼感，但現在這老頭拉的二胡曲調讓人很有種夕陽壩上的暖意。不知不覺，剛才的緊張感放鬆不少。

阿金是透過二胡曲調來判斷老頭的心情，而鄭歎則是透過直覺來感受這老頭有沒有惡意。既然老頭不準備追究，鄭歎也不好繼續再欺負人家盲人，何況阿金在這裡，再找事估計會有更多信息被阿金這個蠢貨不經意間爆出來。

既然不打算繼續欺負老人，鄭歎索性蹲在旁邊聽老頭拉二胡，阿金也不準備立刻就離開，站在鄭歎邊上靠著欄杆，聽老頭拉二胡。

阿金看得出來，這拉二胡的老頭是個高手，不比那些音樂學院的老師差，聽一會兒也能對自己創作有好處。還有一點，阿金聽過很多二胡樂曲，但這老頭拉的曲子卻從未聽聞，但又不好意思打斷詢問，便一直安安靜靜站在旁邊欣賞。

周圍擺攤的人對於老頭拉二胡早就已經習慣，見沒熱鬧看，又開始忙著各自的小攤。對他們來說，貓可沒錢有吸引力。

說到錢，鄭歎現在明白為什麼這老頭的木箱子裡有這麼多錢了，二胡拉得好，路人願意聽、喜歡聽，再加上對老人的憐憫同情，都會給點錢。雖然大多數都是小零錢，但勝在多，一天下來也能夠賺不少，對於一個老人來說，生活費綽綽有餘，還有餘錢享受一下其他樂子。

其實今天給錢的人比往常多了些，而且這其中，有一部分是因為鄭歎這隻貓，這也是為什麼一些賣藝的人喜歡帶著小孩或者動物的原因。

直到看著天色差不多的時候，鄭歎起身準備回去接小柚子。

「咦？黑碳，準備走了？」阿金正沉浸在二胡的曲調裡面，二胡聲停下的時候，回神才發現原本蹲在旁邊的黑貓已經走到邊上準備下天橋了。

揹上吉他跟上去，阿金準備跟著鄭歎一起走，反正他現在沒有絕對的目的地，而且他對鄭歎的住址很好奇，這貓到底住在哪裡？住在怎樣的地方？為什麼會獨自來到這裡？

鄭歎知道阿金跟在身後，也沒理會。

路過一個賣吃食的小攤販時，阿金叫住鄭歎，「黑碳，請你吃雞柳吧。」阿金記得，這隻貓好像食譜很廣。

這也算是表示一下謝意，難得單獨見到鄭歎，以前阿金見到鄭歎的時候，鄭歎都是和衛稜、葉昊他們待在一起，他可沒膽子插話。

說起肉，鄭歎現在確實有些餓了，反正也不趕時間，離小柚子放學還有半小時，吃頓再回去也來得及。

見鄭歎停下來，阿金知道這貓應該是同意了，便高興的走到小攤販前。

「來兩份……」

話還沒說話，阿金就僵住了。掏了掏口袋，拍了拍褲袋，掏半天才沮喪著一張臉看向鄭歎。

「黑碳，你有沒有見到我的皮夾和手機？」

鄭歎：「……」蠢貨！連手機和皮夾被偷都不知道！

另一邊，天橋上，在鄭歎和阿金離開之後，老頭也沒再拉二胡了，就靜靜的坐在那裡，閉著眼睛，回到之前的狀態。直到夕陽西下，老頭才疊好矮凳，放進那個裝了錢的木箱子裡，木箱子不大，但恰好能夠容納摺疊好的矮凳。

老頭將綁在欄杆上的大黑傘解下來，不緊不慢的收拾好一切，每個動作都不快，卻很流暢。周圍人也沒什麼驚訝的，這要是誰每天都重複同樣的事情，日復一日，也能做到這樣。

對於一位盲人來說，白天還是黑夜其實沒有什麼區別，但老頭每天都很有規律，與清晨的朝陽一起出現，與黃昏的夕陽一起消失，而且他在天橋上的位置也總是固守不變，沒有哪個來天橋擺攤的商販會搶占他的位子，甚至在他周圍都會空出一片地方。攤販最多的時候，即便其他地方擁擠，老頭所在的地方也會空出一塊。

如果有新來的小攤販，則會被其他攤販告知不要去占那裡的位子。而且，在老頭離開之後，天橋上的商販就算生意正好，也會儘快收拾好東西離開，要繼續做生意也得換個地方。如果某天他們來天橋上沒見到老人，他們也不會在這裡擺攤，而是會選擇其他地方先賣著，直到老頭再次出現在天橋。

這是天橋上的這些小商販們長時間以來摸清的一個規則，有這位瞎老頭在的時候，是沒人過來天橋驅趕罰款的，這也是為什麼大家對於這個瞎老頭的態度很特別的原因之一。

至於另一個原因……這些小商販也只是聽說而已，沒有親眼見到過，不好下定論。但不管怎樣，他們從來不會去得罪那個瞎老頭，有時候賣水果或者其他吃食的商販也會拿點出來給瞎老頭，並且給的時候還不是施捨的樣子，倒是表現得小心翼翼。

老頭拿著導盲杖，不急不緩的行走在人行道，那雙渾濁的黑白的眼睛也沒有睜開，如果睜開的話，估計會嚇著一些人。

天色很快暗下來，霓虹燈閃爍，準備開始夜生活的人笑談著從老人身邊走過，看向老人的目光，有同情也有鄙視——這不是針對老頭這個人，而是針對像老頭這樣的盲人。

突然，從後面衝過來一個人，搶了老頭手裡的木箱之後就跑了！這人傍晚的時候從天橋走過，看到過老頭木箱子裡面的錢，當時人太多沒下手，也沒在意，因為他還有更「肥」的獵物。而現在他看到了，不搶白不搶，怎麼說裡面也有幾百塊錢呢。

老頭的周圍有人見到這一情形，大多數都沒想管閒事，有熱血青年倒是想管，可眨眼間那個搶箱子的人就隱沒在來往的人群裡，他們只能同情一下這位雙目失明的老人。

與周圍的人不同，老頭臉上平靜得很，並沒有因為箱子被搶而表現出憤怒傷心，只是在箱子被搶的時候稍作停頓，然後繼續往前走，像是沒聽見周圍人的議論聲。

又走了一段路，老頭拐進一條沒有什麼燈光的狹窄而悠長的弄堂，夜間城市的喧囂似乎突然隱退，與弄堂之外那條繁華的街道似乎是兩個世界。老頭依舊不急不緩的往前走。

前面不遠處，有個人坐在旁邊，看到老頭後，那人立刻起身衝過來，噗一下跪在老頭眼前。

這人正是之前搶了老頭木箱子的人，此刻他顯得很狼狽，被揍得鼻青臉腫，身上估計還有其他傷。跪在老頭眼前之後，他雙手將老頭的木箱子舉起來，身子抖得跟篩子似的，連說話都顫得厲害。

「小小小……小的……新來的……有……眼不識……」

老頭並未因為眼前的人而停下步子，臉上依舊平淡無波，也沒說一個字，伸手提過箱子，繼續往前走，留下跪在地上的話還沒說完的人獨自在那裡繼續抖。

此時，已經吃完晚飯，被勒令晚上不准外出的鄭歎趴在沙發上陪焦媽看肥皂劇，心裡琢磨著：明天要不要再去天橋那邊揪兩根那瞎老頭的鬍子，試探一下那老頭的忍耐極限？

次日，鄭歎中午去焦威他家小餐館吃飯的時候，見到阿金在門口的一棵樹下站著。

昨天阿金丟了手機和皮夾，也沒立刻聯絡他的熟人，後來鄭歎直接把他帶到焦威他家店裡。焦威他媽熱情的態度讓阿金很尷尬，他想欠帳寫個字條什麼的，可焦威他媽說：「黑碳帶過來的，還收什麼錢啊？這頓飯算阿姨請的！」

現在有些事情焦威他媽心裡多少有點譜了，從焦威那裡也打聽出點事，對鄭歎的態度完全不像對老家村裡的那些貓。做了這些年生意，一點眼力是有的，阿金不像是有什麼壞心眼的人，再說一個人一頓飯就那麼一點錢，用不著計較那麼多，結個善緣也好。

昨晚在小餐館裡吃完飯，阿金便揹著吉他往中心廣場那邊去。其實，如果鄭歎沒帶他過來這裡的話，他會先去廣場那邊唱唱，等晚上有點錢了再填飽肚子。

今天中午，焦威他媽剛洗完菜坐在門口歇息，等午休時間一到，人就開始多了，得一直忙到一點多，所以趁這空隙多休息一會兒，沒想到會看到阿金。

阿金過來吃飯，這次自己掏錢，還用昨晚賺的錢買了點水果作為謝禮。這些錢花出去，手頭上也沒剩多少了，就留著當公車費，打算著如果實在艱難的話，就搭車回去取點錢再出來。他不得不慶幸自己出來的時候沒帶身分證、提款卡等等，皮夾裡只有出門的時候取的兩千塊錢。錢丟了也就丟了，但卡和證件丟了的話就比較麻煩。

阿金中午過來的時候碰到了來小餐館買飯的二毛，他見過二毛兩次，知道這人跟衛稜很熟。二毛現在常和秦濤他們往夜樓那邊跑，衛稜也對他說過阿金他們樂團的事情，他還過去聽了幾場表演，認識阿金；就算不確定，他看著阿金脖子上掛著的那條貓項鍊就能對上號了。

現在天氣變暖，二毛也沒睡懶覺，每天這個時候過來拿晚飯，他還專門去超市買了兩個保溫盒。二毛將手上提著的空保溫盒遞過去，接過焦威他媽遞來的盛了飯菜的保溫盒，擱在旁邊，也沒急著走，坐下跟阿金聊了一會兒。

聽到阿金丟了皮夾和手機，二毛抒發了一下感想，現在路上的小偷確實很多，尤其是學校周圍，商業街那邊也多，阿金這種情況不少見。

「要不我借你一點？」二毛隨口道。

阿金小心的拒絕，他上次見到二毛的時候，這人和幾個紈褲子弟在一起，估計本身就是個紈褲子弟，面對這種類型的人如果自己的話語不適當，可能會引起反感。

「哦。」被拒絕了二毛也沒在意，「我也就一說，我出門其實一毛錢都沒帶。」

阿金：「……」

「不過……」二毛伸了個懶腰，「如果你跟那隻貓熟悉，抱緊貓大腿就餓不死。」

說完，二毛起身提起飯盒離開，沒遇上後來過來的鄭歎他們。

二毛最後那句話雖然像是開玩笑，在旁人聽起來匪夷所思，但阿金知道，這是實情。現在看到小餐館裡面老闆和老闆娘對鄭歎的態度，阿金也不得不在心裡感慨：這人還沒貓混得好，看看人家，面子多大！

昨天鄭歎將阿金一個人甩在小餐館沒管，自己則去接小柚子，沒想到今天中午過來還會看到阿金。

阿金向鄭歎打了聲招呼後，便離開店裡，沒打擾鄭歎他們吃中飯。他準備去楚華大學裡面逛逛，沒上過大學，來這所名校裡面走走也好，難得來一趟。

下午鄭歎出門準備出去溜達的時候，碰到在學校裡閒逛的阿金，阿金還提議讓鄭歎帶路在校園裡逛逛，可鄭歎決定今天再去試試天橋那邊的盲人老頭，對阿金的話沒理睬。

沒見到鄭歎有反應，阿金還以為這貓聽不明白自己的話，但是見到鄭歎往外走，想了想，跟了上去。於是，一人一貓再次來到天橋上。

而上了天橋之後，讓阿金驚訝的是，離那盲人老頭不遠的地方，挨著欄杆放著的，竟然是自己昨天丟失的皮夾和手機！

他問了個提籃子賣芒果的人，得知手機和皮夾都是盲人老頭今天早上過來的時候放的。

阿金打開皮夾看了看，一分錢沒少。手機關機，開機之後各種功能完好，通訊錄都沒被清除。不僅是阿金，連鄭歎也震驚了，這老頭難道還真是個大人物不成？他聽衛稜和葉昊他們聊天的時候也瞭解過一些，沒點路子、沒點手段，不可能這麼輕易就找到丟失的東西。

但讓鄭歎疑惑的是，不都說大人物牛脾氣嗎？怎麼這老頭不是？自己昨天都拔他鬍子了，也沒見這老頭有啥反應，之後也沒誰找自己的麻煩。

今天鄭歎和阿金過來的時候，老頭正在拉二胡。曲子和昨天的不同，阿金聽著這裡面既沒有那種淒切感，也不同於昨天下午的曲風，倒是讓人感覺很平靜，有一種很奇異的感覺。而這個時間段、這樣的天氣和環境，明明應該會讓人感覺到疲乏或者煩躁的。

當然，對於不懂欣賞的鄭歎來說就另當別論了，該什麼心情還是什麼心情。

沒打斷老頭，阿金準備等老頭拉完曲子之後再道謝，便走到一旁，靠著欄杆專心聽老頭拉二胡。阿金挺佩服這位盲人老頭，雖然阿金自認為已經磨練出了些功力，但顯然還不夠，如果是他自己在這裡彈唱的話，免不了被天橋下來往行車刺耳的喇叭聲影響——有些急性子的司機會頻繁按喇叭或者長按喇叭——沒定力的人，估計自彈自唱的時候唱出第一句後就被喇叭將剩下的堵回肚子裡。

說得簡單點，不過是個心態的問題，但要做到盲人老頭這樣卻很不容易。維持本心，平心靜氣，何其難也。

當然，就算能夠扛住天橋下那些聒噪的喇叭聲，阿金也不會在這裡彈吉他，雖然不太明白為什麼周圍那些商販們對於這個老頭特別對待，但他不會在這裡搶生意，這次有了老頭、皮夾和手機的事情，阿金就不會來這裡演奏了。

鄭歎不太懂欣賞樂曲，他走到老頭跟前，抬頭觀察老頭的表情。

依舊是和昨天一樣的模樣，閉著眼睛，臉上看不出情緒。所以，隨著微風擺動的長鬍子相對來說就很顯眼。

不過，畢竟有了些顧忌，鄭歎決定先觀望一下，暫時不出手拔鬍子了，便來到已經裝了一些硬幣和零錢的木箱子旁邊蹲著，閒著沒事開始數這老頭今天又賺了多少。

正低頭數著錢，突然一片陰影籠罩，鄭歎抬頭看向站在眼前的人。確切的說，來人是站在老頭眼前，表情略顯浮誇和傲慢，身邊跟著個穿著暴露、身材惹眼的年輕女人，周圍一些人的視線都落在女人胸前的高聳和那雙白花花的長腿上。

「拉得不錯。」那人說道，然後掏出皮夾，從裡面拿出一張嶄新的百元鈔票隨手一扔。

鄭歎看了看掉落在地上的錢，這著落點離木箱子沒半公尺也有四十公分了吧？再抬頭看眼前的人，這人似乎一點都沒有要將錢撿起放進木箱的意思，反而有些期待的等著，估計是為了看這時候誰過來撿錢。

這種行為帶著侮辱意味，周圍見到這一幕的人，有的打算看好戲，有的雖然臉上看不過去，但也沒有什麼實際行動，他們犯不著得罪這種明顯不差錢的主兒。

阿金看了看，想著要不要出面，反正這種丟人的事情他在作為流浪歌手的時候也碰到過，有了些免疫力。只是，阿金剛邁出腳，就見蹲在木箱子旁邊的黑貓走過去將快被風吹跑的嶄新百元鈔票撥回，然後用兩隻前爪夾住、放進木箱子裡，放進去之後還伸爪子在木箱子裡面撥了撥，將硬幣撥在紙幣上方壓住，這樣能防止紙幣被風吹跑。

在這整個過程中，阿金除了注意眼前的事情發展之外，還感覺到盲人老頭拉的曲子裡面有點細微的變化，從平靜到肅殺、再到欣慰，可是再聽的時候，阿金又感覺與前面沒啥差別。同一首歌曲子有這樣的變化嗎？阿金懷疑。不知道是不是錯覺？

從眼前這人扔錢到現在，老頭並沒有停止手上拉二胡的動作，彷彿不知道這一切似的。

來人沒想到會有這樣的一幕，又從皮夾裡抽出一張一百扔地上，鄭歎繼續重複之前的動作。

將錢放進木箱子之後，鄭歎看向眼前的人。

——你敢扔，老子就敢撿！反正我現在只是一隻貓，不怕丟人。

而且老頭今天的收穫不行，雖然錢沒數完，但鄭歎大略估算，大約八十幾塊錢，眼前這人一扔就是一百塊錢，不撿白不撿。

這種人傻錢多人品堪憂智商捉急的人，鄭歎見的多得去了。曾經的鄭歎也幹過這種傻事，現在想起來，往事不堪回首。

來人一連扔了五張百元鈔之後，他旁邊的女人終於忍不住了，扯了扯他的手臂，在他耳邊說了兩句，那人才滿臉不爽的將皮夾一合往口袋裡放，匆匆離開了。

「嗤——」

不知道是誰開始笑，周圍的幾個小商販都笑了起來。

「哎，養隻貓也好啊！」

鄭歎沒理會周圍人的討論，回頭看了看老頭，依然沒發現老頭有什麼表情變化。

時間差不多的時候，鄭歎便離開天橋，阿金跟了上去。今天皮夾在，昨天沒買成的雞柳買了吧。而且，接下來兩天他準備在楚華大學逛逛，今天在裡面閒晃的時候，找到了點靈感，阿金不想浪費。

在鄭歎離開後不久，老頭停下手頭的動作，然後抱著二胡靜坐，等著夕陽落下的時候離開。

「哎，這老頭今天下午拉的時間好像長了些。」賣芒果的低聲對旁邊賣玩具的說道。

「……大概心情不錯吧，一下午就賺了五百多塊錢呢。」賣玩具的小攤販羨慕的說道。

具體老頭到底是什麼心情，誰也說不準。

感覺阿金這人揹著吉他在外找靈感也不容易，鄭歎再次在校園裡碰到阿金的時候，很給面子的帶著阿金去了竹子形成的拱形門洞那裡，只不過去的時候，那裡已經有人坐著彈吉他了。

鄭歎看了看，那人微胖，T恤上印著個茄子，臉上瞧著挺嫩，估計是個大一學生。

看到揹吉他的阿金，那人招呼阿金過去交流交流。視線落在鄭歎身上時，那人臉上僵了僵，不過沒說什麼。

原本準備走開的鄭歎想了想，走到旁邊跳上一棵樹，聽這兩人聊。

這人叫張且，熟悉的人叫他茄子，大一，是學校吉他社的。由於吉他社每年五月和十月份都會有一場校內的表演，但不是每個社員都有機會上臺，最近社團正在挑選上臺的人，張且打算多練練，爭取有機會上臺秀一把。

只是，相比起阿金來說，論吉他彈奏的技術，張且還是嫩了些。

「兄弟不錯啊！」張且讚道。聽說阿金不是本校的學生，他還有些遺憾，不然就可以拉去加入社團了。又聽說阿金在廣場和地下道裡演奏過，他一臉佩服的說道：「以前每次看到那些彈吉他的街頭藝人，我總是忍不住想湊人家邊上待著，我同學還嫌我丟人呢。說起來，那些人大多數都彈奏得相當不錯，地下道裡的音效也格外好。」

感慨過後，張且又談起自己的吉他史。

「剛開始按不住弦，後來起繭之後就好多了，過程還是有些疼的，但，男人嘛，不能怕疼！對自己狠一點！不這樣練不好吉他！」張且抬手秀他好不容易練出來的繭。

鄭歎往那邊掃了一眼，這小胖子真容易滿足。

待了一會兒後，張且跟阿金交換了手機號碼，讓阿金下下週有空來楚華大學，到時候帶阿金去看看他們吉他社的表演。

帶著阿金在校園裡轉了一圈後，鄭歎就沒管他了，自己出去找樂子。

三天後，鄭歎以為阿金已經離開楚華大學的時候，又見到了他。

那天鄭歎沒出學校閒晃，因為警長和阿黃都難得被放出門，大胖也被牠家老太太趕出來讓牠跟著多運動運動。於是，四隻貓走走停停來到老瓦房區。

鄭歎本以為能夠找個有樹葉遮陰的清靜地方趴屋頂上睡一下午覺，沒想到還沒靠近，就聽到那邊傳來電吉他的聲音。

警長動了動耳朵，有點想要轉身離開，只是看鄭歎依然往那邊走，另外兩隻也沒離開，牠也跟了上去。

鄭歎是好奇這裡什麼時候來了個吵鬧的元素，想看看究竟。

有間放雜物的瓦房被整理出來了，裡面有十多個學生，聲音就是從這間瓦房裡傳出來的。

另外三隻都在不遠處停下，只有鄭歎靠近，跳上窗臺，往裡看。

窗戶開著，鄭歎所站的地方靠近一張大桌子，桌上放著一盆花，剛好將鄭歎擋著些，裡面的人也沒注意到他，也根本沒心思注意，都盯著屋裡中間的兩人。

靠窗臺的桌子上還放著一把吉他，桌子前面沒有人，所以鄭歎能夠看到屋裡的情形。

屋裡正中站著兩個年輕人，其中一個就是阿金。另外一人穿著黑背心，染了一頭黃髮，頭髮還有些長，紮了條小辮子。

這兩人在飆電吉他，鄭歎不知道飆的時候是什麼感覺，但見到這兩人滿頭大汗，估計不怎麼輕鬆。

周圍的人，包括鄭歎見過的那個張且，都跟打了興奮劑似的，興奮得臉色漲紅，似乎在極力忍耐什麼，有人手裡還不自覺的比劃著。

等兩人終於停下來的時候，站在邊上的人哄一下議論開了，其中還有幾人尖叫。

果然外行人只能看個熱鬧，雖然鄭歎覺得這兩人彈吉他很厲害，但也不像其他人那麼激動。

不過，這兩人彈奏的時候手指真他媽快。

「會長，就他了吧？！」有個梳馬尾、身材高䠷的女孩子說道。

剛跟阿金飆電吉他的那個小辮子背心男點點頭，又跟阿金說了幾句，然後接了通電話，便拜託阿金和張且還有另外兩人留在這裡幫忙照看一下東西，他們要離開一會兒。

吉他社原來的訓練地方現在學校統一裝修，所以他們不得不暫時挪地方，向學校申請了老瓦房區這邊的一棟房作為暫時的聚集地，等那邊裝修好了再搬回去。

聽留在屋裡的四個人談論，鄭歎才知道，原來是關於下週學校吉他社的表演，他們準備的開場曲是雙吉他演奏《卡農》，可惜原本和社長合作的那個吉他手手指受傷了，不得不換人，可社團內一時找不到讓大家都滿意的人選，所以退而求其次，準備找找外援，張且便聯絡了阿金。七個從其他學校吉他社找來的外援再加上阿金，選來選去，再經過剛才飆電吉他，社團的決策人員才敲定了阿金。

聽到阿金被選上，張且很高興，相比之下，阿金倒是平靜很多，他聽其他幾人彈奏之後就知道會有這樣的結果。能留在夜樓表演的人基本上都是職業的，而且技術還不差，在夜樓熏陶加實戰這麼久，比學校裡面的大多數學生都要強上一些。

其實，選擇過來試試，阿金一開始並沒有立刻答應下來，畢竟一旦決定，在演出之前就要經常過來訓練配合，再加上夜樓那邊也有幾場重要演出，時間上很緊。考慮了半天後才決定過來，現在，他一點都不後悔答應來這裡。

步入這個複雜的社會，跳進這個大染缸，難以獨善其身，尤其是在夜樓打工的這些日子，阿金更是明白其中的艱難，看過圈內一些光鮮背後的汙濁，但習慣之後，卻發現少了那份純粹的熱情，而在這裡，他找到了丟失的那份純粹。

屋裡四人依然興致盎然談論吉他相關的一些東西，什麼金屬五和弦、高八位分解等等鄭歎全聽不懂，張且提到的《十字街頭》後面的飆吉他片段鄭歎也沒看過，所以鄭歎對於這些人的對話內容實在沒興趣。

正想從窗臺上下去找別的地方睡個覺，鄭歎卻發現警長和阿黃都湊了過來，估計是因為現在沒人飆吉他了才大著膽子靠近，紛紛跳上窗臺好奇的看著屋內。

大胖看著窗臺上的三隻貓，懶洋洋的打了個哈欠，然後慢悠悠走過來，跳上窗臺。

四隻貓並排蹲在窗臺，裡面的人立刻注意到這邊了。

反應最大的還是張且，這傢伙見到四隻貓的第一反應就是立刻將自己擱在桌子上的水杯撈進懷裡。

包括阿金在內的三人，對張且的行為很詫異。

「幹嘛這反應啊，茄子？」一人問道。

張且朝窗臺上四隻貓那邊努努嘴，「軍訓的慘痛經歷！」

那兩人「哦——」了一聲，見阿金還在疑惑，便將當初軍訓時的那件趣事說了出來。

當初軍訓時，張且所在的方陣離焦威他們並不遠，張且也是警長和阿黃推水杯事件的受害者之一。張且最喜歡的一個水壺被阿黃推下臺階，摔掉了一大塊漆，把張且心疼得瘦了四公斤。

在那兩人說話的時候，被關在家這麼久、精力充沛並手賤更甚的警長從窗臺踏上那張大桌子，來到擱在那裡的吉他前。

屋裡三人看向阿金，那把吉他是阿金的。來這棟瓦房的時候彈奏過，之後飆電吉他，便將吉他暫時擱在這裡，也沒裝進袋子裡。他有三把吉他，這把吉他是其中最便宜的，比較平民化，和社團一些學生用的差不多，太貴的他可不敢揹著到處走動。但即便如此，也不代表他不在乎，只是看了看蹲在窗臺上的黑貓，阿金有片刻的猶豫。

如果鄭歎不在這裡的話，阿金早就衝過去保護吉他了。

鄭歎沒阻止警長，他比較好奇警長接下來會幹嘛。

屋裡四人誰也沒出聲，都盯著警長那邊。一時間，相比起十分鐘前飆電吉他氣氛白熱化的情形，現在就真符合老瓦房區的安靜了。

警長在吉他眼前歪著頭看了看，尾巴慢慢擺動，然後抬爪鉤上吉他上的一根金屬弦，又收回爪。金屬弦震動發出的聲音讓警長弓著背往後跳了一步，等聲音靜下來後，又大膽的湊了上去，牠似乎玩上了癮，繼續抬爪子鉤金屬弦。

沒按弦，發出的聲音也只是空弦音，在鄭歎聽來純屬噪音，而且警長這種行為就是手賤、好奇之下找的玩具而已，不具備任何音樂藝術感。

而出乎鄭歎意料的是，阿金不僅沒阻止警長禍害他的吉他，還立刻放下手上拿著的吉他譜，從背後吉他袋裡拿出一本小本子和筆，開始寫起什麼來。

不知道是不是剛才與人飆電吉他飆得爽快，現在阿金的狀態相當好，動筆之後就一直沉浸在自己的創作世界裡。

或許，進入他的創作世界的還有警長「演奏」的噪音。

張且走過去阿金身邊看了看，然後嘴巴張得老大，接著輕聲走回原處坐下，對另外兩人做了個口型——「作曲」。

鄭歎也看到張且的口型了，看看正在玩吉他琴弦製造噪音的警長，再看看沉浸在作曲中的阿金，鄭歎不禁懷疑，自己是不是不僅沒有音樂細胞，連音樂的欣賞標準都扭曲了？但他看到張且三人統一的被噎住一般的臉色，突然覺得阿金這人似乎真的很有天賦，不然怎麼能夠從警長那種噪音一般的「演奏」裡面聽出靈感來的？！

曾經有人說，貓是城市憂鬱的詩人，牠們天生就是特立獨行的流浪藝術家。

鄭歎一直不覺得，但現在看來，或許真的如此，只是他不懂屬於貓的藝術。

半小時後，奮筆疾書的阿金重新抬頭看向窗臺上的三隻貓，和站在吉他前已經沒「演奏」、正專心舔著爪子的警長，又提筆在本子上寫了四個字——貓的幻想。

張且他們圍在那裡，佩服阿金竟然能夠在這種情況下創作，但對於阿金剛才寫的只是掃了眼，並沒有仔細去看裡面的曲譜，在沒有徵得同意的情況下，他們覺得貿然去看的話有種剽竊的嫌疑，因此討論的時候主要提的還是阿金哪裡來的靈感，難道真的是剛才那隻貓？

鄭歎好奇的過去看了看。

見到是鄭歎，阿金原本準備合上本子的動作暫時停住，還將本子往鄭歎眼前遞了遞，讓鄭歎方便看。

旁邊張且三人見狀，對於阿金的行為很不理解，何必對一隻貓這麼好？不過也不好說什麼，畢竟大家不算熟，沒必要什麼事都管著。

鄭歎看了看，除了那個曲名之外，其他的看不懂，只知道那是小學音樂課本上見過的簡譜。看了一眼之後，鄭歎就沒興趣了，重新回到窗臺上。

「阿金，你們創作喜歡用簡譜啊？」一個學生問道。他看習慣了吉他的六線譜，連五線譜都接觸得比較多，突然看到簡譜有些反應不過來，畢竟很多人覺得五線譜專業些，拿得出手，至於用於記錄指法的吉他六線譜，因為社團本身的原因也用得比較多。

「嗯，因為沒上過大學，一開始也沒有接受過那些正規的音樂教育，吉他技術是跟一個沒名氣小樂團的人學的，後來自學偏多，摸索著創作的時候就是用簡譜，後來各種都學了一些，但還是更習慣簡譜。」阿金對於自己沒上過大學的事情並沒有隱瞞。

進夜樓之後，那裡安排了一些學習班，提升一下專業素養，但是對於接觸最多的簡譜，阿金還是更習慣用這個，基本上創作的時候都是用簡譜。

吉他社的人現在很多都知道阿金並不是其他學校吉他社的成員，但只知道他是職業樂團的人，至於具體情況就不清楚了，阿金並沒有說過。而且，在楚華市小型的沒名氣的樂團太多，看到阿金的年紀，其他人都認為是個名不見經傳的、不知道什麼時候就會解散的小樂團成員，因此並未深究。

曲譜方面鄭歎不瞭解，不過，除了簡譜、五線譜和吉他譜之外，鄭歎還有次見到大胖家老太太拿著筆寫曲譜呢，不過那上面全是合、四、一、上、尺、工、凡、六、五、乙之類的字樣。

對於阿金做出的這首關於貓的曲子，鄭歎現在還不知道怎麼評價，世上有不少人評價貓、去解析貓，不過，從鄭歎接觸過的這些貓來看，很多人將他們自己帶入太深了，而不是從貓的角度來看問題，就算是鄭歎，現在也很難理解警長、大胖、阿黃牠們這幾隻的一些心思。

就像焦爸曾經說過的：「科學的說，不能用人類思維去解讀貓類思維。」

鄭歎也只是人的思維而已。

不管怎樣，鄭歎還是很期待阿金的這首《貓的幻想》，希望下次去夜樓的時候能夠聽到。只是這之後，應該還需要修改，後面還要考慮編曲、填詞等問題，估計近期是聽不到了。

至於吉他社的五月份校內演出，鄭歎倒是有一點點興趣去看看，可惜時間是晚上，到時候晚上依然被焦媽禁足的話就難說了。

不光是鄭歎，另外三隻貓晚上也是禁足的狀態，白天被放出來都是開恩了。

接下來一個多星期，鄭歎的表現在焦媽看來還不錯，每天晚上都好好待在家裡，沒出門，白天也按時回來，沒惹什麼亂子。

鄭歎這段時間是真的安分，至少他自己認為還挺安分，去工地那邊看進展之後，就到天橋那裡幫老頭拉人氣。有鄭歎在的時候，老頭木箱子裡的錢會多一些，有時候人的吸引力確實比不上動物。

鄭歎主要是好奇這老頭的身分，但是一連待了一個多星期，也沒見到有什麼「小弟」之類的人物出現，周圍商販對這老頭敬畏倒是真的。

週五，是吉他社演出的日子。這天鄭歎比平時早了點離開天橋，他準備去學校主運動場那邊看看，而且決定晚上要出門。

晚上組團去看吉他社的演出是焦遠提起來的，熊雄和蘇安他們幾個商量著找社區的孩子們一起去看晚上的演出。對男孩子來說，吉他的吸引力比較大。還有西區那邊的人，小柚子的同學也在其中。鄭歎便準備晚上個跟他們一起出門，這樣焦媽同意的機率比較大。

其實，吉他社的演出對鄭歎來說吸引力不怎麼大，畢竟只是業餘的學生們的表演，夜樓那邊職業的表演鄭歎已經看過不少，所以鄭歎跟焦遠他們出門一起去看演出的主要目的並不是為了這個，而是打算開個頭——所謂有一就有二，有二就有三，今天一出門，後面晚上出去閒晃的機會也近了。每天晚上陪焦媽看肥皂劇讓鄭歎感覺相當無聊。

對於吉他社的演出，從一個外行人的角度來看，鄭歎覺得那些人確實花了不少功夫在這上面，就算技術有所欠缺，但是來運動場看表演的學生們不在乎，再加上氣氛的烘托，整體稱得上成功。

開場時，阿金和吉他社社長的雙吉他演奏曲《卡農》為這場演出加分不少，有了一個好的開頭，對士氣也是個鼓舞。阿金除了開場那個表演之外，之後大多數時候都在後臺，那些學生們更需要機會去證明自己。

演出七點半開始，九點半結束。在演出之前，阿金就被邀請參加社團內的慶功宴，所以即便後面沒他什麼事，阿金也沒有離開。

由於明天是週末，晚上完成演出之後吉他社的人準備好好慶祝一下，反正他們大多數人明天都沒課，可以盡情的玩。

吉他社的社長——那個跟阿金飆過電吉他的人，被其他人灌得多了，有些一直沒說的話現在就不憋著了。

「阿金，你們在夜樓的時候，是不是經常見到那些大師級的人物？」

阿金詫異，他沒提過這些，沒想到竟然被認出來了。

社團內知道夜樓的人並不多，而對夜樓有些瞭解的人一聽到社長這句話，看阿金的眼神都不同了。

那可是夜樓！能夠在那裡表演的人，技術不可能差，絕對不是那些隨時可能解散的小樂團。而且很多都是極有潛力的，還能和一些公司簽約、發唱片，說不定什麼時候就紅了。

「嗯，確實是這樣，夜樓的東宮經常有大師級的人演奏，還會有一些世界級大師過去表演，只不過……東宮不太好進去。」阿金說道。

有個近期經常去夜樓的人忍不住了，說道：「夜樓四個區，東、西、南、北宮，東宮當然很難進去，那裡的消費水準不是我們能夠承擔得起的，而且聽說那裡的聽眾之中也經常有一些圈內的知名人士，那是真正的專家級的！」

說到這裡，那人一臉的嚮往，不過隨即又看向阿金，問道：「你們樂團叫什麼？最近有演出嗎？不知道我是不是錯過了，上週我可是每天晚上都在那邊混。」

這話聽著有些像是懷疑阿金他們在夜樓演出的真實性，阿金也沒在意，正準備回答的時候，社長先出聲了，他指了指阿金戴著的項鍊說：「new boy，我記得是這個團徽。」

阿金心下瞭然，果然是根據這個團徽推測出來的。

「我們現在在南區那邊表演。」阿金說道。

「南區？原來是高手！難怪我沒看到呢！我一直在北區混。」那人驚訝道。北區的駐唱實力在夜樓四區裡面墊底，同時也是消費最低的地方，只是他沒想到阿金這個與他們年紀差不多的人竟然能夠進入比北區級別高的南區！

瞭解夜樓之後，其他人也參與討論。

結果一場慶功宴變成了社團眾人向阿金取經，阿金也沒藏著掖著，有些經驗他也樂意跟這些人分享。

最後在阿金離開之前，大家問他還有什麼要說的，阿金想了想，道：「對那隻黑貓好一些。」

眾人只以為阿金是因為喜歡黑色的貓才這樣說的，看人家團徽都用黑貓呢！因此就算有部分人對黑色的貓有些牴觸，這時候也答應平時一定多照顧。

看這些人明顯沒放在心上，阿金張了張嘴，最後還是沒解釋。這些人並不知道這句話背後的意義。這裡有不少人想抱他的大腿，但阿金自認為自己在夜樓實在不算個什麼人物，就算此時在夜樓南區裡，他們樂團也是排在末位，真真是人輕言微！如果這裡有誰能夠抱住那隻貓的貓大腿，那可比他阿金有用多了。

人家那貓可是跟夜樓大 BOSS 相熟的角色，對牠來說，看東宮的表演跟吃花生一樣簡單！

至於這裡的人能不能從那隻貓那裡得到好處，就只能看他們的造化了。

在楚華大學的吉他社這些學生們討論夜樓的時候，夜樓三樓某包廂裡，葉昊和龍奇、豹子等幾個心腹下屬正在看一份剛拿過來的資料。

隨著那筆巨額黃金的消化，葉昊手裡投資的項目多了，而這背後還有些麻煩得處理，以前一直避免著衝突，現在難免會直接對上，合作還是敵對關係，就看那位的態度了。因此，葉昊終於下決定準備近期去拜訪那位跟唐七爺同時期的人物，這次他不想依靠唐七爺的關係，打算自己來面對。

當葉昊端著一杯咖啡打開手頭最新調查的這份資料時，手一抖，杯子裡的咖啡灑在西裝上。旁邊的豹子和龍奇見狀疑惑，有什麼能讓一向泰然自若的葉昊臉上流露出這種便祕一般的表情呢？

然而，看到資料裡的說明和附帶的一張照片上的黑貓時，豹子不禁道：「艸，怎麼哪裡都能看到這傢伙？！」

文件夾裡面，那份資料中有一張照片，照片的背景是天橋，目標人物是坐在那把黑色大傘下抱著一把二胡的老頭。而讓葉昊幾人不淡定的是這張照片裡，蹲在木箱子旁邊張大嘴巴露出尖牙正在打哈欠的那隻黑貓。而照片下方的說明中寫著：該貓名叫黑碳，是楚華大學生命科學院一名焦姓副教授家裡養的……

其實，就算沒有資料上那些詳細的介紹，葉昊幾人也知道這貓到底是哪隻。這世上，還有哪隻叫黑碳的貓這麼能惹事？

龍奇恨不得拿頭去撞茶几，本想抒發一下感想，只是豹子先開口說出了他想說的話。

——真是哪裡都有這傢伙的身影！

葉昊將手裡的文件夾放下，咖啡杯擱在茶几上，抬手揉了揉眉心。沉默半晌，他突然無奈一笑，然後拿起手機撥了通電話。

「喂，衛稜啊，幫兄弟個忙唄……最近啥時把那隻黑貓帶出來見見……什麼？禁足？！」

葉昊聽著電話那邊衛稜的話，皺眉。

——天殺的！早知道就派人去將那個馴貓師揪出來暗地裡解決算了，省得在楚華大學弄出那麼多事，結果那隻黑貓被禁足了，那要什麼時候才能出來談談？

知道了葉昊要找貓的原因後，衛稜決定去楚華大學那邊試試，馴貓師那事情都過去這麼久了，再說學校社區那裡的人也並不瞭解這其中的隱情，應該不會總將那傢伙困在家裡吧？

於是，某個天氣不錯的週六，衛稜出現在焦家，對著臉色不太好的焦媽，笑得一臉無害。

雖然心裡仍是不太樂意，但是焦媽轉頭見到鄭歎那期待的眼神時，還是答應讓衛稜帶鄭歎出去玩。

——唉，好不容易關在家安分了一段時間，一出去又得野起來。

聽焦媽同意，衛稜心裡也鬆了口氣，如果這位主人家不同意的話，那隻貓是絕對不會去夜樓的，能同意當然能夠省去很多事情。

當晚，葉昊的別墅裡——

葉昊和豹子早就等在那裡，就連龍奇也難得留在這裡。他是不情願見到那隻貓，但又很好奇那貓是怎麼和那位認識的。都說熊心豹子膽，看來這貓膽也不見得小。

鄭歎在路上就聽衛稜說過一些這次葉昊找他的原因，不過，他們口中的「坤爺」就是那個瞎老頭嗎？

聽說當年也是個厲害的大人物，和唐七爺、聶十九同一個時期的。只是，鄭歎怎麼覺得這老頭混得比那兩位差多了？唐七爺就不說了，聶十九的事情也在夜樓玩的時候聽葉昊他們提過一些，能養超級貓還享受著上流生活的人，顯然不會混得多差。

相比之下，這位坤爺呢？穿著貧民化，盡顯老態，還是個瞎子，就算當年也是神擋殺神、佛擋殺佛的人物，現在也就只能在天橋上拉個二胡罷了。

又或許……事實並不像表面上看到的那樣？

不經歷阿金找回皮夾和手機的事情，鄭歎也不會認為那老頭會有多大能耐。現在看衛稜他們的反應，那老頭依舊不簡單啊！

果然，大人物的心思，總是讓人琢磨不透。就如方邵康那傢伙，明明是個超級富豪，卻還跑街頭賣過藝。

這一個個傢伙，跟貓似的，滿是古怪心思。

來到葉昊的別墅，鄭歎就直接跳上一個空著的沙發座，找了個舒服的姿勢趴著，等著葉昊接下來的話。反正這是葉昊有所求，鄭歎不急。

看著眼前這貓一點都不客氣的找地方趴著，葉昊瞟了一眼，沒吱聲。這貓的膽子真的是越來越大了，比爵爺在這裡的時候還隨意。

葉昊將手裡的文件夾遞給衛稜，這裡面的一些不能外洩的資料已經抽出來了，給衛稜看的都是關於坤爺的近期調查結果。

客廳裡很安靜，只有衛稜翻資料的聲音，和葉昊喝咖啡的聲音。

葉昊一直忙得要死，容易疲憊，這段時間習慣了喝咖啡提神，雖然醫生不建議長期這樣飲用，可是葉昊也沒辦法，先將這段時間撐過去再說。尤其是這次的事情，能夠跟坤爺好好談談當然行，但這位爺當年可是出了名的不好說話，不知道現在變成這樣子之後會怎樣，看起來像是有大變化，可是誰也說不準。難得有了突破口，葉昊準備試試。

衛稜之前對於葉昊的提議並不贊成，他以前不在楚華市活動，對於坤爺這個人的瞭解都是從葉昊這裡知道的。就算不知道坤爺如今的真實情況，假使坤爺現在是隻沒牙的老虎，但那也是老虎，踩死一隻貓容易得很。然而，現在看著手裡的資料，衛稜邊看邊抽眼角，他終於明白為什麼葉昊會打這個主意。

「……你還揪過坤爺的鬍子？！」衛稜不可思議的看著沙發上的鄭歎。

葉昊單手撐著額頭，他很想贊同的說：這貓現在還能活蹦亂跳真他媽不容易。但想到調查資料裡說的坤爺的態度，葉昊就選擇沉默了，不知道那位爺心裡到底怎麼想的？

調查資料上有些是從天橋的商販那裡打聽的，所以對於鄭歎之前在那位老人眼前「放肆」的事情都列在數據上，平時的一些信息都很詳細。光看這些資料信息，完全不能將這個老頭跟曾經叱吒風雲的坤爺聯繫到一起。

如果不是坤爺如今性情大變，那就是坤爺對這隻貓另類對待。

放下手裡的文件夾，衛稜靠在沙發背上，手指敲著扶手。

「不如這樣，你讓牠送封信給坤爺，試探一下坤爺的態度，順便看看這老頭現在的脾氣到底怎樣了。」

據調查到的信息，沒看到這位坤爺身上帶著手機，其他聯絡電話也沒有，唐七爺那裡或許有，但葉昊不想去要。而且大白天的，葉昊也不好去天橋那裡直接找人，他不想在雙方談好之前將自己暴露出來讓其他人知道。

聽到衛稜的建議，葉昊點點頭，「這樣也行。」

決定好後，葉昊對鄭歎許諾，這次幫了忙，就直接幫鄭歎在夜樓三樓開個和衛稜那種一樣的專屬單間。當然，比衛稜那間肯定會小些，但也是屬於鄭歎自己的包廂，到時候就算鄭歎自己帶人來也有地方，不用借衛稜的。

鄭歎沒有立刻表態，趴在遠處一副沉思狀，直到葉昊將一份簡短的盲文打出來的信件放在鄭歎眼前。鄭歎不懂這個，衛稜說了一下這信中的內容，大致就是一封拜訪函，沒有說其他事情。

感覺沒啥大事，鄭歎這才表態。

隔天週日下午三點鐘，鄭歎和往常一樣來到天橋，衛稜跟在他身後不遠處看著，防止意外發生。而葉昊幾人在一棟樓的某處看著那邊的進展。

鄭歎也有些忐忑，將叼著的卡片大小的信封放在坤爺腿上。這信封是在衛稜和葉昊再三保證乾淨的情況下，鄭歎才勉為其難叼著的，沒辦法，間歇性潔癖犯了。

老頭看起來像是正準備拉二胡的樣子，在鄭歎放下信之後，他打開信封，摸著信上面的字，然後將信放在口袋裡，抱著二胡，也不拉，就坐在那裡，閉眼像是睡著了一般。

鄭歎沒感覺到這老頭對自己有惡意，便大著膽子來到木箱子旁邊，看看老頭今天生意如何。這一看，就讓鄭歎看出點不對勁了。

——混蛋！居然還有遊戲幣！

——是哪個小兔崽子扔進來的？！

抬爪子翻了翻，鄭歎發現裡面有不少這種遊戲幣，難怪感覺今天裡面的硬幣多了些呢，原來都是假貨！

這些遊戲幣有的跟一元硬幣很像，有的跟五元的很像，不注意的話，還真會將這些遊戲幣與硬幣搞混，難怪焦遠那天在家抱怨學校有人用遊戲幣買饅頭，賣饅頭的人還沒發現。

也沒猶豫，鄭歎直接伸爪子將裡面的遊戲幣一個個撈出來往木箱子外面扔，一時間遊戲幣落地的叮叮聲不斷。

天橋上尤其是老頭坐著的地方鋪著防滑材料，這些扔出去的遊戲幣並沒有滾遠，落點基本上都只集中在坤爺坐的地方附近，周圍的小商販也不敢過去瞧個究竟，而今天天氣太好，這時刻太陽也曬人，很多人撐著陽傘、戴著遮陽帽來去匆匆，沒去注意其他細節，只當是這貓在玩耍。貓嘛，不都是這種手癢的死樣子嗎？就算有人注意到了地上的遊戲幣也只是笑笑，便走過離開。所以，一時間愣是沒人將這實際情況點出來。

原本靠著欄杆的老頭聽到遊戲幣落地的聲音，耳朵動了動，臉上的僵硬有了細微的鬆緩，只是別人難以察覺。

鄭歎倒是撈遊戲幣撈得爽快，在木箱子裡翻得嘩嘩響，而站在不遠處的衛稜以及在某棟樓緊張觀望著的葉昊並沒有看到那是與硬幣極相似的遊戲幣，也壓根沒往那方面想，當見到鄭歎這行為時，差點一口老血噴出來。

「……BOSS，那隻貓是不是又在找死？」豹子站在葉昊身後，木著一張臉說道。

如果那老頭一個心情不好，本來打算接受拜訪的，臨時改變主意拒絕掉了，怎麼辦？豹子想想就覺得蛋疼。

葉昊臉上扭曲，他現在有些後悔，是不是不該將這事情拜託給那隻貓？是不是不僅沒討到好，還拉仇恨了？

衛稜蹲在天橋臺階拐彎處，苦惱的抓了抓頭髮，再看看那邊相當有精神的撈著硬幣的貓，感覺胃疼。一定是早上吃的早餐不對勁。

「嘿，小伙子，吃發糕嗎？」一賣發糕的大媽滿臉笑容的看向衛稜，嘴裡那顆金牙在陽光下閃閃發亮。

衛稜：「……」感覺胃更疼了。

而相比起衛稜和葉昊他們的糾結心情，坐在那裡的坤爺重新調整姿勢，拉起了二胡。

在別人看來並沒有什麼不對的地方，但如果阿金在這裡的話，聽到坤爺此刻拉的曲子，一定會感慨：大爺這是心情倍兒爽啊！

葉昊的糾結心情在一個十歲小孩路過的時候好了些許。走過路過的人裡，只有那個小孩說出了「地上那些是遊戲幣」的重點。

而真正讓葉昊放心的，還是晚上接到的那通電話。葉昊在那封盲文信裡給了一個號碼，晚上葉昊正在看一份匯報的時候，接到了一通陌生人的電話。那人應該是坤爺身邊的，時間地點都給了，語氣沒有起伏，葉昊也聽不出對方到底是個什麼態度。不過，能夠得到回覆並且同意拜訪，這也是個不錯的現象。

雙方約的時間是兩天後的下午，葉昊將那天的時間騰了出來，沒有外出，跟幾個心腹在商討下午的會面。他們可不敢毫無準備就過去，往壞的方面想，去了回不來怎麼辦？對方可不是什麼好對付的角色。

送信的第二天，鄭歎依然跟前段時間一樣，上午先在校內溜達，下午跑天橋這邊來，他還是對這個連葉昊都忌憚的老頭很好奇。

鄭歎之所以在知道這老頭的身分之後還有膽子過來，主要是因為坤爺並沒表示出惡意。有時候鄭歎不禁想，是不是自己這個小嘍囉的存在感太差？又或者，對方只是不屑於跟自己較真，由著自己折騰？

以前聽人說過：「林子大了，什麼樣的鳥都有；女孩美了，什麼樣的追求者都有；權大了，什麼樣的人求你都有；人物大了，身邊什麼樣的人都有，故大人物的一個特徵就是能容納各類人物。」

大人物的心思果然很難猜。

半天下來，一老一貓之間的氣氛還是和以前一樣，沒什麼改變。沒人扔錢扔遊戲幣，鄭歎就趴在旁邊睡了個下午。

夕陽西下，鄭歎離開天橋回到楚華大學，而坐在天橋上的老頭也和往常一樣，收好東西，提著那個看起來很寒酸的木箱子，拿著導盲杖離開。

沿著這條街往前走，經過熟悉的店面，那裡的一些店員都記得這老頭了，每天這時候都能看到這個瞎老頭經過。

夜幕中，老頭走在人行道上，靠邊的地方。

一輛黑色的轎車緩緩駛過來，往人行道那邊靠過去，這樣一來，黑色轎車與老頭之間的距離只有一公尺左右。黑色轎車行駛的速度很緩慢，就算越過老頭超前一些，也會在前面停一會兒，等老頭走上來再開動。

後座車窗降下，裡面的人看著在人行道上走動的瞎老頭，沉默著，似乎在想該說些什麼。

坐在後座的人也是個老人，只是相比起坤爺，這人一看就知道是個物質生活極其豐裕的人。在旁人看來，這兩個老頭完全是生活在不同階級層面的人，八竿子打不到一塊兒去。

車裡的老人看著車窗外的時候，他旁邊還趴著一隻比普通貓要明顯大些的貓。不過，這貓安分得很，雖然眼睛好奇的看著窗外，但並沒有要往外面跳的意思，也沒叫。

就這樣持續了十分鐘，車裡的老人終於出聲道：「下班了呢，老黃。」語氣帶著濃濃的諷刺和嘲笑。

坤爺姓黃，當年被人稱為土皇帝，也有他姓氏的原因在內。

聽到車裡老人的話，坤爺臉上一點都沒有變化，似乎早就知道這人會這樣說，也沒回覆，依舊以之前的速度走著。

這兩個老頭之間類似這樣的對話已經不止一次了。意料中的反應，車裡老人的視線從窗外收回。司機將車子加速，很快把坤爺甩在後頭。

「真不知道他為什麼把自己搞成這副樣子，好好享受一下生活多好，有資源也不會利用！」車裡的老人嗤道。

就像唐七說過的那樣，曾經那個時代過來的人，到今天也不剩多少了，留在楚華市的也就他們幾個老頭子，幾個老頭子之間明裡暗裡的掐架一直也沒停過，可是沒有誰會專門來找黃坤的麻煩，頂多在言語上刺幾句，或者一些不癢不疼的小打鬧消遣一下，不會在這裡動真格。

就連唐七也不例外。唐七退居幕後的時候，就交代過葉昊對這位坤爺的態度。

「十九爺，也不是誰都能像您這樣會享受生活樂趣的。」前面的司機說道。

聶十九這個人就喜歡別人誇自己會享受生活，他的風格也確實如此，所以在很多人眼中，聶十九這個人永遠都是體面而光鮮的，一把年紀了，身邊還經常跟著些年輕女人，讓很多人羨慕不已。「老當益壯」，這是人們談起聶十九的時候經常說的詞。

不過，聶十九一想到黃坤完全無視自己的態度，心裡就來氣。

——那老不死的踐個屁！

司機從後視鏡看了看後座的聶十九，繼續道：「十九爺，我今天看坤爺那樣子，老態龍鍾，健康狀況是不是有問題啊？」

聶十九面帶諷刺的一笑，「那傢伙命硬著呢！當年打得最厲害的時候，都以為這傢伙必死無疑，誰都可以僥倖，但這位絕對不會被放過的。可是呢？人家現在活得好好的！」

司機聽聶十九的語氣，不像是在生自己的氣，以他對這位老闆的瞭解，現在老闆心裡應該跟自己的想法一樣，只是口頭上這樣說罷了。

於是，司機繼續道：「雖然活著，現在這個樣子，眼睛也瞎了這麼多年了，我記得他老人家和您年紀差不多吧？可今天看，哪有當年稱霸一方土皇帝坤爺的神氣？而且現在管那一片的不是坤爺他乾兒子嗎？說起來，坤爺也只是個沒實權的太上皇罷了。」

在這位司機看來，這個圈子裡親生的都可能會下殺手，何況沒有血緣的？那就更不可靠了。

「手頭沒實權？哼……」

聶十九哼笑一聲，並沒有解釋，但是前面的司機後背一涼，他知道老闆這次是真的生氣了，趕緊閉嘴，不再說話。

過了一會兒，聶十九逗弄著旁邊趴著的貓，將手指伸進貓嘴裡。

這貓抱著聶十九的手指咬著玩，連狗都咬過的貓牙輕輕刮在聶十九的手指上，卻始終都沒有真咬下去，牠不敢。

「這貓啊，養得乖了，就算將手指伸到牠嘴裡，牠也不敢真咬。」

聶十九這句話雖然看似平緩，但司機聽著卻頭皮發麻，半個字都不敢吱。或許，如果坤爺當年殞落的話，老闆現在也能更輕鬆吧？坤爺的存在，就是老闆喉嚨裡的一根刺，偏偏還不能拔出來，也……不敢拔。

鄭歎對於葉昊與坤爺之間的約談並不知道，衛稜和葉昊都沒跟他提過，鄭歎也沒想要插足進去，反正那幾位都是做大事的人，自己這隻貓還是想想怎麼打發日子吧！

因此，在葉昊與坤爺約談的那日下午，鄭歎照舊來到天橋的時候，正好看到那老頭在收拾東西。他還奇怪這老頭今天怎麼這麼早收班呢，誰料那老頭經過鄭歎身邊的時候說了句：「好奇可以跟著來玩玩。」

鄭歎在原地還在想，這老頭怎麼會知道自己來這裡了？今天他可沒機會撈木箱裡面的硬幣，走路的聲音也很輕微，老頭卻依然能準確辨認自己的方位。

見老頭已經下了天橋，鄭歎不再琢磨這個問題，隨即又納悶，這老頭的意思是讓自己過去瞧瞧？跟過去的話，說不定能夠探一下這老頭的底。難得這位大人物提出委婉的邀請——至少在鄭歎看來這就是邀請了——便趕緊跟上去，隨即又後知後覺想到，這好像是第一次聽這老頭說話。

跟著老頭走過這條繁華的街道，拐進一條弄堂，往前走了一段路，來到一棟房子前。

不用老頭叩門，門被從裡打開了。

鄭歎看到了一個面部表情很嚴肅的年輕人，他對老頭態度恭敬，不過視線掃過鄭歎的時候，並沒有因為在這裡見到一隻貓而詫異，只是略微停頓了一下，便跟在老頭身邊，往裡走。

鄭歎看了看周圍，跟著進去。

這房子外面看起來很破爛，沒想到裡面還好——也只是還好而已，並沒什麼特色。一些有錢有地位的老頭喜歡古典韻味的布置，也有些老頭喜歡現代化點，但鄭歎不知道這裡到底屬於哪種風格，總體來說布置得很簡單。顯然主人家並不在乎那些撐場面的物質。想到老頭是瞎子，鄭歎也就釋然了。

而且，只在後面看的話，鄭歎一點都看不出這老頭是瞎子，沒有人扶，這老頭也沒有磕磕碰碰，步伐依舊從容，而且在走動的時候很準確的將木箱子、大黑傘等東西放在對的位置，壓根沒讓身邊的人幫忙。

再往裡走，有個不大的客廳，葉昊和龍奇等人在裡面。

見坤爺進來，葉昊趕緊起身，剛開口就被跟在坤爺身後的黑貓噎了一下。不光是葉昊，龍奇和豹子心裡更是一群羊駝駝撒著蹄子奔過。

龍奇看向豹子，眼神示意道：BOSS 沒有通知過這隻貓吧？

豹子：絕對沒有！

今天的計畫確實很好，也考慮了很多種情形下的應對之法，他們甚至深度解析了各種心理戰術，但是……沒有誰把這隻貓考慮在內！

在龍奇看來，貓，本就是個不確定因素，何況還是這傢伙？誰知道有這傢伙在場會發生什麼事情！坤爺這番到底是什麼意思？

鄭歎看著葉昊幾人的臉色，扯了扯耳朵，走到一邊。

——嫌棄個屁，當老子稀罕呢？！

他們聊他們的，鄭歎不湊過去了，打算找個地方趴著，一路走來有些累了。

來的時候鄭歎想到了很多可能，但真正來了，卻並沒有預想中的壓抑感，也沒感覺到周圍存在惡意和危險，雖說不能掉以輕心，不過至少心理上還是放鬆許多。

鄭歎瞧中了一張靠窗戶的木桌，離那邊幾人有三公尺多的距離，還有個裝著富貴竹的花瓶，趴那裡睡覺正好。

於是，起身，跳！

跳上去的時候，桌子不太穩，上面的花瓶隨著桌子的晃動擺了幾下，幅度再大點的話，這花瓶估計會從桌子上摔下來。

龍奇一直用餘光注意著那邊，心裡琢磨著坤爺將這傢伙帶過來到底是什麼意思，下一刻就發現桌子那邊的情況，心頭也跟著桌上那個花瓶開晃不定，直到那花瓶穩下來，才鬆了口氣。

葉昊當然也注意到那邊，只是面上不顯罷了。

在葉昊他們心裡，貓畢竟不是人，不是訓練好的戰士，不會聽從你的話約束一言一行，或許牠們會在不該叫的時候狂叫，在不該做的事上瞎折騰，將一件已經計畫好、安排好的事情直接搞到崩裂。

如果是其他貓的話，那或許只是個小問題，但這隻黑貓的能耐有多大，葉昊從認識的那天起就知道了。

不著痕跡的深呼吸了一下，葉昊整理好心緒，繼續和坤爺談合作的問題。都說一鼓作氣，再而衰，三而竭，好不容易準備充分來面對黃坤這位曾經的大人物，可不能顯得弱勢了！他手下的幾個項目工程，比如靠近楚華大學的那個正在建設中的小型商業廣場，到時候肯定會與這邊的人有接觸，在出亂子起矛盾之前提前商議好，到時候有什麼事大家也好解決。

利益衝突永遠都是擺在第一位的矛盾，但是這個利益怎麼來分配，這是葉昊頂著壓力坐在這裡的原因。

只是，在葉昊說著其中的利益分配問題，準備開始心理戰的時候，「啪」的一聲碎裂響，將有些緊張的氣氛狠狠衝擊了。

葉昊額頭的青筋崩了崩，硬是忍著讓自己臉上保持鎮定，心裡卻早已經罵開了：他媽的這傢伙就不能安分點？！

鄭歎看了看從桌子上掉下去摔碎的花瓶和一片狼籍，又看看那邊幾人的臉色。除了坤爺之外，其他人，包括葉昊和坤爺身邊的幾人，就算臉上沒表示，眼裡都不免帶著些其他情緒。扯了扯耳朵，鄭歎從桌子上跳下來，還是找其他地方趴著吧，這裡氣氛不合適。

鄭歎真的不是故意要這樣做的，他原本趴在旁邊好好的，還昏昏欲睡了，結果不知道從哪裡飛來一隻綠豆蠅，老在耳朵邊嗡嗡吵，鄭歎抬爪子驅趕的時候幅度大了點，再加上他力氣本就比一般貓大些，剛才沒收斂，一下子就將那花瓶碰下去了。

鄭歎試探著往周圍走動了下，沒見到有人攔著，坤爺也沒什麼表示，便抬腳往廳外走。而這時候，站在坤爺身後的一個人也往外走，跟在鄭歎身後出去。

龍奇和豹子飛快對視一眼，心裡不免擔憂，雖然他們不喜歡那隻貓在這裡攪局，但也不希望那隻貓出什麼事情，先不說那隻貓跟衛稜、二毛和方三爺等人熟悉，怎麼說那隻貓也幫過他們好幾次大忙，這次的事情也是他們將牠拉進來的……

「坤爺……」

葉昊顯然心裡也怕坤爺真讓人出去不聲不響將那隻貓直接喀嚓了，準備出聲說情，可剛開個口就被坤爺抬手止住了。坤爺拿起茶杯喝了口水，開始說他對葉昊提出的利益分配的意見，壓根不打算聽葉昊提剛才的事情，碎裂的花瓶和富貴竹都原樣躺在地上，坤爺也沒有讓人去清理。

而走出客廳的鄭歎也聽到身後有人跟著，回頭看了看，見是那個開門的人，這人從進屋之後一直都跟在坤爺身後，這時候跟著是為了監視自己？

經過一個房間的時候，鄭歎停住腳。房間門虛掩著，像是書房。

試探著往裡走了兩步，見後面的人並沒有要阻止自己的意思，鄭歎便走了進去。

這間書房比客廳小不了多少，牆上掛著一些書畫，邊上有張長桌，桌上擺著一些石膏雕刻品，角落裡也有一些。

那些石膏雕刻品大小不一，高的有一公尺左右，比如放在角落的那些，而矮的只有二十公分左右高。雕刻出來的有人物也有動物。比起那些大師們來說，毫無疑問，有差距，但如果這些是一個盲人老頭雕刻出來的，那就難得了。再說，也沒誰提過坤爺是個雕塑家啊！就算是個雙目健全的人也未必能夠雕刻出坤爺這水準。

挨個看了看那些石膏雕像，然後鄭歎的視線又放在掛在牆上的那些書畫上面。

鄭歎在蘭教授家裡面見過一些水墨畫，蘭老頭的愛好除了擺弄那些花草之外，平時也畫水墨畫，畫得還挺有大家風範。就算不太懂書畫鑑賞，鄭歎也能看出坤爺這畫與蘭老頭差的不是一星半點，但盲人作的畫，也不能太苛刻。不過，總體看上去還不錯，鄭歎打心底佩服。

畫旁邊有一幅字，相對而言，字比畫要強上不少，也很有氣勢。

鄭歎有次去蘭教授家的時候，那老頭正在寫毛筆字，看到鄭歎，又開始過教師的癮，說了些書法方面的東西。記得蘭老頭說過，沒有氣勢的作品滯鈍而沒有精神，凡得勢者，潑墨則有風舒雲捲之勢；得氣者，下筆便有運行成風之趣。

鄭歎不太懂鑑賞，但感覺眼前這幅字絕對達到了蘭老頭所說的那個標準。

只是……

鄭歎看著上面寫的「十三太保」四個大字，琢磨坤爺寫這四個字到底啥意思。一般寫字不都是那些座右銘或者具有積極意義的成語嗎？或者裝酷一點寫個「忍」、「殺」之類的單字？

又看了看書房裡的其他字畫，聯繫起坤爺這個人，雖然不太懂這老頭到底是個啥樣的人，但鄭歎聽焦爸說過：「大人物的不張狂因眼界之開闊，知山外有山、樓外有樓，因閱歷之豐富，知一時得意並不能主宰人的沉浮。真正的大人物並非沒有敵人，正面交鋒時，不惜將對方置於死地，背後卻能虛懷若谷，惡而知其美。」

不管坤爺這個人曾經是如何風光，或者惡貫滿盈，單以現在鄭歎見到的這些事情、這些事物來看，這老頭當真不易。

世人評價那些盲人藝術家，說他們已經擺脫了肉眼看不見的束縛，並能用其他超常的、與眾不同的方式來「看見」物體，除了擁有紮實的基礎和在心中構思的能力外，很可能擁有特異功能才能有如此讓人驚嘆的成就。

鄭歎不知道那老頭有沒有特異功能，他現在似乎有些明白，為什麼那老頭走路的時候那麼穩，不像他以前見過的一些盲人那樣走路小心翼翼、時常磕磕碰碰的。

跟在鄭歎身後的那人一直都沒出聲，如果不是剛來這裡進門的時候，聽到這人恭敬的叫了一聲「坤爺」的話，鄭歎肯定以為這傢伙是個啞巴。

再次回客廳的時候，葉昊和坤爺談得差不多了，氣氛緩和不少。

見到屁事沒有的鄭歎，葉昊幾人心裡也舒了口氣。

告辭離開時，葉昊表示順便把鄭歎送回楚華大學那邊去，坤爺同意了。

在葉昊和鄭歎他們都離開之後，之前跟在鄭歎身後出客廳的那個人走到坤爺身邊。

「今天那隻貓進去之後……」

他將今天鄭歎在書房那邊的一舉一動都詳細對坤爺說了出來。

「我瞧著那貓不像是跟葉昊他們一夥的。」那人說道。

「嗯。」

坤爺「嗯」了一聲之後就沉默了，不過跟在他身邊的人知道，坤爺這是早就知道會是這樣一個結果。

至於坤爺究竟為什麼要去注意那隻貓……好像是在知道聶十九養了隻貓後，坤爺平時就注意著周圍的貓，雖然看不到，但也能透過極敏銳的聽力和感知力察覺到一些事情，比如那些貓一看到坤爺就跑老遠，就算不跑也從來不會表示親近，即便訓練過的貓也會表示出強烈的警戒感。明明老爺子他現在已經很收斂了來著。

今天下午坤爺回來的時候，一間烤肉店門口還有人在餵貓，那隻貓叫喚著討吃食，可是在坤爺經過時，那隻貓就叫也不叫直接跑了。包括聶十九那隻貓在見到坤爺的時候也是弓背低吼，一副面臨大敵的姿態。

所以，在天橋上第一次知道有貓靠近的時候，坤爺心裡想的就是：這隻貓要麼是粗神經，要麼就是膽特肥。可後來的一些事情讓坤爺知道，並非如此。

難得有這麼一隻貓啊！

鄭歎坐葉昊他們的車回去的時候，原以為葉昊會就客廳摔花瓶的事情數落幾句，沒想到葉昊

只說了夜樓那邊替鄭歎開專屬包廂的許諾。

完成一個壓在心頭好久的心事，葉昊心情不錯，而且在離開坤爺那裡之後葉昊想了很多，也將當時的一個個細節回想分析了一下，或許，也正因為這隻貓的插科打諢，自己才能這麼順利？可能吧……

原本這裡離楚華大學也不算太遠，不過葉昊還是讓人將車開到東教職員社區最近的那個側門，也告訴鄭歎到時候再跟著衛稜去夜樓，或許就能看到他的小包廂了。

鄭歎進社區的時候，看到大門警衛那裡的時間顯示已經五點多了，離小柚子放學時間很近，便直接轉頭去附小那邊。

最近附小的孩子們心情特別好，估計是看六月一日國際兒童節將近，假期來臨，他們能夠享受這個年紀帶來的假期福利。而焦遠他們就不行，都成為國中生了，還想享受「兒童節」？

小柚子走出校門的時候，與小柚子同班、關係也不錯的西區那兩個孩子岳麗莎和謝欣也一同出來，兩個小丫頭看了看蹲在牆頭的鄭歎，然後對小柚子道：「妳家這貓就拜託妳了！」

鄭歎疑惑，這兩個丫頭說這話啥意思？

# 第五章 神獸來了！

大人物有大人物的生活態度，小市民有小市民的活法。

鄭歎覺得，自己這隻貓，還是比較喜歡社區的生活，輕鬆、愜意，不用去擔心什麼時候因為摔壞一個花瓶而提心吊膽，不用去摻合那些暗潮洶湧的大事，能耍性子能撒歡，該吃就吃、該喝就喝，果然還是在焦家這裡要自然得多。

可鄭歎的好心情，在晚飯之後，壞了些許。

「神獸？！」

焦媽夾青椒的動作一頓，隨即又問向小柚子：「怎麼會想到讓黑碳過去？」

「岳麗莎說這樣能夠更吸引人，她說叫……」小柚子想了想那個詞，「嗯，她說叫噱頭。」

焦媽：「……」屁大點孩子都懂噱頭了！

小柚子往嘴裡扒著飯，她還有些話沒有說，說出來讓焦媽聽著不太好。

身為四年三班副班長兼這次節目發起人的岳麗莎同學，除了搞出個「噱頭」之外，還說六一的節目第一個目的是為了獎勵。聽說前三名有很豐厚的獎勵，而且優秀表演者還有學校另外發的獎狀，這些都在學習成績上記著，對期末總成績有用處，以後上國中申請一些班級幹部職位也更有優勢。

而這個節目的第二個目的就是向家長表示自己的孝心，打動家長，這樣以後討零用錢也容易，說不定假期還會帶他們去遊樂場等地方玩。

「噱頭是什麼？」焦遠充分顯示他在語言方面的詞彙匱乏。

焦家三人正在糾結這個「噱頭」，而鄭歎心裡又開始跟羊駝駝神交。

——天殺的，演什麼不好，讓老子去演神獸？！

對於楚華大學附屬小學的學生們來說，六一就意味著他們能夠看文藝表演，以前基本上只是各個班級自行玩樂，也就是在六一假期的前一天下午在各自的班級教室裡面玩玩，唱歌顯示才藝等，學校發點小餅乾之類的，讓孩子們自己樂一樂。

後來，不知道是身在教育廳的哪位家長提議，借用楚華大學的大禮堂搞個文藝表演，反正大禮堂在六一這天也沒大學生什麼事情，如果空著的話，可以借用一下資源，順便還能提升孩子們的團結合作能力和審美情趣。

於是，才有了六一去楚華大學大禮堂進行文藝演出的事情。

在岳麗莎提出做個表演節目的建議時，四年三班的人都挺支持的，因為有節目的班級都能夠去大禮堂觀看演出。畢竟大禮堂座位有限，有很多家長也會過去，座位不夠，沒節目的班級就直接在教室裡觀看了，反正每間班級教室都配有電視機，學校會進行現場直播。

聽小柚子的說法，這次他們四年三班是準備大幹一場了，手工好的人都開始製作一些簡易的道具，會樂器的也開始猛練。而他們要表演的故事，就是岳麗莎同學親手執筆寫的一個故事：孝子為了重病在床的母親，跋山涉水歷盡艱辛穿越重重阻礙戰勝各種怪獸，最後得到雪山上的山神神獸給予的一朵雪蓮花，回去治好母親。

鄭歎聽著耳熟，感覺好多電視劇、電影，甚至自己曾經拍過的一部廣告裡面都用過這個梗。

不過，兒童們自己表演的節目，觀眾們看的不是劇情，就是為了去看自家孩子的表演，劇情什麼的全是次要，圖的就是個樂。

在決定讓鄭歎演神獸之前，四年三班已經排練過很多次了，道具都已經製作得差不多，還進行過一次預演，畢竟報名表演節目的班級太多，大禮堂的演出時間有限，需要刷下去一批。預演沒有排名次，只通知了最後能進行大禮堂演出的班級。

而從那次預演裡面能看出，優秀的表演節目太多，競爭力太大，就像小柚子說的，得用點與眾不同的東西，於是——鄭歎上榜了。

附小很多人，尤其是小柚子班上的，都知道她家黑貓每天放學會過來接人，而且很聽話。於是，岳麗莎便將主意打到鄭歎身上。

小柚子其實不同意讓鄭歎過去，但是班上太多同學過來勸說，岳麗莎和謝欣都在她眼前提了好多次，她才決定問問鄭歎的意思，如果鄭歎不願意，她明天就去拒絕掉。

雖然演神獸這角色讓鄭歎不怎麼爽快，不過，他不想讓小柚子為難。在班級裡岳麗莎和謝欣幫過小柚子很多，鄭歎這次也幫幫忙，算是感謝吧。而且，這孩子不喜歡說話，容易與人疏離，如果這次順利的話，也能讓小柚子在班上混得更好一些。

次日，上午十點多的時候，鄭歎沒去其他地方閒晃，直接去了附小。

小柚子他們上午最後一節課是體育課，而因為六一演出的原因，岳麗莎向體育老師申請這節課讓他們去做演出準備，體育老師也知道演出的事情，沒多想便同意了。

小柚子他們排練的地方就在操場的一角。附小地方不大，鄭歎對這裡也熟悉，沒有走正門，在外面靠近操場一側時，翻過圍牆就能看到他們了。

排練正準備開始，鄭歎看到他們在站隊形，岳麗莎指揮著。

十來個孩子拿著一張紙放在胸前，紙上寫著他們要扮演的角色的名字，而小柚子就是其中一員。鄭歎看了看，小柚子拿著的紙上寫著「紫荊」。

其他站在那裡的孩子手裡拿著的紙上寫著的都是植物名，這些孩子屬於上臺之後站在那裡一句話都不用說的背景角色。

想想也是，小柚子平時給人的感覺太嚴肅、冷淡了，不善言辭，參演的話，這類的比較合適。不知道套上道具會怎樣，鄭歎想著。到時候他們得披著道具上陣，現在排練都只用紙代替，怕把道具弄壞，那得留著在大禮堂演出。

有學生看到站在牆頭的鄭歎，指著鄭歎對小柚子道：「顧優紫，妳家神獸來了！」

「咦？神獸來了？還挺準時！」其他人附和。

鄭歎：「……」

——你們才神獸，你們全家都是神獸！

不爽的扯了扯耳朵，也沒跳下圍牆，鄭歎就站在那裡看著這些小屁孩們排戲。

每個節目的演出時間是二十分鐘左右，所以，內容太多的話得壓縮一些。

演主角的是班裡的體育股長，這孩子的外形不是班裡最出色的，演技也平平，但優勢是會翻觔斗，而且鄭歎看他們的演出，發現這位每次「出招」之前會先翻個觔斗，不知道這是不是也屬於岳麗莎所說的「噱頭」範圍，特地搞出來吸睛用的。

還有幾個演「反派」怪獸的，那叫一個投入啊，比人家主角還精力充沛。鄭歎原以為這些孩子會對反派角色比較排斥，可現在看來，人家樂在其中。

快結束的時候，鄭歎這位「神獸」要出場，岳麗莎不知道從哪裡扯來一根野草，遞給鄭歎。昨晚小柚子跟鄭歎說過該做的，鄭歎知道接下來要怎麼來演。

所以，他跳下牆，將那棵可憐的野草夾在爪縫中，等主角過來拿。最後一幕是主角將靈藥拿給臥病在床的母親吃。鄭歎之前還好奇演母親的人是誰，會不會讓老師來客串？

現在，他就看著那孩子拿著「靈藥」走到岳麗莎眼前，表現出一副激動的樣子說道：「妳的病有救了！」

鄭歎：「……」

下課的時候，岳麗莎、謝欣她們倆跟小柚子一起慢吞吞朝校門走，商量著還有哪些東西需要準備，到時候晚上有空一起「加班」。

鄭歎先跑去校門口牆頭蹲著了，他可不想跟那些學生們擠。

正想著岳麗莎那小丫頭怎麼這麼多屁事，走路跟龜爬似的，鄭歎突然瞥見不遠處站著的一個人，第一感覺就是這人心裡有鬼，不是什麼好人。

小偷？

不，不是。

鄭歎觀察到，這人的視線基本上都停留在孩子們身上，鄭歎覺得那人看孩子們的時候與別人不一樣，或許這些孩子們感覺不到，家長們也沒注意到那邊，看不出來，但鄭歎就是直覺這人不懷好意。

那人不經意間看到蹲在牆頭的鄭歎時，鄭歎朝他齜了齜尖牙。

等小柚子出來，鄭歎再看過去的時候，那人已經不在原處了，估計已經離開。

下午，鄭歎照舊送小柚子去附小，快到附小的時候，鄭歎見到路口處站著一個人，就是上午放學時見過的傢伙。

察覺到鄭歎的異樣，小柚子順著他的視線看過去，正好這時候那人也看了過來，見小柚子看著他，便露出個笑容。

小柚子皺皺眉，她雖然不太懂得看人，但這人給她的感覺不太好，於是加快步子，往附小那邊走去。

鄭歎跟在小柚子後面，側頭看向站在路口的人，瞇了瞇眼，如果這傢伙走過來對小柚子說「小妹妹，叔叔帶妳去看金魚」的話，他立刻將這傢伙揍得連他媽都不認識，然後找個機會將他沉湖餵魚！

就在鄭歎想著那人過來的話是先用左腿踹還是用右腿踹，是先踹他的臉還是先踹命根子的時候，那人移開了視線。

那個人沒有一直盯著小柚子，轉而看向其他來上學的孩子們，尤其是那些沒有大人陪送的，那視線鄭歎倒沒有覺得有多少淫邪的意味，可就是讓他極不舒服。

鄭歎不會因那人沒在注意小柚子而放下戒心，焦媽說過不准惹事，而且鄭歎現在還在焦媽的觀察期，或許再惹事就會被繼續禁足，但鄭歎認為還是未雨綢繆的好，只是現在小柚子在旁邊，他不好下手，等找到機會，一定將這傢伙先打了再說！

鄭歎看著小柚子走進學校之後，便往回跑，來到剛才那個路口的時候發現，那個可疑人物已經不在這裡。在周圍找了一圈，跑到人工湖那裡的時候，鄭歎看到了那個人。

那人正坐在湖邊的一張長椅上，拿著手機說著什麼。在他周圍並沒有什麼人，這個時段大多數學生都去上課了，沒課的在宿舍睡午覺沒出門，所以放眼望去，人工湖這裡也沒什麼人走動。

鄭歎悄聲從後面接近，鑽到長椅底下，打算聽聽這人在講什麼祕密事情。

「怎麼突然改主意了？我還沒考察完呢……被警告？那些人還管這閒事……行，我知道這地頭他們說了算，立刻就離開這裡……鐮刀那邊怎樣……好吧，我過去幫他……喊，一個快死的人都擺不平！」

鄭歎聽這人說話，知道不是什麼好事，卻不能從這裡面聽出詳情。也聽不太清楚電話那頭的聲音，只能大致感覺到電話那邊的人心情並不好。

這人要離開也好，這種潛在的危險人物還是別留在這裡。不過，在他離開之前……

坐在長椅上的人打完電話，看了看周圍的風景，然後起身來到湖邊，他剛才就發現這湖裡很多魚，而且這些魚膽子還大，估計是早已習慣了被人圍觀，就算湖邊站著人，牠們也淡定地游來游去。

鄭歎看了看周圍，確定沒人過來，不會有誰注意這邊，便在那人走到湖邊看魚的時候，衝過去踹起對著那人的背踹了一腳。

那人在走到湖邊的時候就注意過周圍，並沒發現有人接近，警戒心也弱了些，正傾身看著游過來的一條挺大的紅鯉魚，突然背後一股力道襲來，然後栽進湖裡！

因為是學校的人工湖，安全起見並沒有造得很深，只是時間久了，湖底的淤泥厚了些。

那人栽進湖裡之後折騰幾下才站了起來，湖水只到他的腰部，可渾身已經濕透，手上還拿著手機，看這樣子手機應該已經報廢。他憤怒的看了看周圍，想找出是誰在背後下黑手，可惜視線掃了一圈沒發現近處有什麼人走動，倒是遠點的地方有人聽到這邊的動靜看過來。

鄭歎踹了一腳之後就立刻跑進林子裡藏起來了，這邊的樹藏不住人，但一隻貓還是能隱藏得很好。然後，鄭歎看著那人迅速從湖裡出來，褲腿上全是汙泥，滿臉陰沉的離開了。

接下來幾天，鄭歎每次在附小周圍閒逛的時候都會特別留意一下，也確實沒發現那個人的身影，頂多有幾個疑似小偷的人走動，那個倒是常有的事，鄭歎沒太在意。相比起那個人，鄭歎覺得小偷的威脅小一些。

因為見過人販子，所以鄭歎感覺那人應該與人販子有些差別，卻也不知道對方做的是什麼勾當，但肯定不是什麼好人。

◆◇◆◇◆◇◆◇◆

大禮堂演出的前一天晚上，鄭歎正趴在沙發上想著明天會折騰成什麼樣。

演出是下午兩點開始，焦媽都請好假了，焦遠有小考，請假被焦媽駁回。不過，焦媽找對門的屈向陽借了ＤＶ，到時候拍了給焦遠看，雖然附小也有拍攝和校內直播，但那是整體層面的，焦媽只想拍小柚子和鄭歎而已。此時她正擺弄著ＤＶ，熟悉一下操作。

「哎，媽，妳說黑碳這幾天怎麼了？看上去心事重重的。」焦遠拿著根冰棒啃了啃，問道。

焦媽的注意力從ＤＶ上轉移到鄭歎身上，看了看，道：「估計是因為明天的演出吧，這都要上臺了，牠可是學校裡第一隻上臺表演的貓。」

焦遠咬著冰棒，「牠不是已經拍過好多廣告了嗎？還擔心啥？」

焦媽：「……貓的心思，誰知道呢。」

鄭歎聽著他們說話，只是耳朵動了動，懶得有其他反應。他前兩天是在思考那個被他踹進湖裡的人的事情，雖然那人似乎沒再出現在周圍，或許和鄭歎也再沒有交集，但有時候，鄭歎回想一下那人從湖裡爬起來離開時滿臉陰沉時的眼神，就感覺有股涼意。至於今天，純粹只是在想明天的表演而已，並不是擔心什麼，都拍過那麼多廣告了，臉皮厚著呢！

次日，上午有演出的人基本上都沒上課，去大禮堂排練了，提前適應一下這個舞臺，順便來個預演。平時排練的時候看不出什麼，道具一換上，這感覺立刻就來了。這些道具很多都是這些學生們親手製作的，家長們最多是在旁邊搭了把手。

站在邊上奏樂的幾個學生，家長都在下面看著，手裡拿著裝樂器的盒子，面帶笑容，看自家孩子的眼神都帶著自豪。

預演總的來說還不錯，也沒誰出亂子，整體感覺還行，就是鄭歎出現的時候讓在場的一些人驚訝了一會兒。不過，下午的正式演出就壓力大多了，到時候臺下全坐滿人，與上午的空場有很大的差別。

小柚子他們班的節目排在第五個，前面五個節目中，四個都是歌舞表演，他們這個節目算是第一個話劇類的，不知道到時候給的分數會不會高些。

換了裝的人都在一個更衣室裡坐著，有的背臺詞，有的隨意聊著。

鄭歎看了看旁邊的小柚子，她坐在椅子，旁邊放著道具，待會兒出場時身上得套著這個圓筒狀的紙質「外殼」，這個「外殼」背後還黏著一個大的背景板，板子上畫著紫色的紫荊，看起來很沉重，其實對這些學生來說還能承受，畢竟只是用紙做的，製作的時候就考慮過負重問題。

即便這樣，上午預演的時候鄭歎瞧著挺心疼，這麼熱的天，套著這麼大的「殼」，這些孩子真是辛苦了。

其實鄭歎自己也好不了多少，身上穿著一件銀晃晃的塑膠紙做的衣服，等會兒出場的時候還得套個傻瓜面具，不知道這些孩子們心中的神獸是否都是這種傻瓜形象。

安靜坐在那裡的小柚子表情微顯嚴肅，抿著嘴，手緊抓著衣襬。畢竟是第一次上臺，而且還是大禮堂的表演，就算只是站在背後充當背景，那也有心理壓力。之前還有個一年級的小朋友上臺之前就哭出來呢，妝都哭花了，後來也沒換下去，就帶著那張花臉上臺表演。

鄭歎走過去拍拍她的手，示意不用太緊張。

小柚子臉色緩了緩，鬆開衣襬，幫鄭歎整理了一下身上的那件傻瓜衣服。

感覺小柚子心態調整得不錯，鄭歎又看了看房間裡其他學生。尤其是坐在牆角的主角體育股長同學。

那孩子半點緊張感都沒有，蹺著腿，一邊挖鼻孔、一邊看臺詞，鄭歎瞧著這傢伙還挖得挺爽的。挖了鼻孔之後，他看了看周圍，見沒人注意他，便將挖鼻孔的手指往「佩劍」上一擦，接著繼續挖。

鄭歎：「……」

——這小子竟然往佩劍上擦鼻屎！尼瑪，一定不能讓小柚子碰那把佩劍！

就在這時，房間門開了，出去觀望的「總策劃」岳麗莎同學大步走進來，其他人趕緊詢問前面幾個節目的演出情況。分數和排名會在所有演出結束之後才公布，現在就算不能知道排名，大致的情況應該能看出些。

「就那樣唄。」岳麗莎簡單說了一下前面的三個節目，現在正在進行第四個，下一個就輪到他們了。

「五年級表演的那個孔雀舞挺好的。」謝欣說道。

「好什麼好？一個個化妝畫得跟蛇精似的！」岳麗莎不屑的說道。

鄭歎瞥了一眼岳麗莎，這傢伙頭純粹就是酸葡萄心理。因為要演主角他媽，岳麗莎不能化漂亮的妝，還得戴頂銀白色的假髮，拄枴杖，演個病弱老太太。其實鄭歎覺得，這樣子都可以演主角的奶奶了。

而在岳麗莎酸葡萄心理作祟的時候，正在挖鼻孔的體育股長撞槍口上了。

「你居然挖鼻屎！真噁心！」岳麗莎一臉嫌棄道。

被抓住的體育股長倒是一點都不尷尬，「沒看ＸＸＸ期刊上說嗎？四分之一的人每天挖一次鼻孔；五分之一的人每天挖五次鼻孔；還有四分之一的人涉嫌患上了『挖鼻孔強迫症』，每天花在挖鼻孔上的時間累計高達十五分鐘……你們那是什表情！別嫌棄，說句老實話，大家都是嬰兒的時候還吃過鼻屎呢！不過，我有個疑問，鼻屎為什麼是鹹的？」

鄭歎：「……」

周圍的同學：「……」

就在大家面露囧樣，還有部分人做思考狀的時候，一個稚嫩卻沉穩正經的聲音響起。

「因為鼻腔內有一層茂盛的纖毛和附著於鼻腔內的黏液，它們能攔截空氣中的有害物質。而黏液主要由黏液素和無機鹽組成，且後者的主要成分是鉀和鈉，它們的味道嚐起來是鹹的，由此可得，鼻涕也是鹹的。」

周圍的同學：「……」

鄭歎看著表情依舊微顯嚴肅、侃侃而談的小柚子，跟羊駝駝神交了一會兒，然後想：家裡焦爸訂的科普雜誌是不是太多了點？

「聽起來好深奧的樣子。」體育股長點點頭。

他還想問一些問題，被岳麗莎用道具枴杖敲了一下，「趕緊背臺詞，別到時候忘詞了瞎扯，馬上就要到我們了！」

「不就那麼幾句嘛！再說，這種詞臨時都可以自由發揮的。」體育股長滿不在乎的說著。

因為這體育股長的打岔，大家的緊張心情稍微緩了點，再加上進場的時候等在那裡的班導師為他們打氣，許諾到時候獎勵他們一些筆記本，也讓這些容易滿足的孩子們士氣高漲。

短短二十分鐘，掌聲不斷，笑聲也沒斷，尤其是主角同學，翻觔斗的時候下方的掌聲讓這孩子像打了興奮劑似的，本來出招之前只翻一個觔斗就行了，硬是在激動時連翻好幾個，下面還有家長大叫一聲：「好！」

還有個扮演反派怪獸的同學穿著恐龍服倒地之前還臨場自我發揮了一下，「死」得更有技術一些，估計是看奧特曼打小怪獸看的。

坐在前排的那些評審們直笑，「都是可造之材啊。」

鄭歎出場之後，也引發了下方的討論。

「嘿，還有動物呢，猴子還是貓啊？」

「我瞧著像是貓，那尾巴黑的，還有貓耳朵。」

坐在下面的焦媽更是樂得合不攏嘴，跟旁邊幾個認識的家長道：「那隻神獸是我家的！」就連幾個評審也感嘆這個節目的策劃者「當真用心良苦」，就憑這評語，給分也不會低。

不出意料，小柚子班上的節目獲得了第一名。第一名有三個節目，一個是歌舞，一個是文藝小品，一個就是小柚子他們的話劇。

評審們給的評價非常高：「這個節目鍛鍊了學生的動手能力和團結合作能力，從道具製作到背景配樂都是學生自己完成，也充分顯示了孝心、勇敢、人與動物和諧相處這三個閃光點」等等之類的評語，直接將得分拔高。

這個「人與動物和諧相處」顯然就是指話劇中鄭歎的合作演出。

鄭歎在臺下聽著那些表揚語都臉熱，那些人說得越來越誇張了。

岳麗莎那小丫頭還真是投其所好，知道學校想拿個節目出來當榜樣，最後他們班這節目還真成了模範代表。獎狀還有學校獎勵的「六一大禮包」食品都讓這群孩子們興奮不已，再加上明天就是六一兒童節，附小的學生都會放假一天，心情能不好才怪。

下午演出結束之後回社區，一些在大禮堂裡坐得離焦媽比較遠的家長見到焦媽帶著小柚子和鄭歎，還問焦媽：「哎，那隻演神獸的是你們家黑碳吧？」

這類問話一直沒停過。

鄭歎從出禮堂到現在，耳朵一直拉成個飛機狀「飛」著，看那樣子就知道這傢伙心情極差。鄭歎不知道以後自己出門閒晃的時候，社區裡熟悉他的人會不會見著他就道：「看，神獸！」

——嘖！想想心情又差一大截！

為了避免被一直喊神獸，第二天，也就是六一這天，鄭歎沒出樓。

六一這天是週三，焦遠要上學，焦媽要上班，岳麗莎租了影片叫上謝欣和小柚子一起看某部

偶像劇，就鄭歎一個在家。小柚子倒是想帶鄭歎一起過去，可鄭歎不想出門，現在獨自窩在家裡又覺得太悶。

趴陽臺上聽四樓的賤鳥唱戲，突然耳朵動了動，鄭歎仔細分辨了一下，然後出門跑去三樓來到二毛門前，和平時一樣，二毛他家的門只是虛掩著，鄭歎推門進去。

屋裡，二毛和秦濤各拿著瓶啤酒正在胡扯。

秦濤肯定又是直接蹺班過來玩的，只要沒什麼重要的需要簽字走程序的事務，他都只在公司打個醬油，沒事就出來玩。

見到鄭歎進來，秦濤問二毛：「這傢伙今天怎麼沒出去閒晃？以前這時候不都在外面到處跑的嗎？」

「估計是怕被人喊神獸吧。」二毛笑道。

「哦？說來聽聽。」秦濤對這稱呼很好奇。

二毛將昨天發生的事情講了講，秦濤也哈哈笑了笑，「被這樣叫不是挺好的嘛？羞澀什麼！」

——羞澀個屁！

鄭歎應該慶幸，這時候「神獸」這個詞還比較正經。

秦濤坐在椅子上蹺著腿上樂，蹺著的那條腿上沒穿鞋。

鄭歎看了看地上的鞋，又看看兩步遠處的陽臺，抬爪子勾住皮鞋往外甩。

皮鞋在空中劃過一個弧度，然後越過陽臺上的欄杆，掉了下去。

二毛：「……」

「臥槽！」秦濤單腿跳到陽臺邊往下看，自己那隻皮鞋已經躺在這棟樓樓下的地面上。

踩著拖鞋跑下去將鞋撿上來，秦濤抱怨著「貓都是小心眼」之類的話語。他最近資金有點緊張，前段時間被他爹訓了頓，斥責他不務正業，還扣了零用錢，所以沒事還是別亂花的好。這要是兩週前，掉下樓的皮鞋他是不會撿的，直接買新的。

「哎，我勸你別說太多牠的壞話。」二毛道。

「為啥？」秦濤將胡亂擦了一通的鞋子穿上，防止再被甩下去。

「我聽說，夜樓那邊有這傢伙的包廂，專屬包廂！到時候過去玩就算找不到我師兄，我就指望著這隻了。」二毛說道。

其實，真的要弄個專屬於自己的包廂，二毛提出來就行了，看在衛稜的面子以及二毛的背景上，葉昊也不會有意見。可二毛嫌麻煩，還費錢。

至於秦濤，最近正沒錢，過去玩也不會專門花錢供個包廂，何況還是專屬包廂。

「就牠？！」秦濤一臉的不可思議，「夜樓老闆的腦子被貓啃過嗎？」

兩人抱怨了下貓的待遇比人好，然後秦濤提到黑米。

「你家黑米怎麼感覺安靜很多，是不生病了？你這爹當得不稱職。」

鄭歎想了想，走到陽臺那裡看了看，陽臺上放著個冬天用的坐墊，黑米正伸直側躺在上面眯著眼睛睡覺，不像以前那樣團成個球，看上去懶洋洋的。

二毛倒沒怎麼在意，「我家黑米好著呢，我還拍了幾張照片給人看，還說牠胖了呢，這證明我餵貓餵得好。雖然黑米這段時間安靜許多，但食量不錯，除了貓糧之外，我還讓人幫著蒸小魚給牠換口味。天氣不錯的時候，黑米就會趴在外面曬太陽睡覺。」

這段時間二毛去焦威他家小餐館的時候，也會讓焦威他媽幫忙蒸點一指長的小魚之類，一開始是焦威他媽買菜的時候見著了，覺得這些小魚也新鮮，買了些自己炸出來做菜。後來二毛喜歡吃，準備讓自家「女兒」也享受一下，於是多出了些錢讓焦威他媽見著新鮮小魚了就幫著弄點貓也能吃的，所以現在二毛去拿飯的時候，有時還會有另一個小飯盒裝著蒸出來的小魚，帶回來給黑米調節胃口。

「確實胖了一些。」秦濤站在門口看了一眼趴那裡的黑米，想了想，又以一副開玩笑的口吻道：「不會有貓崽了吧？」

「放屁！」二毛怒了，一脫鞋甩過去，「怎麼可能！」

說完，二毛又想了想最近自家黑米與社區裡的幾隻也沒混到一起去，在社區閒晃的時候他都盯梢著，於是又確定的說道：「我都看著呢，怎麼可能會有貓崽？」

鄭歎站在門口看了看那裡的黑米，回頭就發現秦濤和二毛一副懷疑似的看怪蜀黍一般的眼神盯著自己。

鄭歎：「……」艸！老子還沒有禽獸到上貓的地步！

雖然現在是一隻貓，但貓身人心，對著貓，鄭歎心裡那關也過不去，對著大波妹子們意淫一下還不錯。

本來準備聽聽這兩人扯八卦的，現在也沒心情繼續待了，鄭歎決定以後還是少往這邊跑的好，不然以後有啥事也得栽自己身上，說都說不清。

出去的時候，鄭歎看到放在客廳的那個自動餵食機，二毛這傢伙很懶，基本上黑米是啥時候想吃就啥時候吃，胖了也不奇怪。

不過，鄭歎總感覺不怎麼對勁。

兩天後，吃完晚飯，鄭歎正趴在沙發上陪焦媽看狗血泡沫劇，二毛過來了，簡單跟焦媽聊了兩句之後就找了個藉口拖走鄭歎。

鄭歎還有些莫名其妙，下樓的時候總感覺走在前面的二毛渾身散發著一股黑壓壓的悶氣。

來到三樓，進屋之後，二毛蹲身面對鄭歎，咬牙切齒道：「你說實話，你真沒那個……」二毛抓了抓頭髮，「黑米有貓崽了，是不是你的？！」

鄭歎：「！！」我去！還真有了！

「YES 的話豎著甩尾巴，NO 的話橫著甩尾巴！」

鄭歎果斷橫著甩了，而且連著甩了好幾次。

——尼瑪，這水可不能潑自己身上！

「不是你？」二毛皺眉，緊盯著鄭歎，似乎在辨認鄭歎這否認行為的真實性，「不是你，那到底是誰？」

二毛直接坐在地板上，抓抓頭髮，苦思到底是哪隻混帳貓。

原來，今天二毛閒著沒事，想起秦濤說的黑米最近胖了些，總覺得心裡不太安穩，決定帶去寵物中心那邊檢查，順便洗個澡。這段時間二毛自己懶了，連帶著黑米也幾週沒洗過，頂多二毛幫牠洗洗爪子。

結果帶去寵物中心一檢查，獸醫告訴二毛，這貓已經懷孕四週左右了。

對二毛來說，這就是個晴天霹靂。

隨後獸醫又囑咐二毛一些要注意的問題，告訴二毛再過一個月這小貓就生出來，要提前做好準備。

又一個霹靂。

一個月？這麼快？！

「不都說貓三狗四嗎？怎麼兩個月就生？」二毛問。

獸醫很淡定的將一本關於照顧孕貓方面知識的小冊子塞到二毛手裡，「你理解錯了，貓狗都是兩個月左右就生。至於貓三狗四，有的說法是貓一年生三次，狗一年生四次，也有的說法是貓狗的計時不同。不過這些都不重要，重要的是，你知道你家貓再過一個月就生貓崽了，得多注意點。」

當時二毛就只光顧著聽那裡獸醫的囑咐了，腦子裡還想著回來該怎麼來找社區的貓的麻煩，心情真是一團糟啊！

買了些獸醫介紹的幾種孕貓吃的貓糧，二毛帶著貓回來，然後坐在沙發上捧著獸醫給的那本書糾結了一下午，最後實在忍不住，上樓去將鄭歎叫了下來。

本來在二毛看來，鄭歎的嫌疑最大，作為貓爹的心理，總覺得自家貓是最好的，質量差點的貓自家黑米肯定看不上，而社區的貓裡面，就這隻黑的最優秀了。

現在這隻貓否認，二毛相信眼前這貓不會騙自己，可如果不是這隻貓，又是哪隻混帳貓呢？二毛挨個想了想周圍的貓，琢磨著自家女兒會看得上哪隻。阿黃那個太監先排除；警長？還是一樓的那隻胖子？可是平時帶黑米出去的時候也沒見到牠與那兩隻有多親近吶……不管怎麼說，千防萬防還是沒能防得了啊！

鄭歎看著二毛滿臉的糾結，然後在周圍觀察了一下。黑米正趴在牠的貓窩裡，依舊是那樣伸直側躺著。沙發上放著一本關於照顧孕貓和出生幼貓的書，看來以後夠二毛忙活的了。

留二毛在那裡糾結，鄭歎趕緊開溜，他可不想觸霉頭，反正這事不是他幹的，誰也別想栽到他身上。

於是，二毛在當「爹」不久後，又當「爺」了，確切點說，是當「外公」。

自打鄭歎被二毛叫過去問話之後，鄭歎沒再往那邊跑，而且為了讓社區的人將「神獸」這事趕緊忘掉，接下來幾天鄭歎都沒怎麼出門。

焦媽將錄製的影片寄給焦爸，讓他也看看跟著樂呵一下，後來跨洋視訊的時候，焦爸還提過這事，說：「我家這貓本就是神獸，招財貓也是神獸的一種嘛。」

跨洋視訊的時候，焦媽還提到一件事，說暑假準備帶兩個孩子加一隻貓去鄉下玩玩，焦媽他爹——顧老爹已經提過好幾次了，想孩子。

去玩玩也好。

鄭歎正趴在陽臺上想著到時候去顧老爹那裡玩什麼，突然聽到樓下傳來貓叫聲。

「喵嗚——喵嗚——」

這聲音一聽，鄭歎就知道是誰了。不過，這小子許久沒過來了，今天又準備去哪裡挑場子？

花生糖現在成年了，比鄭歎要明顯大上一圈，平時在寵物中心那邊稱王稱霸，除了牠媽之外，這傢伙誰都不怕。不過面對鄭歎，花生糖還是保留著一些小時候的習慣——用人的觀點看，花生糖這是將鄭歎當作長輩，至於其他貓，這傢伙半點面子都不給。

鄭歎正準備下樓看這傢伙又準備去挑誰的場子，就聽到三樓陽臺那裡傳來貓叫。

這一上一下兩隻貓對著叫，鄭歎聽著就不對勁，從陽臺那裡伸出頭看向下方，只見這幾天懶洋洋的黑米正將頭伸出陽臺，對著下方叫。

鄭歎看看三樓露出來的貓頭，再看看樓下張嘴叫得起勁的花生糖。

——臥槽！

——不會吧？！

——這兩隻啥時候勾搭上了？！

不光鄭歎懂了，二毛也琢磨過來了。

一個月前寵物中心那邊有個沙龍，二毛帶著黑米去寵物中心洗澡順便參加了那個沙龍，還成功搭訕一個漂亮妹子，由於黑米平時不亂跑，只要二毛一喊牠就會過來，再加上寵物中心那邊有防範，不會讓貓跑出去，那時候二毛也沒多擔心。

或許就是那時候勾搭上的？

又或許更早？

二毛去找那位姑婆的時候還將黑米寄放在寵物中心，說不定那時候就認識了。

雖說動物發情這事主要是激素影響，但有些時候也得眼對眼。有些人養一公一母兩隻貓幾年了，就是搞不到一塊兒。

二毛滿臉陰沉看著樓下那隻貓，這貓他有印象，是寵物中心那邊的，叫花生糖，聽說是接替牠媽成為那邊的霸主。

總不能讓這貓一直在下面叫，吵著周圍的人也不好。二毛下樓去將電子鎖打開。

鄭歎看著樓下的花生糖進了樓，猶豫是否去三樓看看熱鬧，不過，一想到這事差點栽自己頭上，鄭歎就來氣，難得抓到花生糖這傢伙，怎麼說也得揍一頓。

三樓——

花生糖爬上樓的時候，黑米已經在自家門前徘徊。這兩隻一碰頭就顯得很親熱，蹭來蹭去的，二毛看著心裡更鬱悶了，因此看花生糖也更不順眼，拿著平時逗貓玩的那根魚竿似的塑膠小棍朝花生糖威脅似的揮了揮。

花生糖見狀便對著二毛齜牙，渾身的毛炸起，發出具有攻擊性的低吼聲。

「我告訴你，你看完趕緊滾，以後也別再過來，不然老子就抽死你！」二毛甩甩手上的塑膠棍，作勢要抽。

花生糖吼得更厲害了。

鄭歎從虛掩著的門進去的時候，就看到這一人一貓都像對待敵人一樣盯著對方，而黑米在旁邊淡定的蹲著，似乎很疑惑為什麼這兩個會這樣。

瞟了眼僵持著的一人一貓，鄭歎走過去。這兩個就不能平靜點商談一下嗎？

花生糖這傢伙的智商在貓裡面不算低，充分繼承了牠爹媽的優點，平時與人接觸得多了，對人說的一些話也能懂一點，不過畢竟還年輕，做不到牠爹媽那麼老練，不然也不會直接在這裡就跟二毛對上。

見到鄭歎進來，這僵持的氣氛才好了些。

花生糖走到鄭歎旁邊，「喵」了一聲。

鄭歎眼睛一瞇，給了花生糖一巴掌。這小子做的「好事」差點讓自己揹上！

花生糖被這一爪子拍得有些懵，滿眼的無辜，「喵～」

——喵個屁！你還裝無辜？！

再一巴掌。

花生糖耷著耳朵，縮頭閉眼，就乖乖蹲在那裡挨抽。

其實鄭歎抽巴掌的時候力道收斂了許多，頂多比平時與警長牠們玩鬧時抽巴掌的力道大那麼一點點而已，以花生糖的承受力，這點力道對牠來說也不算什麼。或許牠也知道，眼前這隻看著自己長大的黑貓不會真的傷害自己。

二毛見到眼前這情形，鬱悶更甚。他剛才沒關門就打算著威脅嚇一嚇這隻做「壞事」的貓，試試牠的膽量，要是能知難而退最好，嚇跑了以後別再過來。沒想到這傢伙還挺凶的，一點都不怕自己，還儼然一副打算幹架的勢頭。

原本二毛還在心裡感慨了下，不愧是自家女兒看上的，夠大膽、夠男子漢。可是呢？一轉眼，這傢伙就變了副樣子似的，被樓上的黑煤炭連抽幾巴掌，屁都不敢放一個！連爪子都縮起來了！

這尼瑪也是私生子吧？！

「黑煤炭吶，這傢伙是你的種？」二毛坐在客廳的沙發上，甩動手上的塑膠棍，問道。

鄭歎瞥向二毛，帶著怒氣：放屁！什麼都往老子身上栽？！

還沒等鄭歎抗議，二毛又自語道：「看起來也不像，想你也生不出這樣的來，這貓比你大這麼多呢，還偏長毛，牠爹肯定也是隻大的長毛貓。」

鄭歎收回準備往二毛臉上踹的腳，心想二毛估計還沒將花生糖與葉昊他家的爵爺聯繫上。不過，爵爺經常跟著唐七爺，二毛有沒有見過牠？

很多母貓在懷孕期間不理會公貓，甚至可能會發起攻擊，不過黑米對花生糖的態度還不錯。花生糖在這裡跟黑米玩耍了一會兒才離開，二毛在牠離開時拿著那根塑膠棍威脅：「你以後別再過來了！要不然我見一次打一次！」

花生糖齜齜牙，一副懶得理會的樣子，氣得二毛差點直接抽過去。

不知道花生糖是不是聽懂了二毛的話，總之，接下來一週鄭歎沒見到牠來社區。而二毛壓根沒讓小郭他們知道這事，估計是怕小郭過來搶貓。

現在小郭和李元霸牠貓媽李燕兩人感情日漸深厚，已經商量著結婚了，屬於一家人。花生糖和李元霸早就入住在寵物中心，將那裡當牠們自家，所以花生糖也算小郭他家的。二毛就怕小郭不搶大貓也來搶小貓。

再加上二毛對於花生糖和小郭他們都帶著怨氣，便將事情瞞得好好的，這段時間帶著黑米去另外一家寵物醫院看了看，由於黑米懷孕時間已經有六週多，為了更好的瞭解一下黑米的狀況，看看是否可能難產及剖腹手術，進行了腹部觸診、B超、X光檢查等分析。確定一切安好後，也看了一下貓崽的數量，就兩隻。

聽說貓懷孕的時候要盡量避免帶牠到其他地方去，就算是動物醫院，那裡可能存在的病毒對牠也是非常危險的。二毛決定在接下來這段時間不帶黑米出門了。獸醫見二毛糾結的樣子還安慰他，貓生崽而已，又不是人，沒必要搞得那麼複雜，大部分母貓自己能夠解決生產問題，頂多到時候在邊上幫點小忙就行了。

又諮詢了些需要注意的地方後，二毛決定在小貓生下來之前都安分點，不經常往外跑了。

二毛還給衛稜、秦濤以及他哥王斌等之類比較熟的人挨個打電話通知：「沒事就別往我這頭跑了，有事直接打手機！」

照小冊子上的建議，二毛又買了個帶頂的窩，這種能遮擋光線，暗暗的環境能夠讓貓有安全感。可黑米不喜歡，還是願意待在原來的窩裡面，二毛索性將黑米的窩挪到書房那邊，反正這屋子裡的書房也沒怎麼用；而另一間房堆著房東的東西，全是滿的，房門基本上沒再開過。書房這邊二毛平時就用來屯食物，現在簡單清理了一下，窗簾一拉，照樣暗暗的，黑米看著也沒反對。

有天鄭歎在外面閒晃的時候，碰到去焦威他家餐館提飯回來的二毛，聽二毛提了一下這事。

「黑煤炭吶，你說，就兩隻貓崽，我還以為會多點呢！以前我認識一人，他家的貓生了六隻。」二毛感慨，同時也慶幸，少點好，多了太麻煩。

聽到這話，鄭歎不禁想起來，當初李元霸也就生了花生糖這麼一隻。難道是爵爺身上那特殊基因的緣故，生不了太多？

不過，貴在精不在多。鄭歎相信，有爵爺那特殊基因，就算已經經過兩代稀釋也不會差到哪裡去。再說了，李元霸那麼剽悍，黑米也不是個簡單的，這一家子三代貓，以後是要稱霸楚華市了嗎？

「哎，黑煤炭吶，你說，那兩隻貓崽出來，名字取什麼比較好？」二毛揪著花壇裡那棵不知道名字的草葉子，問道。

名字？鄭歎想了想。黑米、花生糖……直接叫花生米算了。

二毛也想到花生米了，但他覺得一提到花生米就會想到這兩隻貓崽的爹花生糖，心裡不怎麼爽快。

「不能叫花生米，直接叫大米和小米算了。就是不知道那兩個貓崽生出來是啥樣啥毛色，希望比較像黑米。」二毛一臉的期待。

黑米這段時間待在家裡也挺安靜的，該吃就吃、該睡就睡，偶爾看到一隻蟑螂還逗著玩玩，二毛見到後嚇一跳，都快生了還玩蟑螂？！看著黑米大著肚子跑動，二毛這心都跟著顫，趕緊將屋子裡清理了一遍，還向社區的一些老先生、老太太們諮詢了一些安全的法子滅蟑螂。

鄭歎趴在屋裡墊著竹蓆的沙發上，打個哈欠，翻了個身，看向客廳掛在牆上的日曆。

今天就七月了，小柚子和焦遠他們最近都忙著期末考，馬上就到暑假，為了有個好點的暑假生活，都卯足了勁考個好成績。

至於大學聯考，早就結束了，鄭歎兩週前出去閒晃的時候經過工地那邊，見到鍾言，那傢伙看起來心情不錯，應該考得比較理想，或許這也是幾年來這傢伙考得最爽快的一次，不用藏拙，不用去擔心其他的，只要盡力考就行。

六月底的時候大學聯考的分數已經出來了，不知道那傢伙的成績怎樣，最近鄭歎沒出遠門，基本上只在學校裡面閒晃。

公寓裡幾戶人家都知道二毛家的黑米要生貓崽了，不過，貓不比狗，對人防範得嚴，大家都沒有經常過去，只是偶爾買點東西給黑米吃。焦媽就是這樣，隔三差五買點東西送過去。

鄭歎近期只去過一次，還是跟著焦媽過去的。黑米的狀態還好，不好的是二毛，這傢伙就跟神經質似的，還有黑眼圈，不知道他焦慮個啥，這以後要是他老婆生孩子，難道他連著十個月焦慮嗎？

衛稜和秦濤來過幾次，沒進屋，二毛不讓他們進屋，來了的話就去外面找個地方吃飯談話，不讓他們影響黑米。

鄭歎正想著黑米啥時能將貓崽生出來的時候，耳朵一動，看向門口。

「黑煤炭，出去吃東西！」

敲門的是二毛。這段時間衛稜過來的時候雖然沒有去二毛那裡，但是會叫上二毛和鄭歎，到離東教職員社區不遠的樹林子那邊閒聊一下，他每次過來都會提一些吃食，樹林那邊有石桌、石凳，除了鳥屎比較多之外，坐那裡還挺舒服。

鄭歎和二毛下了樓，公寓前衛稜已經等在那裡了，跟前幾次一樣，手裡拎著個袋子，裡面裝著些吃食，還有冰啤酒。

來到樹林子裡，擦了擦石凳上的鳥屎，兩人一貓坐下。

衛稜擺上免洗紙碗，將涼菜放上，還有在校門口一間店裡買的片皮鴨。這傢伙終於訂婚了，打算今年十月的時候辦婚禮。

「定了？那等我有時間了先準備一份大禮……哦，順便買上一對鴛鴦擺飾送去給你們。」二毛說道。

「別，別送鴛鴦！前段時間看到有報導說鴛鴦是換配偶的，不是人們說的那麼美好。」衛稜回道。

「那我直接送你們倆的小人像算了。」

「也不錯啊。哎，對了，你家黑米還沒生嗎？」衛稜看著二毛一副蔫蔫的睡眠不足的樣子，問道。

「我最近也煩吶，不是說兩個月就能生的嗎？這都已經兩個月了，還沒動靜。我打電話給寵物醫院那邊的獸醫，他說有的貓時間確實會晚一點，超過一週多才生的也經常發生。前幾天，那邊一個貓友家的貓就是懷了六十五天才生的。」

衛稜撇撇嘴，他心裡還是覺得二毛太過於緊張了，不就是貓嘛，至於這樣嘛？

「你可別在心裡笑我，到時候你老婆生孩子，你不一定比我好。」二毛道。

「那是我老婆，當然緊張，黑米是你老婆嗎？瞧你這德性，要是讓其他人知道了肯定會驚掉一地眼珠子，以前也不知道你這麼喜歡貓啊！」頓了頓，衛稜又加一句：「都成貓奴了。」

二毛哼哼兩聲，也不解釋，就在那裡悶聲吃喝。

鄭歎蹲旁邊，一邊吃、一邊聽這兩人閒聊。

說到以後出生小貓崽的問題，那貓崽長大了怎麼辦？送走還是留下？二毛還沒想好，但是絕對不會賣掉，也不會給寵物中心那邊的人，他想到時候再看看，「如果小貓長大後，黑米要把牠們趕出家門的話，再說。如果不趕的話，我就都養著。」

「嘁，就你那小地方，還養三隻貓？不嫌折騰。」衛稜不認為這是個好主意，而且不是每隻貓都跟眼前這隻黑貓一樣的，到時候三隻貓吵起來夠二毛煩。

吃完喝完，下午的太陽依舊火辣，衛稜回公司去了，他今天是有事來這附近辦，順道過來看看、聊聊天。

◆◇◆◇◆◇◆◇◆

知道黑米產期將近，焦家最急的是焦媽，每天都要去問問黑米的情況。鄭歎自己在家的時候也會聽聽三樓的動靜，如果和平時一樣的話，那估計就是還沒生。

日子一天天過去，二毛的神經質提升，隔會兒就跑去書房那邊看看，上網都沒心思，一天打幾遍電話詢問獸醫，還找了個獸醫過來看情況，結果那獸醫一站門口黑米就齜牙，二毛立刻將人家推出家門了。

不過，那獸醫也是有真才實學的，雖然觀察黑米的時間不長，但也看出來沒什麼大事，晚幾天就晚幾天唄，貓健康就行了。

這樣又過了幾天，二毛早上起來尿晨尿，還沒太清醒，昨晚看恐怖片分散注意力看得太晚，今天早上起不來，還是被尿憋醒的。

慢悠悠的走到廁所拉完之後，二毛又習慣性的往書房那邊走。每天早上二毛尿完之後必定會往書房瞅一眼，不然他就算繼續趴床上也難以再次入睡。

然而，這一看，二毛因為不太清醒而半張開的眼睛直接瞪圓了。

藉著窗簾透進來的並不明亮的那點光，二毛看到了貓窩裡多出的那個與貓窩顏色和黑米顏色不同的一小坨。

——臥槽！

二毛徹底清醒了。

小心往貓窩接近，剛走了一步，想到什麼，二毛又輕腳退出去，跑回房間拿出他早準備好的一雙手套，再次來到書房。

黑米估計累了，躺在那裡睡覺，察覺到二毛接近，耳朵動了動，眼睛睜開一條縫，看了看二毛，又繼續睡，沒像一些貓那樣對主人都警戒異常。這讓二毛很欣慰，不愧是自家女兒。

二毛試探著伸出手碰碰小貓崽，見黑米也沒其他反應，便大著膽子將那隻小貓崽小心拿起來看了看，沒缺胳膊少腿的，看起來也很健康；兩隻軟軟的帶著絨毛的小耳朵並沒立起來，聽說要在三週後才能立起；眼睛也沒睜，得等一週後。這是隻三花貓，背上黑色和黃色的毛覆蓋面積大了些，腹部倒是白色多。

二毛不會看公母，更何況是這種小貓，不過，聽說這種三花基本都是母貓。嗯，黑米多了個女兒。仔細觀察了一下手掌上這麼小的一團，然後二毛記起來應該還有一隻，便輕輕將這隻小貓放下。

他在書上看過，如果摸到小貓留下人的氣味，大貓覺得陌生就不餵了，甚至可能會將小貓咬傷咬死，所以二毛提前準備了手套，一個是防止小貓身上留下自己的氣味，另一個就是怕自己身上的病菌啥的傳給貓，畢竟平時不怎麼注意個人衛生，所以二毛覺得還是注意點好。放下的時候，二毛還將小貓輕輕的在黑米身上蹭了蹭，就算留有氣味，再沾上母貓的氣味就行了。

將三色的小貓崽放下，二毛看了看窩裡，剛才沒注意，現在才發現這第二隻小貓崽的毛色跟黑米差不多，都是黑白花的，只是黑白色塊分部有點差別而已。

二毛將這隻小貓崽輕輕拿起來，這隻也很健康，只是……

看著眼前這張小貓崽的臉，二毛的心情頓時差了些。

這隻黑白花的小貓崽，嘴邊有一顆黑色的「痣」，花生米嘴邊也有一顆黃色的「痣」，同一個地方，不同之處只是顏色罷了，但二毛看著這小崽子就會想到這小崽子的混帳爹。

雖然不怎麼樂意看到這小貓崽嘴邊的痣，二毛還是小心翼翼將貓崽放回黑米身邊，撫摸了黑米一會兒，準備離開。

他站起身的時候又想起來，昨晚黑米生的時候自己並不在場，不知道哪隻先出生，那到底哪隻才是大米？

看了看，二毛覺得兩隻都差不多大，不能以大小來判斷。

想到那隻黑白花的貓崽嘴邊的「痣」，二毛決定這隻就是小米了，三花的是大米。心中做好決定，二毛看著正在吃奶的黑白花小貓崽，心道：你怎麼就多長了一顆「痣」呢？不長痣多好，學啥不好學你爹長「痣」！

退出書房，二毛心裡還激動著，又回頭看了看書房，聽說小貓剛出生會比較怕光，書房裡窗簾拉攏著，這樣子應該還好。

鄭歎當天就聽到了二毛那裡異於平時的動靜，平時這時候的二毛還在睡回籠覺，不至於像今天這麼「勤奮」，猜到應該是貓崽出生了，不過他第二天才跟著焦媽一起下樓去看。

焦媽也沒走進書房去，只在門口看了看，黑米對除二毛之外的人還是很警戒，就連鄭歎也別想靠近貓窩，一靠近牠就齜牙低吼。短時間內，黑米不會讓這兩隻貓崽離開牠的視線，基本上都只在貓窩附近活動，二毛將貓碗挪到書房，省得黑米到處走，頂多拉屎或者舒展散步，黑米才會暫時離開一下，但也不會走太遠。

看到那隻黑白花貓崽嘴巴上的「痣」的時候，鄭歎心裡樂翻了，這「痣」長得真準！跟牠爹一樣。

小柚子和焦遠也想來看看小貓，可是焦媽說再等一段時間，現在還是別去打擾了。鄭歎再次跟著焦媽過去看的時候，已經過了一週，兩隻貓崽看上去比剛出生時壯多了，身上的毛也豐厚許多，眼睛睜開一點，還沒完全睜開。

鄭歎注意到，這兩隻貓崽的眼睛都是灰藍色，聽焦媽和二毛聊才知道，小貓剛睜開眼的時候都是這樣，在出生後三星期左右才開始變色，那時候才是以後的眼睛顏色。

二毛關在臥房裡面打電話，自從大米和小米出生，黑米又將兩隻貓崽照顧得好，一切都很順利，二毛放心了，焦躁的狀態也漸漸消失，恢復到原來的樣子，最近估計又和人約好出去玩玩。

鄭歎從虛掩著的大門進去，站在書房門口看了看貓窩那邊。黑米在窩外吃飯，察覺到房門口的鄭歎後，只是掃了一眼就沒理會了，不過如果鄭歎走進書房，黑米肯定會吼。所以鄭歎每次來也只是好奇的在門口看看，並不進去。

小貓已經出生兩週了，最近開始長牙，也變得強壯和協調許多。黑米不在的時候，牠們會在窩裡爬來爬去，有時候會爬出窩。

二毛讓人幫忙看過，那隻黑白花的跟花生糖一樣在嘴角長了一顆「痣」的貓崽是公的，他還得意的在寵物論壇裡面發帖說自家女兒生了對龍鳳胎。

貓窩外鋪著一層地毯，這是二毛特意準備的，小貓崽爬出來也不會被地板涼著。二毛覺得就算是大熱天也得注意點，畢竟是貓崽，不是大貓。

鄭歎在寵物中心拍廣告的時候也見過一些幾週大的小奶貓，對比之下，估計是爵爺身上那特殊的基因太強悍了，如今這兩隻貓崽兩週就和一般三週的貓崽差不多大，而且身上的毛比三週大的短毛家貓貓崽的毛要長厚一些，這些和牠們的爹花生糖差不多。都說短毛貓比長毛貓睜眼早，這兩隻貓不僅比其他貓睜眼早、長得大，還常精神抖擻的爬出貓窩到處摸索，只是現在看上去還站不直，爬走的時候四肢顫抖。

在鄭歎看著那兩隻貓崽的時候，那兩隻貓崽剛睡醒發現黑米不在，又開始鬧騰，叫喚著，見沒誰理，扒在貓窩邊沿往外看，然後一個用力，從貓窩裡面翻出來，掉落在地毯上打了個滾。

黑米往那邊看了看，繼續吃飯，估計已經習慣這兩隻這麼折騰了。

這兩隻貓崽在地毯上踉蹌著爬走的時候，鄭歎看了看，牠們的耳朵還沒完全立起來，不過還是會因為外面的一些聲音而動一動。

看著黑米將兩隻貓崽重新叼回貓窩之後，鄭歎就離開上樓了。

明天焦媽要帶著小柚子、焦遠以及鄭歎離開楚華市，去焦媽老家那邊過暑假。在離開前，鄭歎過來看看兩隻貓崽，等再回來的時候，兩隻貓崽估計能滿屋子折騰了，就是不知道牠們會不會像牠們的爹那性格。

如果以後這兩隻貓崽留在社區的話，社區可能難得安寧。不過，聽說小貓一長大，母貓就會開始趕。那天聽衛稜和二毛聊天的時候，鄭歎就在想，這片地區花生糖也會常巡邏，如果不是鄭歎在中間調和，花生糖每次來社區估計就會跟警長和大胖打一架。那麼，兩隻貓崽長起來後，父子、父女之間會不會開戰？

貓的領地意識很強，爵爺和花生糖這兩隻就很在意「領地」，繼承了爵爺血緣的貓崽，極可能不會是什麼和善的貓。都說戰場無父子，自然界野生貓科類的規則不知道會不會在這裡上演？或許到時候，二毛還是免不了要將這兩隻送出去。

# 第六章 當漁夫的黑碳

放暑假後，小柚子和焦遠就整天在家裡做暑假作業，早點搞定，就能早點出去玩，他們可不想帶著暑假作業出門，那樣也玩不暢快。

對小柚子而言，她頂多將國語暑假作業裡面要寫作文和日記的地方空出來，到時候再補上。而現在，他們都將作業寫得差不多了，焦媽也沒什麼事情，打了通電話給顧老爹，說了要過去的時間。

第二天一早，太陽還沒那麼毒，焦家三人就提著整理好的行李下樓。車子焦媽已經開去檢修過，油也加了，她可不希望因為車的問題而讓兩個孩子出什麼事情。

車裡的冷氣打開，鄭歎在副駕駛座上，小柚子和焦遠在後座準備下鬥獸棋。

打了個盹，鄭歎再看向窗外的時候，發現已經下了高速公路，外面是大片大片的養殖水塘。這地方從事水產養殖的比較多，聽說這地方的漁民有近四千，可見這裡漁場的總面積之大。除了青、草、鰱、鱅四大家魚之外，還有鱖魚、黃鱔、鱉、蝦、蟹等等，反正鄭歎過來這邊是不用愁吃不到魚了。

除了魚塘有名之外，這地方還有一些試驗田，有時候一些即將上市的新品種水果在這邊也能提前吃到。

這邊很多人靠水產養殖業發家致富，現在村裡很多地方的道路修得很好了，所以鄭歎才能一覺睡到現在，不會因為路不好而顛醒。

「看，有人撈魚！」焦遠已經沒下棋了，指著外面叫道。他喜歡來這邊就是因為這邊能釣魚抓蝦，好玩。

鄭歎見著那邊有個水塘，有人正在撈魚，估計是要運去哪裡，邊上還停著一輛貨車呢。

「坐好點！」焦媽在前面斥道。

焦遠倒是沒亂動了，只是貼在車窗上看著外面。那邊有些村裡的小孩子在周圍幫忙，不知道在幹啥，焦遠對那些不太瞭解。

小柚子也很好奇，雖然沒說話，但從眼神就能看出來。

顧老爹和顧老太太早等在屋門口了，見到車之後笑得眼睛都瞇了起來。

鄭歎看了一下，兩位老人身邊還跟著一隻尾巴搖得歡的土狗，背上黑色，胸前和腿上有些白色，而最搞笑的是，這狗眉毛那裡有兩點白。過年那段時間鄭歎來的時候都沒見到這隻狗，肯定是年後才捉來的，看起來還沒成年。

這隻半大的土狗瞧著挺有精神，看著汽車靠近往顧老爹身後退了退，但是也不怎麼畏懼，好奇的盯著這邊。

見到焦媽和焦遠，兩個老人家都挺高興的，尤其是小柚子，顧老爹一見小柚子下車，一把年紀了還小跑上去將小柚子抱起來。

「嗯，重了，我家小柚子又長個了！」

鄭歎下車後，那隻原本待在顧老爹身後的半大土狗就朝著鄭歎「汪汪汪」直叫，凶猛的衝過來，卻在離鄭歎二十公分處一個急停，也不咬，繼續叫，那兩道「眉毛」抖啊抖。

鄭歎看著眼前這隻半大的土狗，心想：這傢伙面部表情還挺豐富。

停好車之後，他們就被顧老爹領著進屋了，房間都已經整理好。

「上週妳媽就將屋前屋後驅蟲處理過，夏天蚊蟲多，有時候還有蛇，不過放心，我已經做過防護了，柚子不怕啊！」

顧老爹牽著小柚子在前面走，前半句是跟焦媽說的，後面半句是對著小柚子說的。

鄭歎看了看焦遠，這孩子對顧老爹的偏心一點都不在意，視線直接落在屋裡的漁具上，雙眼放光，要不是焦媽站在身邊的話，這孩子估計就上去拿著玩了。

顧老爹養的這隻土狗叫「二筒」。老太太說，當時就是見這狗的兩道眉毛好玩，像麻將裡的二筒，就直接叫了這名字。

聽著二筒這名字，鄭歎不禁想：難道不是二貨（注：方言中笨蛋的意思）加飯桶的集合體嗎？

二筒這時候也不光盯著鄭歎了，來了三個陌生人，牠也精，除了剛開始吼了兩聲被顧老爹訓斥之後，就不再吼了，估計是知道來的三人不是壞人，得親近對待。然後牠跟前跟後，捲起來的尾巴甩得特歡。

老太太洗了一些提子（注：進口葡萄）過來，是別人前兩天送過來的，兩位老人捨不得吃，就留著今天給焦媽他們。還有一些試驗田那邊今年剛上市的水果，洗了放在果簍裡。

顧老爹曾經是村裡的村委會主任，退休後在村裡還有些威信，人緣也不錯，而顧老爹經常掛口頭的就是：這年頭刷銀行的卡有什麼用，有些時候還不是得刷臉？！

所以顧老爹看重臉面，在女兒面前也經常吹噓。

他這輩子就只有兩個女兒，小女兒幹的那些事他沒臉在村裡提過，村裡人只知道顧老爹的小女兒在國外賺大錢，外孫女跟自家姓，顧老爹也就直接稱孫女了，一直讓小柚子叫自己爺爺，不知道的人以為顧老爹招的上門女婿呢！

到這邊之後，休息了一天，焦遠就按捺不住了，要跑出去玩。

顧老爹給他們兩個小鏟子，提個小塑膠桶，到後院挖蚯蚓去。

鄭歎就待在旁邊，看他們挖蚯蚓，小柚子一開始還有些小害怕，但是漸漸的就放開了，幾鏟子下去見到蚯蚓之後便直接用手抓起來，扔塑膠桶裡面。

蚯蚓挖得差不多之後，顧老爹給兩個孩子一人一頂草帽，找了幾根長短合適的木桿，在家裡一直沒用的棉線也翻了出來，不用太長，將棉線的一頭繫在木桿上，然後帶著兩個孩子來到一個野塘邊。

野塘不大，以前是魚塘，後來填了些，沒人管這裡，不知什麼時候這裡的蝦多了起來，村裡一些小孩夏天都喜歡來這裡釣蝦。野塘旁邊長著一些樹可以遮陰。

顧老爹幫他們繫上蚯蚓。這是村裡孩子們經常用的釣蝦方法，沒那麼多講究，能釣上就行，幾乎是零成本。

焦遠有經驗，不用顧老爹多說，拿著木桿就開始了，所以顧老爹單獨教小柚子。旁邊還準備了一個小魚網。

人們都說蝦比較笨，鄭歎覺得還真的是如此。

焦遠下桿的地方並不深，畢竟木桿就一公尺左右長度，棉線也不長。鄭歎能夠看到繫在繩子那頭上的蚯蚓在水下動著。然後，沒多久，一隻蝦接近，鄭歎能看到那夾子夾蚯蚓的動作，焦遠將木桿提起來的時候，那蝦都還不鬆開夾子。

鄭歎來到塑膠桶旁，看了看裡面剛被焦遠抖下來的蝦，那蝦正對著鄭歎揚起那不大的夾子。鄭歎嗤之以鼻，心裡笑道：蠢死了，就等著被吃吧！

當然，蝦也不全是這樣，也有機靈點的，尤其是一些比較老的。

鄭歎蹲在旁邊看了一會兒他們釣蝦，又開始覺得無聊了，他自己也不能親自上陣，只能在旁邊觀望。

看了看四周，鄭歎準備逛逛。

「別跑太遠。」小柚子囑咐道，頓了頓，又加了句：「別惹事。」

鄭歎：「……」為什麼都喜歡對他說這句？

鄭歎慢悠悠的沿著野塘周圍走，邊沿有一些樹，雖然不算很大，但在此時這大太陽底下也能起到一定的遮陰作用。

附近有很多野生的植物，鄭歎瞧著倒是眼熟，可叫不出名字。

有一些青蛙或者蛤蟆站在野塘裡一些浮著的樹枝上呱呱叫喚，察覺到鄭歎的靠近，牠們就立刻跳進水裡。

有時候也能看到一些小魚在水面下游動，不愧是搞水產養殖的地方，到處都能看到魚，不一定是誰特意扔在這裡，也可能是汛期碰到一些偶然的情況而過來的。

樹上的知了也在吵著，似乎在比誰叫的聲音大、誰叫得響亮。

如果是在其他地方，野塘周圍肯定會有一些放暑假的孩子們來釣魚釣蝦玩，可是這地方的孩子們從小玩得多了，不稀罕，他們倒是更喜歡去那些撈魚的大魚塘周圍看熱鬧，偶爾還能白撿幾條大魚。

聽說最近有一些相關科系的大學生來附近的一個水產養殖基地實習，有些在做研究實驗，那就更熱鬧了，一些殺魚技術好的孩子們還被請過去幫忙，畢竟大人們沒那個閒工夫，就算有，也看不上那點報酬。

不過孩子們不同，對他們來說，這是室內的工作，不僅有獎勵還能免費吹冷氣呢！所以鄭歎他們來野塘這裡的時候，基本上沒看到村裡的小孩子。

正想著，鄭歎耳朵動了動，他聽到前面突然有點動靜。

——有人？

在鄭歎的印象中，那些小孩子們就算不會大聲嚷嚷，也會偶爾小聲談笑，有時候還三五成群的，絕對不會這麼安靜，不至於現在才突然鬧出動靜。

鄭歎輕腳走過去，那邊的動靜突然變大了。

野塘邊上生長著一些植物，遮擋著鄭歎的視線，同時也起到了一個掩護作用，野塘對面的人不容易發現鄭歎。

越往前走，野塘變得越窄，這裡已經快到頭了。

那邊是一個跟小柚子差不多大的小女孩，身上的衣服不僅舊，而且還打著粗糙的補丁。雖然這孩子看起來和小柚子年紀差不多，但與小柚子不同的是，這小女孩相當單薄，面黃算不上，因為已經曬黑了，肌瘦倒是真的，小臉看上去都沒什麼肉，不像小柚子那樣白嫩嫩的帶著嬰兒肥；露在外面的小胳膊小腿也像是只包著一層皮似的，沒什麼肉感；齊肩的短髮估計是自己剪的，看起來不怎麼協調。

鄭歎看過去的時候，那孩子正在收桿，難怪突然動靜大了些，不然鄭歎還真不會這麼快就發現這邊有人。

這孩子也在釣蝦，身邊放著個罐頭瓶，瓶裡裝著半罐子蚯蚓，鄭歎能清楚看到裡面的蚯蚓蠕動。估計是個有經驗的，這孩子在相隔不遠的三個地方下了三根桿，可能有一根桿上的蚯蚓不行了，釣了一隻蝦之後，那小女孩就從罐頭瓶裡面抓幾條出來重新換上。

蚯蚓釣蝦不是最理想的餌，但勝在容易抓，只是隔一會兒就得換新的活蚯蚓，不然蚯蚓死了或者泡久了效果也降低，糊弄不了那些老蝦。

換好新鮮蚯蚓後，那小女孩就坐在邊上，休息了兩分鐘，起身在三根桿之間輕腳走動，看哪根桿上有動靜。

鄭歎走過去看了看，那邊放著一個裂開的、用繩子穿起來固定住的破塑膠桶，桶裡面已經裝著一些小龍蝦了，看來這孩子的收穫不錯。這其中還有一些青蝦。這地方養殖戶多，養青蝦的也有，在這裡見到青蝦也不奇怪。至於小龍蝦，這玩意兒本就是外來入侵物種，適應力強悍，分布又廣，要不怎麼說是「入侵物種」呢！

桶邊還有把斷了一截的鐮刀，這種鐮刀在農戶很普遍，不過，這麼小的女孩使鐮刀，鄭歎瞧著感覺太古怪了。

正想著什麼，鄭歎抬頭看過去，對上那小女孩的雙眼。

鄭歎很少在一個孩子眼中看到這種狠戾的眼神，就算是一些性情陰鬱的孩子也不會這樣，因為這個孩子眼中還帶著強烈的殺意！鄭歎毫不懷疑，如果這孩子手裡握著鐮刀的話，肯定會朝自己砍過來。

不過，這孩子手上現在不是沒鐮刀嘛……

鄭歎還真不怕這孩子，反而起了些逗弄的心思。

——怕我搗亂？對這些蝦不利？

——我就偏要搗亂！

鄭歎伸爪子在桶裡迅速拍了拍那幾隻張牙舞爪的蝦。

不得不說，鄭歎這傢伙有時候純屬閒得蛋疼，不找死心裡就不爽快。

一個土塊扔過來。

鄭歎反應很快，躲開了，不過那土塊擦著裝蝦的塑膠桶邊沿過去，原本那桶放著的地方就不平坦，這麼一擦，搖晃了兩下就倒了。

小女孩也顧不上鄭歎，趕緊跑過去，在蝦逃走之前迅速將牠們抓住扔回桶裡，再抬頭瞧的時候，看到那隻黑貓半隱匿在草叢裡，就露出個貓頭看著這邊。等她起身的時候，那隻黑貓就躲進草叢裡，草叢嗖嗖響了幾聲，停息的時候那貓已經跑沒影了。

站在原處的小女孩看著草叢，皺眉。她總覺得那隻貓是在耍她。

不過，那貓剛才半藏在草叢裡看著這邊的時候，眼神有點不對勁。村裡很多老人說，黑貓比較邪乎，有人說是靈物，也有人說是邪物。她以前不贊同，不就是貓嘛，純屬嚇唬自己。可經過剛才的事情，她倒是有些信了。

鄭歎在草叢裡走著，心裡不怎麼暢快，不是因為那個小女孩朝自己扔土塊，而是剛才看到的一幕。

那小女孩俯身捉蝦扔回塑膠桶裡的時候，本就有些短的衣服上提，露出一截背部。鄭歎看得很清楚，女孩的背上是一條條的傷痕，像是拿竹竿或者其他東西抽打出來的痕跡。原本女孩的胳膊和腿上也有一些，只是痕跡比較淡了，鄭歎就沒在意，他聽顧老爹說過，村裡一些孩子們打架是常事，打起來也不分男女，受點傷也沒什麼好奇怪的。

但現在看起來不是。她背上的那些傷是新傷，那痕跡鄭歎看著都覺得疼，何況是跟小柚子一般大的小女孩。

——虐待？

——家庭暴力？

鄭歎甩甩尾巴，焦媽和小柚子都讓他不要惹事，他也不打算去管那些閒事。再說，他想管也管不了，家家有本難唸的經，這樣的家庭多得去了，甭管城裡或農村，打小孩的家長也不缺這麼一個。

所以，逛了一會兒之後，又逮住一隻不知道從哪裡跳出來的青蛙調戲了一番，鄭歎覺得心情不錯了，好些了，瞧瞧天色，往小柚子他們釣蝦的地方跑回去。

鄭歎回去的時候，焦遠正拿著一隻看起來比較大的蝦炫耀著，那隻蝦的兩個大夾子豔紅豔紅的，焦媽喜歡吃這種大夾子，裡面的肉嫩。

小柚子正在換餌綁蚯蚓，顧老爹抓了四條肥肥的蚯蚓放在繩上，小柚子只用綁繩就行了。旁邊是兩條已經死了的，其中還有被蝦夾斷的。顧老爹每次幫小柚子綁上去的蚯蚓數不小於三，估計有一條被蝦直接夾走，或者沒綁好而讓蚯蚓自己逃了。

又釣了半個多小時，顧老爹讓兩個孩子收桿，準備回家。看小柚子有些意猶未盡，顧老爹笑道：「明天可以繼續，你們暑假還長著呢。」

鄭歎看了看那個裝蝦的塑膠桶，這都有小半桶了，絕對夠一盤菜。

晚飯很豐富，鄭歎也飽餐了一頓。

夜幕降臨後，村裡人洗完澡都在自家家門前乘涼，八卦一下附近的各種消息，說說當天的趣事之類。

顧老爹將家裡的竹床搬了出來，還安上蚊帳，小柚子就待在裡面，聽旁邊的顧老爹講述「想當年」。

至於焦遠，是個閒不住的，已經跟隔壁那家的孩子一起抓螢火蟲去了。

旁邊點著蚊香，不過鄭歎還是能清楚聽到周圍蚊子嗡嗡嗡的聲響。

二筒那傢伙張著嘴伸舌頭喘氣，趴會兒就換個涼快點的地方繼續趴著。吃飯的時候牠招惹鄭歎，被鄭歎抽了一巴掌之後就老實多了，因此鄭歎待的地方，牠絕對要隔至少一公尺遠，絕對不靠近趴著。

村裡的夜晚，涼風習習，比城裡溫度要低不少。

原本鄭歎待在竹床旁邊，和小柚子一起聽顧老爹吹牛，支著的耳朵動了動。

不遠處焦媽和顧老太太，還有周圍鄰里的幾個婦女坐在一起聊著。

「又賣了一個？他怎麼忍心啊？」焦媽嘆道。

「有什麼不忍心的，之前都已經賣了五個了，不差這麼一個！我瞧著，剩下的這三個也遲早要賣掉。」住隔壁的大嬸說道。

「留在家裡，也遲早被他打死。」顧老太太嘆氣。

鄭歎聽著她們的談話，說的是鄰村一戶人家，男主人想要兒子，結果一連生了九個女兒，再加上這人好賭，覺得女兒留著也沒用，接二連三做出了賣女兒這種事情，而且經常在家打孩子。現在終於生了個兒子，剩下的三個女兒也不管她們吃喝了。

雖說計畫生育，什麼生男生女都一樣，但幾千年的思想，不是這麼短短二、三十年就能扭轉的。而且很多人壓根就是個無賴，你跟他說法制也沒用，這一帶的人也沒心思去管這種事情，估計見得多了，也麻木了。

聽著這些婦女、老人們聊著，鄭歎突然想起今天見到的那個小女孩，不知道那孩子是不是其中之一？

鄭歎正在心裡嘆氣，趴在一張竹椅上看著前面不遠處的路，路那邊是一些菜園子，再遠，就是田地了。本來看著那邊焦遠他們在路那邊捉螢火蟲，鄭歎突然注意到從路上經過的幾個人，這其中有個聲音聽起來很熟悉。

鄭歎凝神看去，靠這邊走的是幾個陌生人，他根本不認識，但那個聲音他捕捉到了。回想了一下，鄭歎猛地站起身，不就是前段時間在楚華大學被自己推下人工湖的人嗎？

鄭歎有些緊張的盯著那幾個人，直到他們走遠。

他們來這裡做什麼？

鄭歎還記得那人在楚華大學打的電話，聽著對話內容就不像是什麼好事。而剛才那幾個人的談話，其他人聽不清楚，鄭歎卻能，只不過他們談論的僅是一些無關緊要的事情，鄭歎也不能從這些對話中分析出什麼有意義的結論。也是，真要是重要的事情，就不會在這裡談論了，這周圍可都是人。

不管怎樣，鄭歎的神經又緊繃起來，就算那些人走遠，鄭歎也懸著心。他決定這幾天緊跟著小柚子他們，就算那些人的目標不是小柚子，他也不敢掉以輕心，這世上變態多的是，防備著總好點，誰知道這些人會不會突然冒出個什麼變態想法。

於是，鄭歎這晚失眠了，就算焦遠抓回來一些螢火蟲也轉移不了鄭歎的注意力。看著什麼都不知道的孩子們，鄭歎心裡壓抑，知道太多了也不好啊！

件還不錯。

第二天一大早，焦遠和小柚子還在睡懶覺，焦媽也沒打擾他們，夏天睡個好覺不容易。

鄭歎跳上屋頂，看了看遠處。村裡大部分人都起得早，趁氣溫還沒升起來多幹點活。

顧家這邊還是那種尖頂的瓦房構造，不過隔壁的住戶已經蓋了三層樓的平房，看起來生活條件還不錯。

隔壁二樓陽臺處有一隻貓崽，估計兩個月的樣子，正在陽臺上玩著一顆核桃，撥弄得興起。

鄭歎跳上隔壁二樓陽臺的欄杆，那隻小貓嚇了一跳，不過很快就又開始自娛自樂了。

二樓靠陽臺的那個房間窗戶開著，鄭歎從欄杆上能夠看到房裡的情形，看樣子是個男孩的房間，放著一些機器人和槍械火炮之類的玩具，桌子上還放著一本小學五年級國語暑假作業。

「大姐妳每天往臉上拍的啥啊？」

從屋裡另一個房間傳來一道男孩的聲音，那是昨天與焦遠一起捉螢火蟲的孩子。

「土包子！這叫爽膚水！」女聲道。

與此同時，還有啪啪的拍打聲。

不一會兒，那男孩一臉糾結的走進房間，看到欄杆上站著的黑貓也沒什麼大反應，坐到書桌前，翻開暑假作業本。他每天都有作業要寫，不寫完不准出去玩，所以每天一大早吃了早餐之後就立刻窩在房裡寫作業。

寫了不到五分鐘，那孩子放了個屁，然後捂著肚子跑出房間，應該是蹲廁所去了。

鄭歎挺好奇這些孩子在作業上的日記和作文都寫些啥，他平時沒事也會當著小柚子的面翻翻她暑假作業裡的日記和作文，反正也不是什麼隱私，寫的都是日常生活。

從窗戶跳進去，鄭歎看到作業上打開的地方，剛才那孩子正在寫當天作業位於末尾處的日記。在那裡，鉛筆歪歪扭扭地寫著今天的日記——

「每天早上起來都能看到我大姐在對著鏡子掌嘴……」

鄭歎忍不住發笑，這孩子真有趣。又抬爪子翻了翻前面的日記。

不翻不知道，這熊孩子寫日記還挺用心，而且記載了一些往日的劣跡，比如幾號在村裡哪裡挖了一個陷阱，幾號又挖了一個，有幾個陷阱已經有人掉落，還有哪幾處沒人過去，一直擱置在那裡。

鄭歎沒想到會有這收穫，記下那幾個還沒人中陷阱的地方，別到時候小柚子他們往那邊走的時候掉進去了。雖然是孩子的惡作劇，沒多大殺傷力，但中陷阱的心情可不會好。

聽到有人走過來的腳步聲後，鄭歎將作業又翻回原處，然後跳出窗子，回到顧家的屋頂，聽到焦媽叫他後，趕緊下去吃早飯。

由於昨天兩個孩子都沒盡興，今天早上顧老爹又帶著他們挖了些蚯蚓，下午繼續去野塘那邊釣蝦。

鄭歎依舊先站在旁邊看了一會兒，然後跑去別的地方閒晃。鑑於昨天鄭歎的表現還不錯，小柚子他們也沒說什麼。

其實鄭歎今天倒不是閒著無聊而跑去閒晃，他想看看昨天那小女孩還在不在。

來到昨天碰到那孩子的地方，鄭歎沒見到人，還有些失望，準備離開的時候，發現遠處走過來一道身影，正是昨天那個小女孩。她提著昨天的破桶，另一邊肩上揹著那個斷了一截的鐮刀，朝這邊走。

不過，在她走近之後，鄭歎發現這孩子身上又多出來了一些新的棍子抽打出來的痕跡，太顯眼了，想忽略都不行。難怪看她今天走起路來有些艱難。

那小女孩看到鄭歎之後，並沒有昨天那種殺意和戾氣，倒是表現出驚異奇怪之色。她在原地頓了頓，繼續往前走，來到昨天釣蝦的地方，拿出木桿，綁上蚯蚓，放在三個地方。

鄭歎倒挺奇怪這小女孩怎麼對自己變態度了，也沒靠近，察覺到不遠處那根桿的動靜，又看了看那邊蹲著不知道在想什麼的小女孩，掃一眼周圍，彎爪子撈起一個小土塊朝那邊扔過去。

正在想心事的小女孩察覺到動靜看過去，便看到那隻她覺得很古怪的黑貓，見到那隻黑貓朝放桿的地方看了看，她便起身往那邊走。

鄭歎退了幾公尺，看著那女孩守著桿幾秒，然後提起一隻不大的蝦。

重新放下桿後，小女孩神色複雜的看了鄭歎兩眼，便走到另一根桿那邊。

鄭歎見這孩子沒什麼牴觸情緒，反正閒著也是閒著，看她可憐，就幫著盯梢一下另外兩根桿的動靜，省得這孩子不停的走動，腿上那幾道傷痕不疼嗎？

於是，漸漸的，一人一貓形成了這種默契，那小女孩就守著最邊上那根桿，鄭歎幫忙盯著這邊兩根，反正這兩根桿之間的距離也不遠，對鄭歎來說不難。一有動靜，鄭歎便就近撈個小石子或者小土塊扔過去，示意她這邊有蝦要上鉤了。

小女孩原本被打的糟糕心情現在變好不少，低頭發現有隻老蝦正在接近那幾條蚯蚓，嘴角揚起個弧度，這隻老蝦一看就多肉，大夾子也有肉，運氣不錯。

剛想到這裡，一個土塊就扔了過來，在小女孩身上輕砸了一下，然後便順著岸邊的坡度滾了下去，啪一聲掉落在水裡，那隻剛開始動夾子夾蚯蚓的老蝦也嗖的一下沒影了，只留下水面上蕩起的漣漪。

小女孩：「……」

揉著額頭低嘆一聲，小女孩無奈地看向不遠處那隻抬著一隻已經彎起來的前爪準備扔第二個小土塊的黑貓，起身走過去。

等釣起那邊的蝦，小女孩看了看緊夾住蚯蚓不鬆夾的手指頭大的小蝦，她將小蝦拿下來，扭掉蝦頭，鄭歎還沒看清楚，她手上就多了一個白嫩嫩的、瞧著有些晶瑩的蝦肉球。這動作一看就是經常幹這種事，熟練得很。

剝出來蝦仁後，小女孩將蝦仁朝鄭歎拋過去。

鄭歎嫌棄的看了一眼，然後走到桿旁邊繼續盯著桿。

小女孩疑惑，這貓怎麼不吃？她記得隔壁那隻大花貓吃這個的，村頭那隻貓也吃，可是剛才這隻貓……那眼神是嫌棄吧？難道是覺得這隻太小了？但也不應該啊，她平時自己煮蝦吃的時候，要是有貓過來，也是撿小的給貓，大的她可捨不得。甭管生的熟的，那貓都吃，怎麼到這隻黑的就不同了呢？

搖搖頭，小女孩決定不再糾結這個問題，不吃就不吃吧，還能省點口糧。

「黑碳——」

那邊傳來小柚子的聲音，鄭歎也不守著桿了，撒腿就跑回去。小柚子的聲音聽著不像是有危險的樣子，只是讓鄭歎回去而已。

「黑碳？這名字真挫，還不如村裡的大黑呢。」小女孩看黑貓跑沒影，低聲道。看了看另外兩根桿，她長嘆一聲，起身過去看桿。

跑回小柚子旁邊，鄭歎聽焦遠在那裡對著顧老爹得意道：「怎麼樣，我說黑碳肯定會立刻回來的吧！」

小柚子扭開水壺，拿出壺蓋倒水給鄭歎，這麼熱的天，她怕鄭歎渴了。

鄭歎心裡得意，果然還是自家孩子好。

顧老爹在旁邊撇嘴，心想：不過是一隻貓而已，瞧你們把牠給寵的！

可是顧老爹也只能擱心裡說說，不敢明著說出來，他可不希望因為這事讓小柚子和焦遠對自己產生不滿。

喝完水，鄭歎在這裡待了一會兒，又跑去小女孩那邊。她也在喝水，不過裝水的不是水壺，是個礦泉水的瓶子，看起來應該用了一段時間。

接下來的一段日子，小柚子他們出門釣蝦，鄭歎就抽空去那邊幫小女孩盯桿，那小女孩似乎

每天都會去野塘釣蝦。

不過，小柚子他們不出門的時候，鄭歎也待在屋裡。

有一天，顧老爹帶著小柚子和焦遠去看人家撈魚，從魚塘回來的時候，經過一個岔道口，鄭歎看到了那個小女孩。

幾天不見，這孩子身上的舊傷還沒好，又添新傷，就算傷不了骨頭，這種皮肉之苦對於一個十歲左右的孩子來說也太重了。

小柚子見鄭歎跟小女孩挺熟的樣子，又看看小女孩的穿著和身上的傷，便掏出口袋裡的幾顆牛奶糖遞過去。

焦家因為趙樂的原因，從沒缺過零食之類的，壓根不用焦媽去買，隔段時間趙樂就讓人送東西過來，吃都吃不完。暑假之前，趙樂又送過來幾大盒牛奶糖，還是高檔貨。焦遠都提過來了，由於天氣太熱，出門的時候他們只帶幾顆而已，不會帶多。小柚子今天只吃了一顆，剩餘的都給那個小女孩了，她覺得鄭歎認識的人，應該是好人。

小女孩眼神複雜的看了看小柚子和站在小柚子旁邊的黑貓，道了聲「謝謝」，便離開了。

而鄭歎瞧顧老爹的神色，知道這老頭應該知道些什麼。不過，顧老爹在小柚子和焦遠問的時候什麼都沒說，怕給兩個孩子造成不好的影響。

當天晚上在外面乘涼，鄭歎聽到顧老爹和老太太低聲談起那個小女孩，知道那孩子果然就生在那個話題人物的家裡，排行第九，是九個女娃中最小的一個。攤上個重男輕女又吃喝嫖賭、一個不愉快就打罵她們的爹，只能說，是她們的不幸。

鄭歎還聽顧老爹說，這孩子早晚得被她爹賣出去，好在她上面還有兩個姐姐，但是等這兩個姐姐都被賣了，估計就輪到她了。

聽顧老爹的語氣，他也幫不上忙，事情不是那麼簡單，不然早有人插手了。

# 第七章 這次的對手是人販子

八月的天，雖然熱，但也有下雨的時候。

鄭歎蹲在窗前，看著窗戶外面的景色。一隻拳頭大的癩蛤蟆淡定地從門前不遠處的水泥路這邊爬到路那邊。

外面到處都是蛙叫聲。

小柚子趴在桌子上畫畫，電風扇關了，窗外的風帶著濕氣，吹著挺涼爽。

鄭歎看向野塘那邊的方向，不知道那個小女孩今天會去哪裡。

最近這段時間，小柚子他們釣蝦只是隔三差五的過去，不會天天都往野塘那邊跑，不過鄭歎倒是有時間就過去幫幫那小女孩的忙。天晴的時候，那個小女孩都會在野塘那邊釣蝦，至於下雨天，可能在捉青蛙吧。

那小女孩看起來挺瘦弱的，然而，鄭歎前兩天卻看到她用那把斷了一截的鐮刀砍死一條手指粗的蛇！當時她面無懼色，甚至整個過程中臉上的表情根本就沒有多大的變化，真要說的話，反倒是眼裡帶著些許興奮，蛇也是肉啊！

鄭歎瞧著，那小女孩估計早已習慣了，那把鐮刀也不知道砍過多少條蛇，膽子夠大的，比一般小孩的武力值要高。

雨停了，第二天鄭歎去野塘那邊，等了一會兒之後便瞧著那小女孩提著「裝備」走過來。見到鄭歎等在那裡，小女孩原本蹙著的眉頭舒展開來，快走幾步過來。

雖然昨天才下過雨，但雨一停，氣溫迅速回升，再加上上午半天的日曬，很多地方並不那麼濕潤，再過一、兩天，一些常有人行走的泥土路估計就跟前幾天一樣，乾巴巴的了。

綁蚯蚓，下桿，然後分工合作。兩、三個小時下來，也能釣上一些蝦，只不過野塘畢竟只有這麼一點大，釣了這麼長時間了，收穫比不上剛開始的時候。這小女孩每天都下午六點多才離開野塘，鄭歎不行，他五點左右就得回家，不然又得聽焦媽嘮叨。

鄭歎也不用手錶，看著頭頂的太陽就能推測大致的時間點。

這小女孩也知道每天下午一到那個大致的時間點，黑貓就得回去。不過今天不同。

鄭歎正看著桿，盯著那條線，有蝦夾的時候線會緊繃，大些的蝦甚至會將木桿拉動。看到有隻蝦夾到蚯蚓，鄭歎示意小女孩過來。

將蝦釣起之後，小女孩卻沒將桿再放下去，而是將東西收起來。

——今天收桿這麼早？

鄭歎疑惑。

收拾好之後，小女孩讓鄭歎跟上。

雖然不太明白這小女孩要幹嘛，不過現在時間還早，鄭歎便跟了過去。

走到附近的一個小樹林地區，小女孩將木桿都藏起來，防止被其他孩子們拿走，然後迅速將桶裡的蝦處理一下，只留下蝦仁和一些大夾子，其餘的扔掉，這樣提著能省不少力氣。

在樹林的時候，鄭歎又看到了那個人。那邊有三個人一起走過，鄭歎藏在草叢裡盯著那邊，還拉了拉旁邊正在收拾蝦仁的小丫頭，示意她藏起來。

小女孩見黑貓這麼警戒，以為有什麼危險的事情，也顧不上蝦仁了，立刻藏在灌木叢後面，貼地面趴著，從灌木叢的縫隙往那邊看去。

等那三個人都離開之後，鄭歎緊繃著的肌肉才放鬆下來。

「他們是誰？難道打過你？」小女孩疑惑的看向鄭歎。

——咦？

——這小丫頭不認識他們？

之前鄭歎以為小女孩家裡的幾個姐姐是被她們的爹賣給這些人，但現在看來，與自己想像的有出入。如果是賣給這些人，她不應該一個都不認識吧？

一時間鄭歎還真想不出個所以然來。

等離開藏木桿的地方，小女孩又帶著鄭歎走了點遠，在靠近一片果林的地方停下。果林的周圍還拉著金屬網，估計防得嚴。這裡有座小石橋，只是石橋下面原本的溪流早已經乾涸多年，長了雜草。而且，這周圍似乎並不常有人過來。

小女孩從斜坡滑下去，撥開草叢，裡面有個洞。鄭歎看她接連掏出些雜物，還有個小鋁鍋。石橋下靠邊的地方有一些青磚塊，磚上有燒黑的痕跡，鄭歎看著她將磚塊圍成「U」字形，然後將小鋁鍋架在上面，底下的縫裡放上乾草柴火，劃火柴點燃，開始煮蝦。

很簡單的白水煮蝦，鄭歎看著都沒胃口，但是那小丫頭像是盯著什麼美味似的。

煮好後，小女孩遞給鄭歎一個蝦球，鄭歎沒吃，她全部解決了，吃完後將東西都放回原位。

小女孩告訴鄭歎，這裡是她的「祕密基地」，吃飯時間她多半會來到這裡，只有晚上才回家睡覺。提到「回家」的時候，她眼中帶著厭惡。

天色差不多了，鄭歎也不能一直待在這裡。

等鄭歎離開之後，小女孩走到另一處，撥開草叢，裡面側放著一個廣口玻璃瓶，而裝在玻璃瓶裡面的正是小柚子給她的糖，已經吃了三顆。看著剩餘的兩顆，她嘆了口氣，猶豫之後拿起一顆，小心撕開包裝紙，將裡面的糖取出後，把外面的塑膠包裝紙整理好，放到玻璃瓶裡面，那裡已經疊放著四張包裝紙了。

含著糖，小女孩靠著斜坡躺下，糖裡透出來的奶香和甜味讓她喜歡得眼睛都瞇了起來。

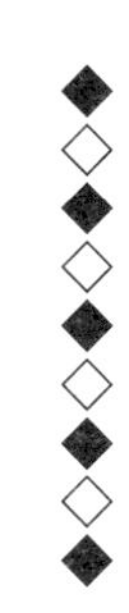

晚上，鄭歎心情不好，睡不著，跑去外面尿尿。茅房他用不習慣，不過，看這邊很多小孩子都是直接找地方解決，鄭歎也會跑個沒人的地方偷偷解決。

翻出窗子，鄭歎從後院出來，往外跑。他不想就近，反正現在也睡不著，跑遠點逛逛，順便解決內急。

鄉村的晚上對鄭歎來說並不怎麼安靜，蟲鳴和蛙叫聲不斷，偶爾還有犬吠。夜色中，鄭歎的行動並不會受阻，有時候還會碰到村裡其他人家養的貓，也有過來挑釁的，不過鄭歎沒心情理會牠們。

吹著晚風，溜達一下，然後找了個地方，解決內急。

鄭歎正拉著的時候，耳朵動了動，有人往這邊過來了。原本也不打算理會，解決完內急就回去，可聽到的聲音讓鄭歎正欲離開的腳步停住。

真是有緣。白天碰到一次，大晚上的又碰到這傢伙了。

鄭歎藏在一旁，等著那邊的人走近。

走過來的只有兩人，一個是鄭歎認識的那個曾經被自己推下人工湖的人，另一個大概是這裡的村民，帶著口音。兩人身上有酒氣傳來，對話裡面都是村裡的一些八卦，還有一些葷段子。不過，鄭歎注意到那個村民叫身邊的人「蛇頭」。

鄭歎並沒有聽到他們談到某些核心問題，心裡有些失望。不過，難得又碰上，對方還是喝了酒的人，大晚上的，對於鄭歎來說是天時地利，不教訓對方一頓，鄭歎心裡都過意不去。

想了想，鄭歎突然記起住在隔壁的那小子日記裡面寫的東西。按照那上面的描述，這周圍應該有個陷阱才對。

鄭歎從側面悄悄竄到他們前面，順著這條泥土路往前走有個岔路口，而那小子日記裡寫的，在倒數第四戶人家屋後面，在後院的籬笆和泥土路中間的一塊地方挖了個坑。小孩子可不敢明目張膽在這條泥土路上挖坑，會被揍的；而在路邊的不遠處挖，一些村民便睜一隻眼、閉一隻眼，反正他們走路只走泥土路，至於旁邊的，明顯那裡挖過坑嘛，連雜草都沒長。

不過，大晚上的，尤其是喝酒之後，意識就不那麼清醒了，也看不見、記不清那個「明顯」的陷阱。

鄭歎很輕易就找到了那個陷阱，離這條泥土路大概三、四公尺的距離，周圍的雜草也多，看得出來很少有人往這邊走。小孩子挖的陷阱很簡單，挖個約莫半公尺長的方形的坑，然後架幾根細木棍，上面鋪些草。鄭歎還嗅到坑裡面傳出來的騷臭味，估計那些熊孩子們時不時會在這裡撒尿，不然只是個坑的話也太過簡單，枉費他們挖一場。

鄭歎試了試細木棍的承載力，他站在上面都肯定會往下掉，何況是一個成年人？

那邊的兩人越走越近。

鄭歎藏在泥土路的另一邊，與陷阱不同邊。

雖然喝過酒，但蛇頭的警覺力還是有的。他總覺得周圍有誰在看著他，拿著手電筒往周圍照了照，除了跳動的幾隻昆蟲之外，也沒有什麼。

難道是酒喝多了？

「怎麼了？」那位正講得興起的村民見蛇頭停下來，便問道。

「沒什麼。」蛇頭搖搖頭，繼續往前走。

那位村民也沒在意，接著剛才沒講完的話講。

不過蛇頭還是有種怪異的感覺。

「喀！」

旁邊傳來一聲輕響。

「誰？！」蛇頭看向響聲傳來的地方。

不過，手電筒照過去，只看到這戶人家後院圍出來的菜園子的木籬笆。

村民準備說什麼，蛇頭抬手止住，沒拿手電筒的手從腰處摸出一把匕首。他先看了看與木籬笆相反的方向，確定不會有人背後偷襲，這邊也藏不住人，才轉身往菜園子那邊走過去，那邊可有不少能藏身的地方，比如茅房，還有一座簡易的木棚。

鄭歎躲在草叢裡，這個高度的草叢確實藏不了人，但是藏一隻貓剛剛好。同時鄭歎在心裡感慨，這人的警戒心果然很高，上次自己能將他推下湖估計還是運氣占主要。不過這樣正好，自己朝那邊只扔了一個土塊，他就過去了。而從另一方面推測，這是不是意味著這傢伙做了虧心事，所以才要更小心翼翼？

那個村民瞧這勢頭，嚥了嚥口水，看看周圍，黑漆漆的一片，就算是身邊一公尺的地方他也看不清，只有手電筒照到的範圍才能看得比較清楚。他可沒帶手電筒，只好跟著蛇頭走過去，但也不敢離蛇頭太近，要是傷到自己怎麼辦？

鄭歎看著蛇頭往陷阱那邊靠近，可惜蛇頭走的路線與陷阱所在的地方偏了一點點，若他直走的話，估計能剛好從陷阱邊沿過去。

蛇頭覺得肯定有人藏在周圍，剛才那種被監視的感覺應該不是自己的幻覺，不管怎樣，還是警惕點的好。

「噗！」木棚那邊有輕微的響聲。

蛇頭緊了緊手裡的匕首，往那邊走幾步，與原本的路線偏離了點。他對著木棚那邊道：「出來吧，我看到你……」

「你」字還沒說完，蛇頭就感覺後腰上一股大力襲來。

這次蛇頭沒有被直接推倒，他只是往旁邊挪了兩步反射性躲閃。按正常狀況來說，他能夠站穩的，可惜腳下落地的地方幾聲「喀喀」的脆響，腳就陷了下去，他整個人也往旁邊栽倒。

蛇頭知道他身後不遠處站著那個村民，剛才他也確定過身後的區域沒有其他人，所以蛇頭並沒有將太多的注意力放在身後，可卻還是出現了這樣的狀況。

栽倒的時候蛇頭還在心裡罵：王八蛋！第二次了！除了那次在楚華大學裡面被莫名其妙推進湖之外，這是第二次莫名其妙中招了！

「到底是怎麼回事？！」

「撞邪了嗎？！」

蛇頭的腳扭傷了。因為是夏天，他穿著五分褲，腳陷進去時還被斷裂的樹枝劃了幾條血痕。陷阱不深，蛇頭陷進去也只到膝蓋處，可是裡面有各種汙物，有已經變質的瓜瓤，有其他生活垃圾，還有尿騷味。

蛇頭的怒氣飆升，可現在也不是發飆的時候，他顧不上腳上的傷，穩住手電筒拿著匕首想找找周圍到底是誰在和他作對。

站在蛇頭身後不遠處的村民感覺剛才身邊有什麼擦過去，身上的雞皮疙瘩都起來了，尤其是聽到蛇頭說的那句「撞邪了」的時候，後背涼颼颼的。

「我剛才真的什麼都沒有看到！就是覺得……有點冷……」

村民哆嗦著，鬼神之說他其實是信的，而他也幫蛇頭做過一些不怎麼好的事情，現在回想起來，心虛！就感覺是被什麼「髒東西」盯上了！

蛇頭剛才踩進陷阱的動靜有些大，這戶人家家裡養狗了，汪汪汪叫著。鄭歎決定加把火。他在推了蛇頭一把之後就飛快跑進菜園子裡，籬笆之間的距離他正好可以過去，不用跳起來。他從周圍找了個石塊，在蛇頭注意到這邊之前，猛地朝那戶人家的窗戶砸過去。

「啪！」

玻璃的碎裂聲響起。

裡面的狗叫得更厲害了，屋裡的燈也亮起。後門吱呀一聲拉開，一條長得壯實的大土狗衝射而出，輕鬆越過籬笆欄，朝著蛇頭就是一口，咬的還是握刀的那條手臂！

匕首匡噹一聲掉落在地面上。

「啊——」

一聲慘叫擾亂了夜晚的安靜。

鄭歎躲在那座木棚旁邊，勾了勾尾巴，聽著都疼啊。

——活該！

那狗應該有類似的抓小偷經驗，衝過去的時候太快了，翻籬笆咬人這一連串動作下來，完全沒猶豫過，也不知道牠咬住蛇頭拿刀的手臂是偶然還是故意的，反正鄭歎覺得這狗咬得好！

拿著鋤頭衝出來的屋主殺氣騰騰，以為是小偷來了，不過看清楚後，認出了跟蛇頭在一起的那個村民，聽對方解釋了半天才知道是一場誤會。

可是，這狗咬也咬了，至於陷阱，那是村裡那群孩子們挖的，很多人都知道，不關自己事。屋主也是個剽悍性格，尤其是看到蛇頭掉落在地上的匕首後，臉色更不好了，怎麼可能攬責任？到最後也只能怪蛇頭自己倒楣。

鄭歎趁他們對峙的時候溜了，那隻狗對著蛇頭狂叫，壓根不去看其他地方，再加上夜色的掩護，沒誰注意到鄭歎，他溜得輕鬆。

隔天，顧老爹要帶兩個孩子去一個朋友那邊看烏龜，他打算買幾隻龜苗給孩子們玩，到時候也能帶回去楚華市養著，反正這種小龜苗也不占地方。臨行前有人來找顧老爹，於是，原本計畫在上午出去的，推到下午了。

上午沒事幹，小柚子在畫畫，鄭歎看了看，畫的是那個提著破桶、揹著鐮刀的小女孩。

「聽說她經常被打……又那麼瘦，會不會生病？」小柚子一邊畫著，一邊對趴在桌子上的鄭歎說道。

畫完之後，小柚子想到什麼，問鄭歎：「你知道她在哪裡嗎？」

鄭歎想了想，點頭。雖然不知道那小女孩現在在哪裡，但知道她會去哪裡就行了。

鄭歎在單獨面對小柚子的時候很少裝傻，反正小柚子不會在外面亂說，所以有時候要表達意思也比較直接。

小柚子從椅子上下來，翻了翻書包，掏出一袋糖。

這是沒打開過的，每包裡面大概有二十粒。

「把這個給她吧，我還有很多。」小柚子期待的看向鄭歎。

鄭歎再點頭。他挺贊同小柚子的做法，那個小女孩的生活實在讓人心疼，而一包糖對於小柚子來說，並不算什麼重要的東西。

將那袋糖的邊沿用清水擦了擦，小柚子遞給鄭歎，她知道眼前的黑貓有時候有點小潔癖，不喜歡亂叼東西。

鄭歎叼著那袋糖跑出門，沒去野塘那邊，一般上午那小女孩不在野塘那裡，所以鄭歎直接去了那小女孩上次帶他去的「祕密基地」。

到了「祕密基地」，沒見著那小女孩，鄭歎直接將那袋糖放在她藏東西的地方，沒多待便回去了。

在鄭歎離開不久，身上曬得黑黑的小女孩走了過來，她往藏東西的一方掃了眼就知道被翻動過，眼神一凝，以為有誰來偷東西了，趕緊跑過去撥開遮掩著的草。

入眼的卻是一袋糖，包裝很熟悉。

上次的糖剛吃完，她昨晚睡覺的時候還惋惜呢，做夢夢到又多了一袋糖，沒想到還真的有！

小心撕開袋子，剝了一顆糖到嘴裡，然後她將剩餘的糖重新藏好，在周圍仔細的找了找，終於在一處地方發現了淺淺的貓腳印。如果再過一段時間，風一大，灰塵吹走了的話，這腳印就看不到了。

心情不錯，小女孩決定回家看看還有沒有剩飯，這時候家裡應該吃完飯了。然後下午再繼續去野塘那邊釣蝦。

剛踏進家門，小女孩就發現家裡來了客人，而這三位客人，她在樹林那邊的時候見過，那隻黑貓提防著這些人，肯定就不是什麼好人。

「這就是我家小九。」一坐在椅子上拿著菸抽著、還帶著諂媚笑意的人指著剛進門的小女孩說道。他就是這家的戶主。

察覺到不對勁，小女孩轉身準備跑開，可還沒等她跑出門，就被人牢牢鉗住了。

另一邊，顧老爹帶著兩個孩子去看了烏龜，這個養殖戶主要是養一些龜鱉類，見兩個孩子喜歡，那人打算送幾隻巴西龜幼苗給小柚子他們。顧老爹擺擺手，只要了兩隻，多了也養不了，孩子嘛，只是圖個新鮮。那人還送了個玻璃魚缸，顧老爹不喜歡欠人，兩人推來推去，最後顧老爹硬是塞了一些錢給那人。

「哎，顧叔，真要不了……」

那人還準備繼續說，被顧老爹一瞪，不說了，搖搖頭，笑著進屋，出來的時候拿了兩包龜飼料塞到玻璃缸裡面，不等顧老爹說話，拍拍屁股走人。

回去的時候兩個孩子一邊走一邊逗龜，所以速度放慢很多，鄭歎走一段路就停下來等他們。

一隻土蛤蟆從草叢裡跳出來，鄭歎閒著沒事過去調戲一番，那隻土蛤蟆就一直往前面跳，跳進路邊草叢的時候，鄭歎一爪子將牠摁在地面上，任牠呱呱叫也沒鬆爪，心裡想著：小傢伙，看你能跳到哪裡去！

等了兩分鐘，鄭歎才慢悠悠鬆開手掌，那隻土蛤蟆立刻逃命似的跳走了，穿過旁邊那條水泥路，隱沒在另一邊的田地裡。

鄭歎正蹲在草叢裡看著那邊的土蛤蟆消失，一輛福斯開過來。估計是上午有載石頭的卡車跑過，路面上有一些小石子灑落堆在一起，那輛福斯開過來時減速繞開邊上的石子，繼續開。

在那輛福斯繞過石子的時候，鄭歎看到了靠在後座車窗邊上的人，也看到坐在駕駛座上的人。駕駛座上的人在抽菸，那位置的車窗全開著，鄭歎看到了那個司機，上次這人和蛇頭走在一起，應該是同一夥的。

後座車窗貼過膜，半開著，露出來的只是鼻子上面的半張臉，但鄭歎還是很輕易認出來了，對方也看到了蹲在草叢裡的鄭歎。

——那丫頭怎麼在車裡？還和那些人一起？！

之前聽那小女孩的說法，鄭歎以為他們來村裡不是來買小孩的，但現在看來，鄭歎想錯了。沒再多想，鄭歎撒腿追了上去。可是，貓怎麼能比得過汽車？何況還是路面平坦，周圍沒其他車擋道，車速比較快的情況下。

繞開那些石子後，車就開始加速了，像是急於離開這裡似的，很快就將鄭歎甩開。

鄭歎只能眼睜睜看著那輛車越開越遠，直至變成個黑點，消失不見。

車內，貼在窗戶邊上的小女孩視線從窗外挪回來。就算被親爹打得渾身是傷，知道被賣掉也沒哭的小女孩，眼睛紅了，眼淚直往下掉。十年了，她生活在這個村子裡十年了，最後離開的時候、最後挽留自己的，竟然只有一隻貓。

旁邊負責盯著她的人往車後窗看了看，沒發現有什麼人追上來，再看看旁邊的小女孩，只當是小孩子捨不得家裡而已，哭哭也沒啥，小孩子嘛，被陌生人帶走哭才正常，之前一直沒哭，他們還覺得這孩子不對勁呢，現在算是放心了。

鄭歎趴在水泥路旁邊喘氣，視野裡已經沒了車的影子，本想記車牌的，卻發現車牌上遮著一塊擋板。他不明白，就算買孩子，那小女孩上面不是還有兩個姐姐嗎？怎麼會這麼快就輪到她？

蔫蔫地回去的時候，小柚子正在喊著鄭歎的貓名，聽聲音就知道很著急。

見鄭歎回來，小柚子本來準備說兩句，發現鄭歎的狀態不對，責備的話也沒說出口。

接下來幾天，大家都明顯發現鄭歎不對勁了，平時那麼有精神，現在卻蔫蔫的，對啥都不感興趣似的，跑出去了一次，更蔫了，飯量也少了些。

顧老爹說，一定是想母貓了，還特意從別人家借來兩隻挺壯實的母貓，結果那兩隻母貓見到鄭歎就離得遠遠的，怎樣都不靠近，就算是弄來一隻正發情的母貓也不靠近鄭歎。

焦媽要帶他去看獸醫，鄭歎不去，為了讓焦媽他們放心，鄭歎的飯量回到從前，只是看起來不如以前有精神。

這幾天，鄭歎回來後，又去了那小女孩的「祕密基地」幾次，確定她沒再回來。

某天晚上在外面乘涼的時候聽人們在議論。

「這麼快就又賣了一個？」

「聽說這次賣的是小九。」

「小七、小八都還在，怎麼選了小九？」

「誰知道呢？或許就看著小九年紀最小才買的。」

「唉，當初那孩子連一年級都沒讀完，不過聽說在學校的時候成績還不錯的……」

「那小九性子可凶了，和她幾個姐姐完全不一樣，怎麼賣得出去？」一道年輕的聲音響起。

「瞎說什麼呢！不知道就閉嘴！」旁邊一位老人呵斥道。

「唉，作孽啊！」

鄭歎摸去隔壁村找到小女孩她家，卻聽說她爹前天晚上喝醉酒掉進魚塘裡，被人救起後送去鎮上的醫院了，性命無憂，就是得在醫院待一段時間。

鄭歎也沒聽到其他有用的消息，這村裡的人，包括小女孩她家的人只知道家裡的小九被賣了，至於為什麼賣給那些人，並不清楚。

八月底的時候，焦媽帶著孩子和貓準備離開。眼看沒幾天就要開學了。

在回楚華市之前，焦媽帶著兩個孩子去了縣城。

焦老爺子和老太太這段時間住在縣城，總不能放個暑假帶孩子出來玩卻不去看看這兩位老人家吧？

縣城的房子鄭歎去年十月的時候來過，所以並不陌生。兩位老人見到焦遠和小柚子很高興，老太太早就提前準備了菜，硬是要留兩個孩子在這裡多待幾天。反正只要趕得上開學報到就行了，那麼早回去幹什麼，去了不還是得待在家裡？

大夏天的，這段時間還是持續高溫，焦遠和小柚子都沒有出門的意思，而且不同於兩位老人家，焦遠很怕熱，大部分時間都窩在冷氣房裡，只吹電風扇的話他可受不了，那風都是熱的。待在冷氣房裡跟小柚子下下棋也不錯。

鄭歎沒窩在屋裡，他覺得待屋裡悶，突然有些懷念在鄉下到處跑的感覺了。

下午太陽偏了些，鄭歎出門後會沿著路旁的陰涼處往外走，溜溜彎。

因為這段時間看鄭歎的精神狀態不怎麼好，焦媽就沒強制讓鄭歎待在家裡，看著鄭歎出門，焦媽心想：出去溜一溜也好，只要精神恢復過來就行，其餘的也隨牠了。

鄭歎看著路邊的景物和建築，他對這邊有印象，去年來這邊走過一次，不過沒走太遠。

旁邊有個小攤賣涼菜的，來這裡買的人還挺多。鄭歎經過的時候，聽到涼菜攤那邊幾個人的談話，說的是前面不遠處一個新建起來的小社區發生的盜竊案。

鄭歎走過去看了看，小社區不算大，新建起來沒多久，綠化也不是特別好，不過這大熱天的圍觀者還挺多的，一些沒能擠進陰涼處的人撐著陽傘或者用扇子遮在頭上圍在那裡討論著什麼。

鄭歎沒打算進去，大門警衛室邊上的陰涼處有兩個穿警察制服的人蹲在那裡，鄭歎能夠聽到他們的談話。

「可算逮著這傢伙了，不枉我頂著太陽過來一趟。黃哥，你說現在這小偷都能在大白天犯案了，膽子真大。」其中一個看起來二十歲出頭的年輕人說道。

「天熱，大白天沒人出門，都待在自家，這裡又是新建起來的小社區，鄰里之間都不算熟，不認識人，只要家裡沒人，小偷直接撬鎖進去就行了，搬個電視機出來也沒人會說。不過沒想到那家人昨晚帶回來一條狗。」另一個穿著警察制服的中年人拿著礦泉水灌了一口，回答道。

「真想不到就那麼點大的小狗，殺傷力居然這麼強，我進客廳的時候看到地上那麼多血還嚇了一跳！」

「聽說是屋主朋友家的，臨時託他們幫忙養。現在那家人將狗當英雄，送去寵物醫院了，要不是這邊走不開，他們應該會跟著去寵物醫院守著。」

聽這兩個警察說著，鄭歎也能知道個大概，當初社區裡有小偷的時候，牛壯壯那傢伙不也挺猛？不過，今天那個抓小偷的英雄犬聽說只是隻京巴的混血，相比起社區那隻嬌滴滴的京巴，這隻簡直霸氣側漏了。

這兩個警察的話題漸漸變了，鄭歎不打算繼續聽，準備離開繼續遛一遛，卻沒想到他們談到了焦媽他們那鄉鎮的事情，聽到「賣女兒」這三個字的時候，鄭歎停下腳步，支起耳朵。

「哎，黃哥，你在調過來之前不是在那邊幹過嗎？知不知道這事？」

「接連生了九個女兒，然後接連賣掉的那家？當然知道。」

鄭歎又往那邊靠了靠。

「還真有？！就沒人管？」年輕人一臉的難以置信。

「管？」中年警察抹了一下額頭的汗，「管過，可惜人家一個願打、一個願挨，你硬要去管的話，還會被倒打一耙。」

「哪有心甘情願被賣的？！」那年輕人不相信。

「被賣了，生活反而更好些，能脫離牢籠，怎麼會不願意呢？對她們來說，就算是賣給別人當童養媳，也比在家裡挨餓挨打要強，或許還會有不錯的生活也說不定。」中年警察嘆道。

他搖了搖頭，又道：「打孩子在村裡很常見，但賣孩子可不同。我當初也血氣，聽了村裡人的閒聊之後就跑去管了。我當時就想啊，只要那孩子承認是被賣掉的，我就豁出去了，追究到底！可惜她們不說。就算到了開庭審理，她們依然會統一口徑，我反倒會被扣上一些不好的帽子。沒看村裡人都不管嗎？你真當那只是她們爹那種小混混威脅就能成的？村裡很多人壓根就不把混混放眼裡，那是純屬無奈呢！」

「那最後這個呢？聽說那孩子脾氣倔啊！我聽我姑丈說過，那孩子不可能乖乖被賣的。」

「……那估計是買家不同。」中年警察想到了什麼，臉色一肅，對那年輕警察道：「以後你也別打聽。」

見那年輕人明顯沒當回事，中年警察又道：「我可不想接到消息時你已經被拖去餵蝦了。」

那年輕人臉上變了變，然後笑道：「放心吧，我哪裡那麼多閒工夫啊！」

他們以前辦過一件謀殺的案子，受害人就是被拋進一處野塘，被發現的時候已經被蝦吃得不成樣子了。查到現在也沒進展，最後成為無頭案。

兩人的話題很快轉變，鄭歎也不用繼續聽下去，那個中年警察顯然這些年也不是白幹的，估計多少知道一些事情，可看他們完全是一副不想再提的樣子，鄭歎也聽不到自己想聽的，心裡疑慮更甚。

他之前就覺得奇怪，那些人為什麼會選擇小九？真和村裡那些人說的賣去給人當老婆或者其他某些特殊行業的話，小九的年紀和性格都不適合，但偏偏跨過兩個姐姐直接找上她。

這個疑惑直到鄭歎回楚華市也沒個頭緒。

# 第八章

# 貓神探的專用入口是廁所窗戶

一回家，焦遠和小柚子就去忙活那兩隻龜了。鄭歎跟著焦媽去了三樓看看貓崽，一個多月大了，比一般的小貓崽長得壯實很多，也明顯大一些，當初花生糖也是這樣的情況。

而這兩隻貓崽的破壞力的直接證明，就是二毛家客廳的布沙發完全起了一層「毛」，桌椅、板凳上也能看到很多貓爪子撓的痕跡。

這才兩隻而已，就已經折騰成這個樣子，鄭歎進門的時候這兩隻正上竄下跳，看到焦媽時還低吼，沒一點兒害怕的樣子。不過見到鄭歎的時候，這兩隻倒是有些親近的意思。至於黑米，估計被這兩隻惹煩了，在臥房躺二毛床上睡覺，眼睛都懶得睜開看一眼，只有耳朵動著，表示牠注意著周圍的動靜。

這兩隻現在也跟著二毛吃一些肉類，而且食量大，胃功能也強，不知道是不是爵爺那基因太強大的原因。聽二毛說，現在黑米就開始嫌棄牠們了。

「這兩隻估計留不長了，黑米最近發飆的次數越來越多。」二毛嘆道，指著這兩隻各自的貓窩給焦媽看。

牠們還不待在同一個窩，白天打打鬧鬧，有時候還互相舔毛，看起來關係不錯，可是若放在同一個窩就容易打架。還不會跑的時候這種現象不明顯，現在能跑能跳了，越長越大，現象也越來越明顯了。

鄭歎默然。看來還是爵爺基因的原因。

「你打算將這兩隻送去哪裡？」焦媽問。

「估計得送遠點。」二毛有些不捨，畢竟看著牠們一天天長這麼大的，一說要送走，心裡不怎麼舒坦。

二毛想過送給衛稜或者核桃師兄等一些熟悉的人，誰知道這兩人一聽就直接拒絕。能跟貓相處不代表肯養貓。

焦媽和二毛坐在沙發那邊談著話，鄭歎則看著眼前兩隻貓崽打鬧，雖然還是一副稚嫩的樣子，但鬧起來時那架式看著挺凶悍的，而且鄭歎聽牠們低吼的聲音，發現這兩隻跟寵物中心那邊的貓崽叫喚的時候不一樣。鄭歎跟很多貓崽合作過拍廣告，知道牠們的叫聲，雖然不同品種的貓叫聲可能會有差別，但也不會像這兩隻這樣。

鄭歎不太記得當初花生糖小時候是什麼叫聲了，畢竟那時候花生糖在寵物中心成天被李元霸帶著「教育」，鄭歎接觸得不怎麼多，接觸多起來的時候，那傢伙已經長得半大了。

回家這幾天，鄭歎也沒往外跑太遠，頂多只在校園裡走走，等開學了，鄭歎的生活也再次回到暑假之前的節奏。

這天，鄭歎決定去工地那邊看看，順便去瞅瞅天橋上的那個瞎老頭，大熱天的那老頭是不是依舊堅守「崗位」？

經過鍾言他們那個小區的時候，鄭歎看了一眼，鍾言家裡似乎沒人。鍾言那小子這次大學聯考直接一飛衝天，全校前三，進了京城大學，這事將他家裡的其他人氣得不輕。

跑到工地看了一圈，鄭歎沒見到鍾言，估計早就去京城報到了，看來以後來這邊也會少一個熟人。

正準備離開，鄭歎聽到有人叫自己的名字，聽聲音還有點熟悉，鄭歎扭頭看過去，一個穿著藍背心、戴著安全帽的人跑過來，是那個幫過鍾言的叫「寧哥」的人。

「哎，你可算又過來了。」寧哥掏了掏褲袋，掏出一張鈔票，對鄭歎道：「走，給你買點吃的！鍾言那小子走之前還特意跟我說過，等你過來的時候請你吃頓好的，錢都給我了。」

寧哥一連說了好幾句才突然想起來，自己面對的只是一隻貓而已，說這些牠懂嗎？

不過，看眼前的黑貓並沒有離開，寧哥抬腳就往前走，走了兩步回頭見貓確實跟著，心裡嘀咕：這貓還真懂呢！不愧是高材生認識的貓。

鄭歎跟過去，看著寧哥在一個賣便當的店家前停住腳，挑了幾樣肉食，還有魚塊。

付完錢，寧哥回頭正準備說話，卻發現蹲在旁邊的黑貓咻的一下跑開了，喊也喊不住。

鄭歎剛才確實準備等著寧哥買飯，旁邊不遠處是一個公車站，鄭歎無意間掃過去的時候，發現剛從車上下來的人中，有那個福斯司機！

於是，沒再管便當，鄭歎趕緊跟了上去。

那人神色匆匆，像是有什麼急事，下車的時候差點將一位老太太撞倒，被旁邊的幾個年輕人罵了也沒心思理會，只管走自己的，迅速離開了站臺。

鄭歎緊跟在那人的後面，他覺得如果能見到小九的話，或許這是最後一次機會幫她，錯過了這一次，可能再也見不著了。

由於經常在這一帶閒晃，鄭歎對於周圍的布局也有些瞭解，尤其是已經拆遷或者即將拆遷的地方。前面那個人所走的方向是一塊私人住宅區，那裡並沒有被劃到拆遷的範圍，至少近幾年暫時不會動到這片區域。

雖然附近沒有建築工地，但這附近在修路，大白天的「達達」聲不斷，吵得人心煩。除了噪音之外，還有空氣汙染，周圍出門的居民都戴著口罩和帽子，來去匆匆，生怕在這裡久留。

鄭歎看著那人掏出一張衛生紙捂住鼻子，快速走到一棟房子前，拿出鑰匙開門。

——住這裡？

鄭歎看了看周圍，沒有見到那輛福斯，估計那輛車沒停在這裡或者已經被處理掉了，不然這人也不會擠公車。

再看了看房子，防盜窗倒是安得挺好，太密，他擠不進去。想找廚房，走了一圈也沒找到。不過，鄭歎找到了一樓的廁所。

——這是第幾次翻廁所了？

鄭歎在心裡感慨。

在外面都能聞到臭味，不知道這些人有多久沒打掃廁所，估計裡面髒兮兮的，但為了那小女孩，鄭歎決定先忍一忍。

廁所並不是那種窗戶式的，只有一個通風扇，看起來有改建過的痕跡，應該曾經是窗戶，後來改成了這種通風扇，難道住這裡的人覺得通風扇更能防住人一些？

不過，就算能夠防住人，也防不住貓啊！

鄭歎跳起，然後從扇葉之間擠進去。擠通風扇這種事情也不是第一次做，鄭歎幹起來熟絡得很，只是扇葉上面很髒，鄭歎身上蹭了一層灰。

看看廁所裡面，果然亂得很，地面鋪的瓷磚有幾處已經「禿」了，還有一些不知道是什麼的黃色痕跡，讓鄭歎這個有些小潔癖的人……貓，不爽的扯了扯耳朵。

——算了，先忍忍。

抖了抖身上的灰塵，鄭歎往廁所門口走過去。廁所門只是半掩著，鄭歎聽了聽廁所外面的動靜，有三個人在聊天，不過廁所這裡太臭了，在這裡待著難受。他探頭看了看，廁所門外沒人，便輕腳走出去。

在廁所與客廳中間有道樓梯，樓梯後方堆積著一些雜物，鄭歎藏在樓梯後面。他本來就黑，樓梯這裡的光線也不好，盡是雜物，就算有人走過也不容易發現。

從這裡看不到客廳裡的人，鄭歎只能聽聽聲音。

周圍有很濃的菸味，客廳裡煙霧繚繞。聽聲音，鄭歎知道這其中有一個就是蛇頭。

不過，從他們的對話和語氣能夠推測出，蛇頭他們的心情並不好。而造成他們這樣的原因是最近有人舉報某個買賣人體器官的組織，牽連到了蛇頭他們。雖然蛇頭與那夥人沒什麼關係，但這次鬧得有些過了，妨礙了蛇頭幾人的一些交易。

——器官買賣？！

——這些人竟然是做器官買賣的！

鄭歎震驚。

——難怪總覺得蛇頭這傢伙看人時的眼神帶著古怪。

從這三人的談話中，鄭歎能夠推測出一些事情。

蛇頭幾人屬於供體仲介，會透過一些管道收購滿足買主要求的人體器官。他們接了一些單子後，會聯絡供體方，承諾一定金額，等安排供體方做了體檢和配型後，就準備手術。

有沒有錢是一回事，有了錢能不能及時找到匹配的器官又是一個大難題，所以越來越多人與蛇頭之類的仲介聯繫，只要能夠弄到匹配的器官，他們不在乎這其中有多少問題和齷齪勾當。

賣器官的事，鄭歎也聽說過一些，賣肝賣腎的都在一些新聞上見過。而聽蛇頭這些人說話的語氣和某些類似黑話的詞，鄭歎覺得這夥人為了錢，極有可能會動用一些強硬的手段。

這次蛇頭他們所煩惱的事情，就是某個做器官買賣的組織坑了供體方一筆錢，甚至在做切除手術的時候還多切了一些，供體方得知後便開始鬧了，誰也沒想到他膽子這麼大，招來了警察不說，還招來了不少媒體。於是，對蛇頭他們來說，風聲更緊了。

後面他們也談到了小九。找小九不是為了器官，而是他們接的某個單子。有人出了兩百萬找五個ＡＢ型ＲＨ陰性血的人，最好是小孩子，到時候買回去養著弄個私人血庫；去年一場血液汙染事故讓這位買主憂心，而相比起來，他更相信自己養出來的「血」，至少安全有保障，反正他們也不差這些錢。

五個人兩百萬，哪怕只能找到一個符合條件的供體方，他們就能拿四十萬，這對蛇頭幾人誘惑很大。可是，買主提出了很多要求，最後還加上一句「血型必須完全匹配且絕對健康」，不然買主不會買。

這年頭很多人家裡就一個孩子，都寶貝得很，連血都捨不得孩子去捐，何況是賣？所以蛇頭他們才會去一些鄉鎮，甚至更偏遠一些的地方尋找，那裡一家好幾個孩子的家庭比較多。

在楚華市完成幾個器官買賣後，他們便去周邊幾個縣市晃了一圈，透過一些管道和人脈，一個星期尋找下來，勉強滿足條件的就小九一個。至於小九的兩個還沒被賣出去的姐姐，一個血型不完全匹配，另一個身體有點毛病，唯一的弟弟是絕對不會被賣掉的，所以只能選小九了。而小九的不足之處就在於，這孩子太瘦，「賣相」不好。所以，這些人原本打算先好好養著小九一段時間，等「賣相」好些了，再送過去給買主。

「你們說，以後我要不要發展一下血液這方面的業務？」蛇頭問。

以前他們也幹過販賣人口的事情，但後來一場針對全國範圍內的抓捕行動讓他們停歇了一段時間，之後又聽說器官買賣有錢可圖，就做起了這行，而這次接的單子讓他們發現，這其中還有不少「商機」。趁著這方面還沒有被更多人重視，趁著捐血中心沒儲備多少「稀有血型」的血之前，他們可以再多撈幾筆，就算價錢遠比不上這次的單子，但是能多撈就多撈點，他們可不會嫌錢多。

鄭歎在樓梯後聽著這些人的談話，氣得想踹東西，可他現在是在偷聽，不能弄出動靜來，有火也只能憋著。

小九真被這些人賣出去的話，就算吃喝不愁，但一沒有自由，二要定期抽血，整一個「人形血袋」，還不知道這樣會不會影響壽命。

他們聊著，接了通電話，估計是有人通知他們事態的發展。

「以防萬一，還是早點離開。今天就走！」蛇頭當機立斷，「別忘了我們在誰的地盤上，被他們知道警告過一次我們還敢在這裡做買賣的話……」

「嗯，蛇頭說得對，今晚就走！我去找車。」另一人說道。

「那我先去診所那邊換個藥，順便去買點路上吃的。」蛇頭將菸蒂在菸灰缸裡摁滅，起身深呼吸，對那個出門去找車的人說道：「小心點，我總有種不太好的感覺。」

走到門口的那人聞言一瞪眼，「還是管管你自己吧，別又被狗咬了，你那胳膊再被那樣咬一下，估計直接廢了。」

蛇頭皺眉，談起狗他就煩，而且他不喜歡這種超出掌控的事情，那兩次「撞邪」一直是蛇頭心裡的一根刺，但偏偏一直沒找到個有說服力的解釋。

「鐮刀，你自己也看著點上面。」蛇頭對剛回來的人說道。

「知道。就那種小孩子能做啥？周圍都關得嚴嚴實實的，也沒人知道我們在這裡。」鐮刀說道，「洗個澡放鬆一下，跑了一天累死我了，今天在醫院那邊有個人臨檢，差點壞事。」

由於供體方是自願的，他們也不願意被人發現，當時看到醫院那邊出了點騷亂，心裡害怕，檢查的時候醫生問了幾個問題，那人太緊張，事前鐮刀告訴他正確應答的話說得磕磕碰碰，還好那個醫生沒細究。鐮刀現在想起來都有氣。

等蛇頭和那人都離開後，外號叫鐮刀的人準備去洗個澡放鬆一下，然後睡個覺，晚上還得開夜車。

鄭歎躲在樓梯後方看著鐮刀走到廚房的位置，本來是廚房的位置改建成了浴室，難怪剛才在外面找不到廚房的窗戶，也沒見油煙，原來都被封起來了。

等那人進去，鄭歎先在這樓看了看，沒看到能關人的房間，於是往樓上跑。

二樓有三個房間，兩個開著，鄭歎在緊閉的那個房間門口嗅了嗅，小女孩應該被關在裡面。試著掰了掰門把手，沒反應，鎖著。想那些人也不會讓小九自由活動。

這門下面的縫太小，連貓爪子都伸不進去，鄭歎想跟裡面的人打招呼也行不通。而且，這扇門一看就很結實，憑鄭歎的本事，踹斷腿也踹不開。要是二毛在就好了，半分鐘不到就能撬開。

——鑰匙？

鄭歎在幾個房間裡找了找，沒看到。然後他往樓下跑。

鑰匙這玩意兒，這些人應該都隨身帶著。

鐮刀進去洗澡的時候，外套放在房間裡。

鄭歎在鐮刀那套看起來還值點錢的西裝上找了找，找到一串鑰匙。顯然鐮刀覺得不會有人進來偷鑰匙。如果是蛇頭的話，以他的謹慎，估計會直接將鑰匙帶進浴室。

突然想到什麼，往周圍看了看，沒見到有監視器之類的東西，然後鄭歎直接用兩個前爪子抱好鑰匙，以免這些鑰匙在他跑動的時候發出聲音。然後，鄭歎直接用兩條腿跑上樓。

習慣了四肢爬樓，乍一用兩條腿爬樓梯還有那麼點不自在。

鄭歎覺得最近一定是因為精神萎靡不振，活動少了，爬個樓梯而已就感覺累。兩條腿交替使力跳上樓後，腿上的肌肉還有些疼，估計是剛才用力太猛拉扯的，還好沒抽筋，不然會從樓梯上滾下去。

顧不上休息，鄭歎跑到關著小九的門前，看了看門鎖的鑰匙孔，再看看鑰匙。還好，看上去對得上那個鑰匙孔的就那麼一把，不用幾把都試，省去不少氣力。

將那根鑰匙挑出來，用一隻爪子夾住，剛跳完樓梯臺階的貓後腿再次使力，跳起，沒拿鑰匙的爪子勾住門把手。鑰匙比焦家的木門鑰匙要複雜一些，鄭歎插了幾次才插進去。

房間內——

小九躺在房間裡那張鐵架子床上，看著窗戶透進來的光，發呆。

窗戶被防盜網封著，窗戶也是封死的，根本不可能打開，就算她在這裡大聲叫喊呼救，這棟房子外面的人也未必能夠聽到，反而會將房門外的那些人招來。小九在村裡見過不少人，她能夠感覺到這些人身上的危險氣息，所以她一路過來都表現得很乖。

剛來的時候，這些人就在她胳膊上抽了一管血，好像是送去給買主「驗貨」。這幾天，每次他們進來都是送吃的，生怕她餓瘦了。有時候小九都感覺自己像隻豬，餵肥了就賣出去，賣個好價錢。

雖然她只上過小學一年級，書本的知識瞭解得不多，但她遠不像村裡其他孩子那樣天真。她的聽力其實比村裡很多小孩子要強一些，或許是經常在外面找吃的的緣故。所以，就算隔著一扇門，她也模糊聽到了一些那些人說的事情。她其實不懂血型之類的東西，只知道自己要因為這個被賣掉。

每次睡醒的時候，小九就會想起村裡那個四面漏風的家。姐妹之間疏離淡漠，父母在看待子女上的差異態度，再加上她自己本身的性格原因，造成了一些矛盾積累，但即便如此，即便經常被打得渾身是傷，即便家裡連正式的床都沒有給她睡，小九還是會回家。血緣親情是個很奇怪的東西。

可這次的事情，將矛盾激化了，之前小九心中的僥倖和期盼心理蕩然無存。村裡有個老太太曾對她說，人要有信仰，這樣才能支撐著度過難關。小九以前並不覺得，現在被關在這個三坪左右的房間內，她倒是希望自己有信仰。不過，信仰到底是什麼東西？對於這個詞的概念，她還是很模糊。

小九看了看周圍，視線落在桌子上的那袋糖上。

這是她被關在這裡之後，向那些人提出來的一個要求。見她還算配合，也或許是打一棒子給個甜棗，其中一人出去買了一袋糖扔給她。但是小九覺得，這糖沒有她前幾天吃的奶糖好吃，再看袋子上的製造日期，都一年多了，肯定是村裡那個經常穿著漂亮裙子到處炫耀的孩子口中所說的「便宜貨」。

小九掰著手指頭算了算自己的願望，如果能夠出去，一定努力賺錢去買糖；如果能夠出去，到時候賺大錢買個自己的房子，嗯，養隻貓也不錯；如果能夠出去……就再也不回家了。

正想著還有什麼願望，小九聽到門鎖的響聲，她以為是那些人來了，並沒有起身。

門鎖響了響之後又沒了動靜。不過小九並沒在意。

過了一會兒，門鎖又開始響，這次是鑰匙開門的聲音。

「吱呀——」

門打開的細微的聲音，在安靜的房間裡清晰無比。

小九皺眉，扭頭往門口看過去，準備看看這些人又想幹嘛。

門口……沒有人。

若有所感，她視線下移——

一隻黑貓。

小九：「！！！」

見到門口黑貓的第一個反應，小九揉了揉眼睛，滿臉的難以置信。

她實在想不到竟然在這個時候見到這隻貓。

牠怎麼會在這裡？

那些人呢？

為什麼牠會有鑰匙？

牠怎麼打開門的？

不過，鄭歎沒等小九想太多，他見到房間裡的小九，這小女孩看起來沒什麼大問題之後，就往外跑，跑兩步後再回頭看向小九，示意她趕緊離開。

來不及想太多，也顧不上抽掉門上的鑰匙，小九迅速跟了上去。她現在只想立刻離開這裡，而且說不出為什麼，她覺得跟著這隻貓一定會安全。她壓根就沒想過眼前這隻黑貓與那些人是同一夥的可能。

鄭歎下樓，來到樓梯口的時候警戒地往周圍瞅了一眼，耳朵動動，那個叫鐮刀還在裡面洗澡，不過應該很快就會洗完，而蛇頭和另外一個人還沒回來，一樓沒有聽到其他人的動靜。

見前面的黑貓警戒的樣子，小九跟在後面，輕腳下樓。她在村裡的時候，有時候為了找樂子會去聽牆角，而且此刻她還穿著在村裡時穿的那雙布鞋，不會有什麼不習慣。所以，這種既要輕手輕腳，行動還要迅速的時刻，對小九來說並不難。

鄭歎看過這層樓，要出去只能走大門。

大門是那種厚厚的防盜門，小九打開的時候發出「喀喀喀」的聲音。

一聽到這聲音，鄭歎快速竄出去，小九也很快帶上門，跟著鄭歎跑出去。

正在洗澡的鐮刀聽到大門那裡的動靜，大聲說了兩句，他以為是蛇頭或者另一個人回來了，但等了幾秒，沒聽到外面的動靜，他突然有種不太好的預感，打開門看向外面，又喊了兩聲，依舊沒有人應答。

顧不上擦乾身上的水，鐮刀一邊跑著看了看幾個房間，同時往身上套衣服。他跑上樓看的時候，發現關著小九的那間房的門開著，而自己的鑰匙則插在門鎖上。

另一邊，鄭歎和小九在出門後，沒走多遠就碰到了買東西回來的蛇頭。

——真倒楣！

鄭歎在心裡罵道。

蛇頭沒注意到鄭歎，他的所有注意力全部放到小九身上了。一看到小九，蛇頭就知道鐮刀那邊出了問題，他將提著的一大袋子東西扔地上，立刻追了上去。

之前鄭歎準備帶著小九往楚華大學那邊跑，回到自己的地盤就有了助力，但現在鄭歎只能帶著小九往另一個方向走。可是，從這邊走，能夠跑去哪裡躲著？難道繞遠路回楚華大學？估計在那之前就被抓住了，還不如找個地方躲著。

不管怎樣，先跑再說。

路上有碰到一些行人，但是小九沒出聲求救。她不知道喊了有沒有用，不知道會不會有人幫忙。而且，她還害怕招來更多的敵人。

隨便找個路人？

她不知道那些路人到時候會不會與那些人同流合汙，她現在處在一個陌生的環境，對周圍充滿了警戒，根本就不相信周圍的陌生人。而且前面的那隻貓沒有停下，她只要緊跟上去就行了。

鄭歎決定先帶著小九跑到大街上，到時候人一多，不管是小九出聲求救還是找合適的地方躲起來，成功率都很大。

小九畢竟還年幼，體能比不上蛇頭，蛇頭已經在迅速將距離拉近，要不是剛才一個推著水果攤的人走過，攔了蛇頭一下的話，估計蛇頭已經逮到小九了。不過，那樣的話，鄭歎肯定會毫不猶豫的跳起來朝蛇頭踹過去。

鄭歎速度緩了緩，等候跑在後面的小九，要是將她甩太遠，到時候她被蛇頭逮到，他也不好儘快做出應對。

往回看的時候，鄭歎發現蛇頭的後面——鐮刀也追了過來！

雖然有些時候鐮刀比不上蛇頭謹慎，但行動上絕對夠迅速。

一邊降低速度跑著等後面的小九跟上，鄭歎一邊注意著周圍的情況，看看哪些地方能夠作為躲避場所。

跑過一個狹窄的巷口，鄭歎突然一個急停，迅速回撤，看了看巷子裡面，然後跑了進去。

——是那個瞎老頭！

剛才只是匆匆一瞥，而且離得有些遠，鄭歎只是懷疑而已。現在看來，果然是他。

鄭歎此刻真的很想大聲嚎一句。

——瞎子哎，我真他媽愛死你了！！

鄭歎知道坤爺住的地方離這裡還有些距離，而且以前跟著坤爺走的時候，這老頭並沒有走過這邊，但不管怎樣，見到這老頭，鄭歎就有了把握脫困。

葉昊他們說過，這瞎老頭身邊其實是跟著人的，只是平時大家都注意不到，而且跟在這老頭身邊保護的人都是高手，能被葉昊和衛稜都稱為高手的人，絕對不同凡響，對付蛇頭和鐮刀應該綽綽有餘吧？

對小九來說，這種時候應該往人多的地方跑，前面有間購物中心，那裡的人多，跑去裡面找個地方躲著就行了，但前面的黑貓卻往那條小巷子裡走。雖然疑惑，不過小九還是跟著鄭歎跑了進去。

對坤爺來說，今天到現在為止，並不是愉快的一天。

今天下午天橋那邊有人吵架，還鬧自殺，其中有個人嚷嚷著從天橋上跳下去，招過去不少看熱鬧的人，嚴重影響了坤爺拉二胡的心情，於是他老人家直接收拾東西走人。一時興起，他老人家在周圍閒逛了下，然後才抄近路回去。

這周圍安靜許多，但裡面交錯的狹窄小道太多，有些小道裡面如果有輛計程車開進來，人都不能走，只能等車開離之後才能繼續走，而有些小道，連計程車都不能進去，所以一般這一帶基本上看不到車的影。

縱使小道多，路面有些地方還有臺階，方向感不強的人在這裡還都會覺得暈乎，但對坤爺來說並沒什麼難度，他每個月也會往這邊走幾次。

正走著，坤爺耳朵動了動，停住腳步，轉身。

在他轉身的下一刻，鄭歎嗖的衝到坤爺腿邊。

運氣這玩意兒是個很調皮的傢伙，有時候它能玩死你，氣得你想自殺，但有時候，卻真的能夠幫不小的忙，讓你恨不得跪下來感謝上蒼。當然，這也是一件相對的事情，對有些人來說，是後者，而對有些人來說，則是前面那種情況。

見到那女孩跑進狹窄的巷子，蛇頭心裡一喜，他還怕那丫頭往人多的地方跑，或者直接在大街上開始嚷起來呢，沒想到竟然跑進巷子裡去了，她難道不知道這種巷子裡面更危險嗎？平時就有不少人在巷子裡面做一些見不得光的交易，打架時常發生，甚至出人命的情況也有過。那裡面住著的人大多都是自保原則，連夜晚聽到「抓小偷」都會閉門不出，誰會管你在這裡幹嘛？

小九本來準備繼續跑的，卻發現鄭歎停在那個老頭旁邊喘氣，但看上去並不急了。再看看那個老頭，她記得，只有瞎子才會拿那種竹竿或者棍子一類的東西探路。那老頭只是個瞎子而已，能有什麼幫助？

繞過老人，小九跑了幾步，見鄭歎並沒有跟上去，反而在那老人旁邊安然站著，她猶豫了一下。而就這一會兒，後面的蛇頭和鐮刀都已經進入巷子裡，追了上來。

停住步子，小九低聲喊了鄭歎幾句，示意牠快點跑，也別牽連別人，而且這還是個盲人老頭，蛇頭他們一看就不是什麼好人，盲人老頭對上他們鐵定吃虧。

見小九焦急的樣子，鄭歎不知道該怎麼來表述意思，想了想，抬爪子勾勾坤爺的褲腿，本來想示意一下「抱大腿」的意思，結果不知道是坤爺今天穿的褲子料子太差，還是鄭歎的爪子太鋒利用力過猛，直接將褲腿那裡劃破了。

坤爺、小九：「……」

聽到蛇頭他們已經靠近，鄭歎放棄「抱大腿」，躲在坤爺身後，就露出個腦袋看向蛇頭他們的方向。既然坤爺都已經停下來了，這就表示願意幫忙，不然這老頭會繼續走，壓根不會在意周園的事情。

蛇頭臉上有些扭曲，臉色不知道是氣紅的還是跑過來累的，總之看起來有點盛怒的樣子，像要吃人似的。小九一看到蛇頭這樣子便有種拔腿就跑的衝動，可是再看到那隻黑貓，她又有種很奇怪的感覺，似乎……留在這裡更好。

鄭歎的視線並沒有全部放在蛇頭和緊跟著跑進巷子的鐮刀身上，而是放在路口那裡，同時也支著耳朵注意身後方向。

路口，在鐮刀進來之後，又有人進來了。那人看起來沒有其他特別的地方，就真的一副路人樣，可鐮刀根本就沒察覺到身後有人。

蛇頭只聽說過坤爺的名頭，並沒見過坤爺，所以就算正面對上，他也沒將眼前這個老頭與那位聽著就霸氣威武的坤爺對上號，雖然剛才有短暫的疑惑，但瞧著眼前這老頭身上的「裝備」，實在想不出眼前這瞎子有什麼威脅。

而且，現在蛇頭正是盛怒的時候，疑惑過後也沒想太多，他現在最想的就是抓住小九，這可是四十萬塊錢！差一點，這四十萬就逃了！

蛇頭氣衝衝跑過來，看向小九的方向，「跑，妳再跑啊！看妳能躲哪裡去！」然後又對著坤爺吼道：「滾開，老東西……」

剛伸手準備擰著眼前這老頭的衣領往旁邊甩，蛇頭那隻沒被狗咬的手臂下一刻就被折成個扭曲的角度，他還沒來得及慘叫，便暈過去了。

蛇頭身後的鐮刀在蛇頭倒楣的前幾秒就被放倒了，整個過程發出的聲音還比不上巷子外傳進來的雜聲，而蛇頭也壓根沒注意到身後的動靜。

小九就站在坤爺身後約莫五公尺遠的地方，看著蛇頭那邊的方向，剛才發生的一切她看得很清楚，從那個人接近鐮刀、到蛇頭也昏過去，整個過程太短，她都沒來得及喘幾口氣。

小九正疑惑著，有個人從她身後走近，並沒有理會她，直接從旁邊經過。她這時才將注意力放到剛走過去的人身上。這人依然看起來很普通，第一眼看上去沒什麼特色，至少小九沒看出這人與之前她在大街上見過的那些行人們有什麼不同之處。

只見那人快步走到前方，然後和剛才敲暈蛇頭的人，一人拖一個，像是扶著醉酒的人一般，離開了巷子。

住在周圍的居民也有人見到剛才的情形，雖然看得並不真切，但是能大致猜到這裡面又有什麼衝突，秉著自保以及不管閒事的原則，他們就當沒見過，反正這種事情經常有，看到現在都麻木了。

鄭歎心裡舒了口氣，果然坤爺周圍有人，擺平蛇頭這兩個傢伙，小九暫時是安全了。

坤爺慢悠悠轉身，繼續按照原路線走。他經過小九身邊的時候，小九緊張得嚥了嚥唾沫，渾身僵直，就算是傻子現在也知道這老頭的不凡了，難怪那隻黑貓躲在他後面一點都不擔心的樣子。不過，畢竟是陌生人，而且這些人一看就不是什麼和善之輩，小九不知道這些人會不會和蛇頭他們一樣將自己賣掉。

「過來。」經過小九身邊的時候，坤爺說道。

小九一愣，看了看旁邊，又看看坤爺，有些顫抖的問：「我？」

坤爺沒回答，繼續往前走。

鄭歎疑惑：坤爺想幹嘛？

不過既然坤爺已經出聲了，小九不想跟也得跟過去。

鄭歎陪同小九，跟著坤爺在這片地區走著。要是鄭歎自己一個，走走就得迷路，唯一的辦法就是跳上屋頂再辨別方向。沒想到坤爺這個瞎子竟然這麼熟絡，連停頓都沒有，一直接近於勻速行走。

等坤爺回到住的地方時，已經有一份資料放在他的桌子上，是盲文。鄭歎看不懂，只是見到坤爺翻動著，手指在上面摩挲，也不能從坤爺臉上看出什麼。不知道這老頭現在到底是個什麼心情。不過，論直覺，鄭歎覺得這老頭應該沒有太多的情緒波動，不至於生氣或者歡喜。情緒沒啥波動，也是好事。

小九被安排坐在不遠處的木椅上，雖然喝著茶，也極力讓自己表現得自然些，但很顯然，道行不足。

一個人走了進來，鄭歎上次來這裡時見過這人。

那人進來後看了看坤爺，見坤爺沒有讓閒人避開的指示，便直接開口，說了查出來的關於蛇頭他們的事，比鄭歎瞭解到的要詳細得多。

小九也坐在椅子上認真聽著，尤其是關於她自己的那部分。聽到蛇頭他們還犯過不少事，甚至手上還有命案，她手抖了抖，她現在覺得自己能夠從那些人手裡逃出來真是幸運。看看旁邊桌子上挨著花瓶趴著的黑貓，小九心想：這貓果然能夠帶來幸運。

「之前因為聽到點風聲，慶哥讓下屬警告過他們不要在這裡犯案的，沒想到他們膽子真大……」那人繼續說著。

從這人的話裡鄭歎還知道，除了蛇頭和鐮刀外，那個去找車的人也被找到了。刑法裡並沒有直接針對人體器官買賣行為的罪名，而且供體方大多數也是自願的，不好處理，就算蛇頭那些人被警方抓住，收購人體器官進而轉賣的這種行為，從本質上來說是一種經營行為，人體器官在本國是禁止買賣的，這種買賣行為算是非法經營罪。不過，蛇頭他們身上還揹著其他事情，這就嚴重了，隨便拿出哪件都能重判。只是不知道坤爺會怎麼處理蛇頭那些人。

不管怎樣，鄭歎聽那人的語氣，蛇頭他們不會有什麼好結果。

坤爺沒說話，微微抬手，那人便離開了。

坤爺讓小九待在這裡，讓鄭歎先回家。

鄭歎看了看那個擺鐘，確實不早了，但又不放心小九這邊，正猶豫著，聽坤爺說道：「明天可以過來這邊看她。」

見小九點頭，鄭歎這才離開。

以坤爺的身分，不至於為難小九吧？坤爺跟葉昊談合作的時候，鄭歎聽到過一點點，他老人家應該也不差那幾十萬塊錢。

次日，鄭歎早上送完小柚子就往外跑，路過天橋的時候還看了看，那老頭依然坐在那裡拉二胡，鄭歎跑上去在他眼前晃了兩圈，老頭只顧著拉二胡，壓根沒其他反應。

離開天橋後，鄭歎按照記憶中第一次坤爺帶他走過的路線，摸到坤爺的住所。抬爪子拍了拍門，門很快就開了，還是上次見過的開門人。

見到鄭歎，那人似乎一點都不奇怪。

鄭歎見到小九的時候，這傢伙正拿著一本書在看，鄭歎瞧了瞧，小學一年級的課本，課本是別人用過的，上面還有些歪歪扭扭的字跡。

見鄭歎過來，小九立刻放下課本，看上去很高興，眼裡充滿著希望，沒有什麼抑鬱感。

小九說了說她自己的選擇和坤爺對她的安排，坤爺給了她幾個選擇，她沒有選擇回家，也沒有選擇去孤兒院，坤爺讓她先跟著一個人，今天下午就會跟那人離開。不過，還是在楚華市這片區域，不會跑去別的地帶。

聽小九的意思，她其實是想跟著坤爺，她對坤爺有種崇拜感，只是直白點說，她還沒有那個資格。不是誰都能跟在坤爺身邊的，能力是一回事，從見面到現在一天時間都不到，坤爺對小九並不瞭解，坤爺手下也不缺人，不可能那麼輕易就做決定，而且坤爺也不是專門做慈善的，不會見到你可憐就幫助你。

鄭歎總覺得，坤爺應該還有其他的打算。

可惜鄭歎現在無法從坤爺那裡得到答案，看今天坤爺那態度就知道了，鄭歎可不認為坤爺沒察覺到自己的存在。

雖然不太明白坤爺他老人家的打算，但至少現在，小九是安全的，沒有被賣掉，也沒有被送去那些不好的地方，還有機會接受教育。就算她不想讀書，小學和國中也得上。

鄭歎抬頭看了看小九，這傢伙眼裡的神采是之前沒見過的，是因為能讀書，還是因為別的？鄭歎看不清。

小九有了她自己的選擇，不知道是一時的不成熟想法，還是經過深思熟慮的？這麼點大的孩子，就算現在下定決心，又能夠持續多久？

# 第九章

# 黑碳的專屬包廂

離開的時候，小九說有機會就會去找鄭歎。鄭歎倒是沒放在心上，小九能怎麼樣還不是坤爺說了算？

心裡想著事，回到東教職員社區的時候，鄭歎也沒注意到周圍，直到被叫住的時候才發現，許久不見的方邵康竟然過來了。

鄭歎看向電子鎖，二毛已經等在那裡。

「今天我可不是來找你的。」方邵康說道。

——方邵康過來幹嘛？

鄭歎跟著他們上三樓。

「三叔，先喝口茶。」二毛很狗腿的將茶送上。

方邵康接過茶，也不多說，直接看向貓窩的方向，「那兩隻貓都睡了？」

「是啊，鬧騰了一上午，下午都在睡覺，一直到現在。」

二毛話還沒說完，鄭歎就見到兩個小貓窩那邊露出兩個貓頭，警惕的看著方邵康這邊。

「喲，這警覺性還真強。」方邵康顯然很滿意。

鄭歎看看方邵康，又看看小貓窩那邊，心想：這是來挑貓崽的？

方邵康今天是難得抽了空閒跑過來看看貓崽，他其實一個月前就聽說了二毛這邊的貓生貓崽的事情。二毛他哥王斌也在跟方邵康聊天的時候提過一點，只是那時候方邵康沒當回事，後來方邵康京城家裡那邊來電話聊起來的時候，方邵康才知道女兒一直想養貓呢，只是沒找到合適的。

怎麼算合適呢？

家裡人不太明白方萌萌到底對貓有什麼樣的要求，畢竟對很多人來說，貓就是貓，純粹養寵物的話，有條件、有地位的人都比較偏向於一些珍貴品種，但方萌萌總看不上。家裡人還以為這孩子只是一時興起才想著養貓，真正要選擇了，卻猶豫不決。

知道這事後，一直忙於事業、和老婆孩子相處的時間沒多少、對孩子難免有些愧疚感的方三爺臨時起意過來看看。

鄭歎看著方邵康從提著的包裡面拿出一臺十多公分高的儀器，正面是一個鏡頭。調試了一下後，方邵康便先將那儀器放一邊，拿著二毛遞過來的一些逗貓玩具撩撥一下兩隻小貓。

不過，讓方邵康感興趣的是，他逗這兩隻小貓的時候，這兩隻從一開始的警惕，然後慢慢從窩裡走出來接近方邵康，再然後就敷衍似的動了兩下爪子，蹲在離方邵康一步遠處便不動了。

可是，只要二毛拿著同樣的逗貓玩具過來，這兩隻小貓就跟神經病附體似的左蹦右跳，玩得相當興奮。這是防著方邵康這個陌生人呢。

「這還認人的啊？」方邵康也不惱，拖了張小凳子坐在旁邊，看著二毛逗貓，同時也仔細觀察一下這兩隻小貓。

鄭歎也蹲在一旁看著，沒想到這兩隻小貓還挺有個性。也是，繼承了爵爺身上的那些特殊基因，不會是那種只長個頭、不長腦子的貓，智商應該比一般的貓要高一些。

中午吃飯時間到了，鄭歎接了小柚子，去焦威他家餐館吃飯，回來發現方邵康還在二毛家。也不知道他到底挑中了哪隻，還是兩隻都準備帶走？

好奇之下，鄭歎擠開虛掩著的門，走進去。

客廳裡，方邵康正擺弄著那臺小機器，然後選了個地方調整好角度，將鏡頭對準兩隻小貓那邊，同時還在電話裡跟人說著。

「好了，這次能看到吧……行，那妳好好看看，看中哪隻爸爸這個週末就帶回去給妳……兩隻不行，這兩隻在一起會打架，聽過一山不容二虎吧……哎，那是別人家的情況，妳二毛哥這邊是特殊情況，妳看這兩隻貓跟別家的貓都不一樣是吧？」

方邵康在那邊胡扯，鄭歎可不認為方邵康知道這兩隻貓的不同之處，估計純粹是為了打消方萌萌同時養兩隻貓的決定。

二毛在努力的逗這兩隻貓，然後，身在京城的方萌萌小妹妹透過這邊傳送過去的視訊影像好好觀察這兩隻小貓，再決定養哪隻。

有些人認為，養貓得看緣分。或許方萌萌就是這種。

方萌萌在看到這兩隻貓的第一眼就很喜歡，雖然只是視訊影像，但感覺就是不同。她這幾天已經看過好幾隻貓了，沒有哪隻比得上這兩隻，要不然她也不會提出兩隻都養的決定。

聽到女兒喜歡，方邵康心喜，他這做父親的總算又找到一件事情討好女兒了，但他只想帶走一隻。看這兩隻的性子，一隻就夠折騰的了，兩隻還不得鬧翻天？

小孩子照顧貓那是笑話，但方萌萌照顧不過來，還有其他人協助。討好女兒是其一，方邵康主要還是為了培養方萌萌的責任心。方邵康其實並沒對大米、小米抱太多的期待，畢竟像旁邊那隻黑貓一樣的占極少數比例，相對來說聰明點的也不多。

「怎麼樣？想好了沒有？要哪隻？」方邵康問道。

「嗯……」那邊方萌萌還是無法選擇，她覺得這兩隻都不錯。

為了讓方萌萌更好的觀察這兩隻貓，方邵康還操控著那個小機器往貓窩那邊移動，同時也看看這兩隻貓的反應。

等了半小時，還是沒能讓方萌萌做決定，方邵康想了想，問道：「二毛，這兩隻貓是一公一母對吧？」

「對，大米是母的，小米是公的。」二毛答道。不管方三爺會帶走哪隻，對他來說都一樣。

「啊？這樣啊……」方萌萌想到什麼，說道：「我要一隻小母貓！」

「小母貓？那就選大米了。」

「大米是哪隻？」方萌萌問。

「那隻三花。」二毛指了指正抱著一個毛絨玩具咬的大米。

「三花啊，跟爸爸一樣都是『三』呢！正好，那就選大米吧！」方萌萌還是挺遺憾小米是公貓，要不然她還想再跟她爸磨磨，想養兩隻來著。

選好之後，那邊方萌萌被她媽催促過去睡午覺，才戀戀不捨的離開。

方邵康拿出一個寵物包，問二毛：「我就這樣直接抓牠走，牠會不會咬我？不咬也會撓吧？」

「沒事，這還是小貓嘛，沒多大力。」二毛不在意的說著。

方邵康看向客廳那個被撓得起「毛」的沙發，二毛不說話了。這兩隻小貓還真不能跟平常那種小貓崽比，真是一個比一個難對付。

二毛其實從這兩隻貓崽會爬會走之後，就看出來了，這兩隻沒繼承多少黑米的性格，估計跟牠們的爹差不多，長大後應該也是個難伺候的。

方邵康又在二毛這裡待了一會兒，打算與大米多相處相處，認認人也好。

「帶走後牠會鬧騰一陣子吧？」方邵康道。

「小貓都這樣，過幾天就好了。」

雖然這樣說，但二毛在將大米裝進寵物包的時候還是滿心的不捨，畢竟從小貓還沒出生他就忙碌的準備著，等牠們出來了，看著牠們長這麼大，要說沒點感情也不可能。

等大米被方邵康帶走之後，小米在周圍找了找，還叫喚了一會兒，二毛心裡那個糾結啊，想著自己是不是應該將大米留下？見小米這樣子，他感覺心裡悶悶的。

可是，下午吃過飯、二毛去廁所的時候，發現大米的窩不知道什麼時候被拖到沙發邊上，上面還有撓咬過的痕跡，平時這兩隻可不怎麼咬自己的窩。再看看小米，那小子正趴在窩裡睡覺，二毛叫了牠兩聲，牠只是從鼻腔裡發出點聲音應付了一下，然後換個姿勢，繼續睡。

二毛撓撓頭，果然還是自己想多了吧。

再看看窩在臥房裡面睡覺的黑米，在大米離開之後，牠也只是找了一圈，叫了一會兒就停歇了，覺還是繼續睡，飯量還是沒變。二毛不知道其他人家裡的貓是不是這樣的情形，至少在他這裡就是這樣。

不過……大米送走了，小米怎麼辦？送給誰呢？

秦濤倒是說過，唐彩想養，可惜大家都知道，她壓根就養不久，現在也不敢冒風險，還是別禍害小米了。

◆◇◆◇◆◇◆◇◆

第二天，鄭歎正在家裡偷偷上網玩的時候，聽到敲門聲。鄭歎心裡一驚，趕緊關掉電腦，將滑鼠推到原位，可疑的痕跡也抹除掉。

在鄭歎關電腦的時候，聽到門外的聲音。

「黑碳，你在家嗎？」

是趙樂。

趙樂這時候來這裡幹嘛？今天也不是週末。而且，趙樂早就畢業了，每次過來的時候都是週末或者假日，而且很多時候她沒時間，還是託她的助手將東西送過來的。

今天趙樂怎麼有時間過來？

鄭歎心裡疑惑，腳上也快，來到門口跳起拉開門鎖。

門口的趙樂穿著套裝，看這一身正式的行頭估計是直接從公司過來的。和往常一樣，趙樂每次過來都會帶很多吃的，還有送給焦媽的化妝品，對她來說這點東西實在不算什麼。

將東西放到沙發上，趙樂自己動手拿個紙杯在飲水機上接了點水喝，喘了一會兒後，對鄭歎道：「我發簡訊跟你貓媽說過了，東西就先放這裡。不過，我今天來還有另一個目的。」說著，趙樂提著她的包，起身往門口走，「黑碳，走，去看看二毛的貓崽。」

——妳也是為貓崽而來的？

鄭歎跟著趙樂來到三樓。

趙樂應該早就聯絡過二毛了，二毛開門的時候也沒表現出驚訝感，還有些迷迷糊糊的，沒睡好，估計昨晚熬夜玩遊戲了。

「喏，小米在窩裡睡覺，妳自己去看吧。不過注意點，別看這傢伙還小，脾氣可不好。」二毛指了指小米的窩。

和昨天方邵康的待遇一樣，小米一開始也沒理睬趙樂，但眼裡帶著些好奇，或許對牠來說，逗貓棒還沒有眼前這個人能引起牠的好奇心。

看了一會兒後，慢悠悠打了個哈欠，小米往窩裡走，準備繼續睡覺，可惜被二毛拖了出來。將小米放進寵物包，二毛想了想，又將小米的窩用個袋子裝上，遞給趙樂。

「剛開始這段時間還是讓牠睡自己的窩吧，到陌生的環境後估計一下子還適應不了。三叔說昨晚他那邊被吵了一整夜，下午會派人過來將大米的一些東西帶走，說這樣能降低一些牠的焦慮心理，省得今晚上繼續叫。」

趙樂點點頭，除了小米的貓窩之外，還拿了幾個毛絨玩具，這些毛絨玩具雖然早就被二毛列在待扔貨物裡，但畢竟是牠們玩過的，趙樂決定還是帶幾個回去以防萬一。

等大米和小米都被帶走，二毛看著安靜許多的客廳，滿肚子的感慨卻不知道該怎麼發洩。看了一會兒之後，便朝臥房裡面蜷成個圈在床上睡著的黑米道：「女兒啊，妳能收回地盤了！妳看妳這段時間都瘦了，以後沒那兩隻，小魚都是妳的。」

大米、小米都離開後，二毛的生活也恢復到原來的悠閒自在。不過，最近二毛白天總在外面跑，不知道幹嘛去了。黑米還挺安靜的，鄭歎沒聽到牠叫喚，估計已經適應了幼崽離開的生活，這陣子鄭歎見過牠一次，黑米的精神看上去還不錯。

伸了個懶腰，鄭歎從高高的梧桐樹上下來，大下午的適合睡覺，只是今天睡不著，鄭歎決定出去走走，有段時間沒去天橋那邊了，他準備去看看那個瞎老頭。

車輛的喇叭聲不絕於耳，但鄭歎還是能夠從這些雜聲中捕捉到二胡的聲音，那老頭今天應該心情不錯。

不過，等鄭歎走到天橋那裡，見到了個意料外的熟人。

天橋下的陰涼處，小九靠在那裡，手裡拿著一本書看著，鄭歎走過去的時候，小九正好抬頭看向周圍。見到鄭歎後，小九眼裡溢出驚喜之色。

「今天放半天假，我就想著過來碰碰運氣，看能不能碰到你，碰得著就是幸運，碰不著就坐在這裡看半天書也行。」小九開心的說著。

這裡離坤爺近，周圍肯定有坤爺的人，小九也不擔心會碰到其他壞人。

小九背上揹著個書包，看起來八成新。將手裡的書放進書包後，小九招呼鄭歎走到一個安靜些的地方，簡單說了說這段時間的情況。

「我有了一個新生活，戶口掛在帶著我的那個大姐姐名下，我現在的名字叫『黃玖』。」小九說道。

黃酒？我還紅酒呢！鄭歎腹誹。

小九從書包裡拿出一個水杯，倒出了點水在旁邊花壇邊沿的石板上，用手指沾了沾水，然後在一旁的地面上將自己的名字寫出來。

大概是練字的時間還不長，字寫得也算不上好，不過鄭歎也算看清楚到底是哪兩個字了。以前小九在家裡就直接被叫小九，戶口方面鄭歎不太清楚，但看起來現在小九對她的新戶口還挺滿意，對名字也喜歡。

說了一會兒話之後，小九讓鄭歎先在這裡等著，她便很快跑進最近的一間超市。十分鐘後，小九提著書包跑回來。

「還好今天不是週末，沒什麼人，放包包的櫃子也空，上週六我去一間超市，好多人……」鄭歎覺得這傢伙現在話變得多了很多，一點事都喜歡拿出來嘮叨。或許對於小九來說，這些都是開心事，想與人分享。

小九來到花壇旁邊坐下，拉開書包拉鏈，從裡面拿出一袋糖。

「喏，幫我把這個帶給你那個小主人，感謝她當時送我的糖，可惜那袋糖我沒能吃幾顆，真浪費。」說著，小九將那袋糖遞給鄭歎。

袋子不算大，對鄭歎來說沒什麼挑戰力，但是這袋子沒用紙擦過，在那點小潔癖的影響下，鄭歎猶豫了。

「我每個月都有零用錢的，不過不多，只能買這個了，比不上你小主人給的糖。以後等我有錢了，再請你們吃更好的！」小九滿臉期待的看向鄭歎。

鄭歎要是還不接住的話，估計會被小九認為嫌棄這糖了呢。

——算了。

鄭歎張嘴將那袋糖果叼住。

小九這才笑出來，又開始繼續說。

「我也不是每個週末都能來，以後會忙一些，要趕課程，畢竟我比一年級的小孩子大多了，總不能被他們看扁。好久沒上學，一年級學的一些拼音和國字都忘了，那個姐姐說，希望我到時候能直接上三年級，我覺得也是，總不至能和那些比我小兩、三歲的小屁孩們一起上課，那樣我多沒面子，是吧？」

又說了一會兒話之後，小九才不得不離開，她回去還有課業要學習。不過，就算沒聽小九說這些，鄭歎也能看出這傢伙最近的生活還不錯，眼裡也沒和以前那樣有太多不屬於這個年紀孩子的憂愁，這是個好現象。

看著鄭歎叼著那袋糖果往回走，小九不放心的又加了句：「別丟了啊！」

——真囉嗦！

甩甩尾巴，鄭歎還是停下來回頭無奈的看了小九一眼。

見到鄭歎這樣子，小九哈哈的笑了聲，然後揮揮手，揹著書包往與鄭歎相反的方向跑去。大概是因為心情很好，她跑一會兒就跳兩下。

鄭歎叼著那袋糖往回走，直接去到附小門口等小柚子。

放學走出校門的小柚子接過那袋糖看了看，問鄭歎，還看了看周圍，沒見到有哪個可能送糖的人。

「咦？黑碳，這誰買的？」

鄭歎現在也不能開口回答。

回到家後，在小柚子拿作業出來準備寫的時候，鄭歎扒出來小柚子的繪畫本。這是小柚子自己的繪畫本，平時沒事就會在上面畫著玩，不是美術課作業本。

鄭歎在裡面翻了翻，翻到暑假的時候小柚子畫的一幅畫，畫上畫的就是提著小桶、揹著一把鐮刀的小九。

「是她？」小柚子詫異，「她怎麼會來這裡？」

這個問題，鄭歎也不知道該怎麼解釋。

週五晚上，衛稜過來了一趟，送來一張請帖，關於國慶假期的時候他舉行婚禮的事情。雖然之前跟焦媽說過，焦媽也說不用再另外通知了，太麻煩，但為了表現得正式一點，衛稜還是專門送了張請帖過來。

焦媽喜歡聊這個話題，拉著衛稜聊了十來分鐘，甚至對於衛稜帶鄭歎出去玩並可能夜不歸宿的事情也沒說什麼。

焦媽看鄭歎這段時間精神好了不少，已經擺脫了之前那種萎靡，只囑咐了鄭歎幾句。精神好就行了，至於其他，暫時不要求那麼多了。

三樓門口，二毛已經等著了，核桃師兄也在去夜樓的路上，今天他們師兄弟好好聚聚，下次再聚就到衛稜婚禮上了，而且到時候會有些長輩在場，他們肯定沒這麼自在。

一路上二毛那嘴就沒停過，比衛稜還能說，從調侃衛稜到養貓的感慨，到達夜樓的時候這傢伙還一副沒說完的樣子。

葉昊今天也在夜樓，但是不會去打擾衛稜他們師兄弟三人。不過，他有事跟鄭歎說。

衛稜先上樓去包廂了，留葉昊跟鄭歎說話。

鄭歎聽著葉昊的話，暗自點頭，不錯，看來葉昊還記著這事。來夜樓的時候鄭歎也沒聽衛稜提，以為葉昊承諾的包廂不了了之了呢，沒想到還真的搞定了。

——專屬包廂？

葉昊還有事，不能在這裡久留，示意如今夜樓的負責人梁虎帶鄭歎過去看看。

梁虎雖然沒與鄭歎接觸多深，但從平時聽豹子和龍奇他們的談話中就能知道些這隻貓的傳奇事件，不然老闆也不會專門為一隻貓開個包廂，所以他知道得認真點對待這隻貓。

鄭歎跟著梁虎往三樓走，葉昊為鄭歎安排的房間就在衛稜那間的隔壁，前段時間葉昊將三樓這邊的一些包廂整修了一下，也將屬於鄭歎的包廂整理出來。

與衛稜那間一樣，這間也是刷卡進門的，不過不是插卡型，葉昊專門讓人做出一個類似於楚華大學教職員社區公寓大門電子鎖一樣的刷卡器，只是保密性和安全性能要高得多，看得出來葉昊也是費了些心思的。

鄭歎看著梁虎手上拿著的那個圓形小片，和自己在東教職員社區的那種貓牌差不多。或者說，這就是仿照鄭歎的貓牌製作的。

這間包廂比衛稜那間小一些，裝修方面倒是花了不少心思，尤其是牆壁和天花板，都有貓的爬行和行走過道，頭頂縱橫吊著的一些貓走道看上去也沒有雜亂感。鄭歎從牆壁上的木板斜往上走，從一個岔道跳上通往天花板那裡的「吊橋」。

大致玩了一圈，總體感覺還不錯。花紋基本都是貓腳掌印、貓頭像等一類，沒有其他過於怪異的格調。

而讓鄭歎汗顏的是那些貓抓板和吊著的毛絨玩具，如果鄭歎真的是一隻貓而不是貓身人心的話，肯定會很喜歡這些設置。對於一隻真正的貓來說，這裡就是個小型的遊樂場。

除了這些外，還有一套ＫＴＶ設備，這個讓鄭歎感覺很滿意。

也不知道葉昊他們是不是想著以後鄭歎若是又鬱悶了想嚎歌的話，有個專門的地盤，而不是在葉昊或者衛稜那裡荼毒眾人的耳朵。

這地方還不錯，以後帶小夥伴過來玩玩。鄭歎想著。

不過……

鄭歎躺在那個軟軟的沙發上，掰著爪子數了數，好像能帶過來的沒幾個……警長和阿黃不會來，大胖總守著牠家老太太。花生糖？待定。爵爺？不算熟，而且爵爺也不會稀罕，牠跟著葉昊的那段時間來這裡的次數不少，不過現在跟著唐七爺了，這類地方估計也不怎麼稀罕。

似乎，小夥伴還是少了點。

梁虎在這個過程中一直觀察著包廂裡的黑貓，心裡暗暗感慨，果然是隻很特別的貓，難怪龍奇總戴著個辟邪的吊墜。

看了一會兒房間之後，鄭歎便來到衛稜那個包廂，這三人正在聊到時候能來參加婚禮的人，比如衛稜曾經的戰友和現在的一些朋友等等。這些人，鄭歎不怎麼感興趣，讓鄭歎好奇的是三人口中的師父。

衛稜說他師父老人家如今身體依舊健朗，最近正閒著，老人家表示那時候有時間過來轉轉，看看三個徒弟的生活環境。讓鄭歎覺得可惜的是，衛稜他師父養的那隻叫「大山」的貓並不會被帶來。

至於二毛他們的師父，是個什麼樣的人呢？

鄭歎還挺期待見到那老頭的，聽這三人的語氣和用詞，似乎是個奇葩的人。也是，喜歡貓的人，很多都很奇葩。

衛稜的婚禮時間定在國慶連假的第二天。焦媽今年的連假也沒打算帶孩子們出遠門，國慶假期人車流量太大，出去旅遊的話，她一個人可照顧不來兩個孩子加一隻不怎麼安分的貓。

之前衛稜說想派車過來接，焦媽拒絕了，今天衛稜是主角，一上午肯定都忙得很，還得去搶新娘，用人用車的地方也多；再說焦家本來就有車，婚宴的地方焦媽也知道，就韶光飯店嘛，都熟，犯不著那麼麻煩。

二毛一大早檢查了下貓糧之後早就跑沒影了，今天他得去幫衛稜。昨天就忙得很晚才回來的，要不是家裡還有隻貓，估計他就直接睡外面了。

下樓之後，焦媽開車到社區大門口時停下，鄭歎往外看，大門口還站著兩個人。鄭歎瞇著眼熟，視線下移，看到那個比小柚子大不了多少的小女孩手裡提著的籠子時，恍然大悟，原來是這家人。

籠子裡放著的是一隻豚鼠，鄭歎以前見過，還記得衛稜叫這傢伙「栗子」。兩年前這小不點自己溜出來的時候差點被警長和阿黃分食掉，鄭歎也是那時候第一次見到衛稜。這母女倆是衛稜戰友的老婆和孩子，那戰友出任務時不幸犧牲了，衛稜和其他戰友們也一直幫襯著，衛稜也時常過來看看母女倆，這次衛稜結婚，母女倆肯定得去婚禮現場。

焦媽招呼那兩人上車，昨晚都聯絡好了的，反正就幫衛稜捎帶這兩人過去。焦爸不在，即便多兩個人，車裡面還擠得下。

鄭歎和小柚子都待在後座上，那母女倆進來的時候，看到貓還有些驚訝，小女孩倒是防備比較多，畢竟很多貓對於豚鼠並不怎麼友好。

見鄭歎一直靜靜的待在小柚子旁邊坐著，母女倆才鬆了口氣。

「不用擔心，我家黑碳很懂事的，不會欺負其他小動物。」焦媽說道。

「對對！黑碳從來不欺負弱小，除非是偷東西的壞老鼠。」焦遠扭頭看著後面，眼睛盯著籠子裡的那隻毛球。

那位母親笑了笑，雖然沒說什麼，但她心裡卻不這麼認為。好在她家豚鼠用籠子裝著，貓也進不去。

小柚子和坐在副駕駛座上的焦遠視線主要都放在栗子身上，去飯店的路上，焦遠話比較多，主動問了這隻豚鼠的事情。

「本來應該把栗子放家裡的，但孩子捨不得，說趁這次機會帶栗子出去玩玩。」母親說道。

「原來是這樣。我家這隻也是，走哪裡都得帶著。不過我家這隻很懂事，從不亂跑。」焦媽笑道。在外人眼前，肯定都是揀好的說，焦媽也沒掀鄭歎的底。

不過，焦遠和小柚子聽著有些心虛，自家黑碳怎樣，他們清楚得很，只要天氣不錯，白天的時候多數時間這傢伙都在外面跑。

鄭歎聽著焦媽有些失真的誇讚不自覺的臉紅，可就算臉紅也看不出來，一本正經的趴在小柚子腿上。然而，隔壁位子上那隻豚鼠就不安分了，還對著鄭歎叫了幾聲，不知道認沒認出來。

鄭歎掃了牠一眼，沒理。這傢伙比第一次見到的時候大了點，看起來有二十公分左右長了，外形確實比較討喜，看起來也無害，難怪孩子們喜歡。

「栗子好像並不怕黑碳。」抱著籠子的那女孩說道。畢竟養了栗子這麼久，肯定能從栗子的叫聲和一些行為中得到大致牠要表達的意思。

「大概知道這貓沒惡意吧，動物的第六感很靈。」那母親笑道。

從楚華大學到韶光飯店那邊還需要點時間，中途袁之儀來過一次電話，焦媽在開車不方便，是焦遠接的，袁之儀說他過會兒再出發，原打算焦家這邊人太多的話他幫忙開車來載，既然用不著，他也不急了。而公司裡跟衛稜比較熟的一些人，比如衛稜介紹過去的幾個戰友，天還沒亮就跑了出去。

今天衛稜看上去倒是人模狗樣，正經不少。

婚禮儀式的時候，眾人的注意力都放在那對新人身上，鄭歎蹲在凳子上什麼都看不到，他背後靠牆，不用擔心後面有人，兩邊都被小柚子和焦遠遮得好好的，想往外看，鄭歎頂多只能從桌子下露出半個貓頭，還得壓著點耳朵，免得被其他人發現。

雖說這桌的人都不會在意，但包不准其他桌的人沒意見，總得給衛稜留點面子。至於栗子，早被藏在專門的包裡了，比鄭歎還不如。

一桌裡面都是熟人，袁之儀今天專程抽空過來，一個是因為衛稜的婚禮，另一個就是順便跟焦家人聊聊，也看看「招財貓」。平時這位大老闆忙得很，也沒多少時間，這次終於有空了，得多沾沾「財氣」，這可是現場版的、活的，不是他辦公室那個招財貓擺飾。

這桌除了焦家人和袁之儀以及那對母女之外，其他幾人都是衛稜的戰友，有幾個也經常去幫襯那對母女，都說得上話，不至於冷場。

聽二毛說過他們請人拍照錄影了，到時候看看影片、照片也成，反正鄭歎對那個沒多大好奇心。雖然看不到外面的情形，不過在婚禮舉行到某幾個流程的時候，鄭歎就聽到二毛、核桃師兄以及幾個沒聽過的聲音起鬨，吼得特別大。

鄭歎感覺餓得想睡覺了，早餐吃的東西已經消化，又餓又無聊，等婚宴終於開始，鄭歎就只埋頭猛吃，反正不缺幫忙夾菜的人，尤其是袁之儀，夾菜夾得那叫個積極啊，看得同桌的幾個人莫名其妙的。

衛稜過來敬酒的時候，他倒是想朝鄭歎那邊示意一下，可焦遠和小柚子擋得太嚴實，衛稜就看到個黑色的尖耳朵。

宴席結束後，很多公務繁忙或者還有其他事務的人都要離開。衛稜在飯店還訂了一些房間，下午沒其他事的人想打牌休息的都可以上去休息，他還安排了晚餐呢。

袁之儀走了，焦媽帶著孩子跟那對母女去了樓上一間房休息，三個孩子準備打撲克牌，兩個母親說說話。鄭歎打算睡覺，被放出籠子的栗子老往鄭歎旁邊湊，鄭歎抬腳把牠推開，沒幾秒又湊上來，被打擾得煩了，鄭歎跳上沙發靠背，沒理會栗子在下面叫。

沒等鄭歎睡多大會兒，二毛過來了。

「黑碳，過去玩嗎？」二毛看向趴在沙發靠背上的黑貓。他知道，能不能帶走這隻貓，看的主要還是這隻貓的意思，牠同意了，焦家的人頂多只是不痛不癢地說幾句或者囑咐幾句而已，基本上不會反對。

鄭歎想了想，反正待在這裡也無聊，便跟著二毛過去走走，順便看一下那位傳說中的師父。

二毛本來在那個大套房裡跟幾位許久沒見面的師兄弟一起敘舊，但聊著聊著，就變成師父挨個訓徒弟了。衛稜今天是主角，剛進來房間一看形勢不對，就藉口陪新娘和招待賓客跑了，留下其他幾個師兄弟繼續在那裡挨罵。尤其是包括二毛在內的好久沒被老人家逮到的幾個，是被訓話的主要對象。

於是，二毛想起來還待在飯店裡的黑貓，打算將鄭歎拉過去轉移一下注意力，畢竟師父也是養貓的人，雖然師父家那貓太特殊，但有隻貓過來的話，師父他老人家的注意力應該就能從他們身上轉移過去了。

「黑煤炭，你待會兒注意一下，有……嗯，總之注意一下，機靈點啊……」二毛在開門前忍不住還是多說了一句。

二毛這話沒說完，鄭歎也不知道二毛到底想表達什麼意思，這裡面有什麼危險嗎？應該也不至於吧？

等二毛打開門，鄭歎跟在他身後進去。

裡面沒有聞到菸味，真難得，一群男人裡居然沒一個抽菸的，還是說為了顧及那位師父，都忍著沒抽？

雖然菸味是沒有，不過有其他的氣味。除了陌生人的，還有點什麼……

房裡坐著的人，除了二毛和核桃師兄之外，其他人鄭歎一個都不認識，二毛算是最年輕的一個了，論年紀，除了唯一的一個老人外，還有幾個看起來跟核桃師兄差不多年紀的中年人。以前聽衛稜他們聊，好像往上數還有大的，只是身負要職、事務纏身，他們忙得走不開、來不了罷了，包的大紅包肯定已經到了衛稜手裡，衛稜那傢伙估計現在正數錢呢。

鄭歎從進房起就有一種很怪的感覺，像是有誰躲在暗處窺視一樣。眼前好幾雙眼睛盯在自己身上，說壓力不大那是扯淡，但鄭歎感覺到這幾個人都沒惡意，也就放鬆了些，他們打量的意味居多，尤其是那個看起來精神特別好的老頭。

乍一看這老頭，感覺有種硬朗的風格，但再多看幾眼的話，又感覺油滑了不少，在他看著鄭歎的時候，手上還把玩著牌九。不知道二毛玩紙牌的習慣是不是從這裡學來的，所謂上梁不那啥下梁就得歪。

房裡幾人在鄭歎跟著二毛進門之後就沒說話，玩牌的玩牌、喝茶的喝茶、剔牙的剔牙，各忙各事，同時又分出注意力看著鄭歎，似乎在期待著什麼。

鄭歎那種感覺更強烈了，他一向相信自己的直覺。

既然敵不動，鄭歎決定自己先動動。

鄭歎抬腳從門口往沙發那邊走，耳朵一直支著，警戒著周圍的動靜，眼睛注意著沙發那邊坐著的幾個人，可惜從這些人眼裡能看出來的東西太少，不愧是衛稜和二毛他們的師兄弟，一個比一個能裝。

在那種感覺越來越強烈，並同時察覺到身後動靜的時候，鄭歎猛地轉身揮爪子出去，也沒仔細去看這個偷襲者，爪子上勾著偷襲者身上的布料，一個回身就將偷襲者甩了出去。

隨後，尖銳的不知道是害怕還是憤怒的叫聲從這個偷襲者口中發出來，刺得鄭歎想過去繼續再抽幾巴掌。

「哈哈哈哈！」

原本臉上沒太多表情、把玩著牌九的老頭，將牌九往茶几上一扔，拍著腿笑得暢快。沙發上坐著的幾人也笑出聲，眼裡有驚訝、有好奇。相比之下，二毛和核桃師兄的第一反應不是大笑、也沒有太多驚訝，而是鬆了口氣。

幸好這貓有本事，也沒吃虧。二毛心想。

鄭歎沒去管沙發那邊的幾人，而是盯著剛才被自己甩出去的偷襲者。

剛才偷襲鄭歎的不是人，而是一隻穿著一套小西裝的猴子，好像是電視節目裡的那種獼猴。獼猴在本國分布廣，相對來說算是比較常見的一種猴子，但能正規持證飼養的人也不多，除了雜技團、動物園和某些旅遊景點之外，生活中的到現在鄭歎就只見了這麼一隻。

此刻，這隻獼猴已經爬起來跑到一個人旁邊，唧唧喔喔啊啊的叫著，鄭歎不知道牠在說什麼，不過，從那隻猴子指指他、又指指身上小西裝的動作上猜想，大概是在告狀吧。

——王八蛋！主動偷襲你還敢告狀？！

房內的氣氛又開始活躍起來，有的談論剛才鄭歎甩猴子的那一招，有的取笑剛才那隻猴子，最主要的是，他們在二毛去找鄭歎的時候臨時打了個賭，賭誰會吃虧。很奇怪的是，除了猴子的養主和另外兩個人外，其他人包括核桃師兄和那老頭在內，都押了鄭歎不會吃虧。現在這些人正忙著收錢。

「剛才他們還說什麼來著？」

「武——松——打——虎——哈哈哈！」核桃師兄和另外幾個贏了賭注的人齊聲吼道。

這群人性格真夠惡劣的。鄭歎腹誹。

二毛也抽空跟鄭歎說說話，講一下那隻猴子的事情。

養猴子的那人也是衛稜和二毛的師兄，是何濤的師弟，叫裴亮，以前也當過兵，退伍後回老家開了間店。裴亮家在一片旅遊景區，靠山，開的店做的就是遊客們的生意，日子過得還不錯。不過，某天裴亮去送貨的時候，一隻小猴子突然跑過來，從褲腿竄上去，抱著裴亮的胳膊不鬆手。

之後才知道是一個遊客在旅遊的時候碰到一隻沒母猴帶著的小猴子，新奇之下打算帶回去玩，誰知道這隻小猴子找到機會就逃出來了，不知道為什麼，牠瞅準裴亮、抱住他的手臂，怎麼都不鬆手。

後來那遊客走了，小猴子被那地方的負責人帶回山裡，可是過了一段時間，這小猴子也不知道怎麼找到裴亮他家，隔三差五往他家跑。附近住的人有時候也會遇到猴子，但畢竟次數不多，有時候還為了防止山上的猴子下山偷東西，會做出一些防護措施。像裴亮他家這樣總有猴子光顧的事件並不多。

裴亮他家遇到的這隻是例外，漸漸的，牠還跟裴亮的小兒子混熟了，撈魚逮鳥的事情沒少跟著幹，家裡孩子挖陷阱牠幫忙遞鐵鍬，家裡孩子去湊熱鬧牠也跟著去。

但總這樣下去也不是個事，在兒子的強烈要求下，裴亮去找了人辦理一些手續，畢竟無相關林業行政主管部門的審批證明，私自飼養國家級保育動物的做法，屬於非法運輸和飼養。

取名字的時候，裴亮想直接叫「齊天大聖」算了，聽著多霸氣。但裴亮他家老人講究一些，覺得這名字不能取太得高調，於是去掉「天」和「聖」，留下「齊大」兩個字。可齊大聽著又有點像誰家老大的意思，裴亮嫌想名字太麻煩，直接又在後面加個「大」字。於是，「齊大大」這個在鄭歎看來相當彆扭的名字就掛在這隻獼猴頭上了，這將伴隨牠終身。

齊大大在家裡的地位可不低，孩子護著，老人寵著，裴亮他老母親還戴著老花眼鏡親自動手縫製了一套齊天大聖服。用二毛的話來說，看起來像唱戲似的。

猴子的智商本就比一些動物高，跟人相處久了，自然學會一些東西，近五年下來，就更機靈古怪了。因此之前衛稜婚禮上，裴亮沒敢放牠出去。齊大大這傢伙跟家裡孩子學的惡趣味不少，衛稜好不容易結婚了，這要是鬧點什麼事，衛稜肯定記在裴亮頭上。

再後來，裴亮家那地方有個劇組過去拍電影，裴亮的兒子帶著齊大大過去看熱鬧，被人瞧中了，商談之後，付了一筆錢讓裴亮引導著齊大大去客串一幕，原本準備了一隻訓練過的猴子，但那猴子瞧著沒齊大大有靈性，臨時改換了。事實證明，效果不錯，那段時間齊大大跟那個劇組相處得很好，總逗人笑。

之後又有人過去那邊拍電影、電視劇、採景，還有拍紀錄片和宣傳片的，不知道是不是幾個劇組之間聯絡過，又去找了齊大大，這隻猴子很是風光了一把，連帶著裴亮家裡的生意紅火了很長一段時間。

現在很多遊客去那邊旅遊，聽到齊大大的名頭都好奇的去看看，還拍照。齊大大這猴子喜歡拍照，家裡照片都不知道有多少了，一看著鏡頭那裝酷的姿勢就很自然的擺了出來。

「聽到沒？有誰家養的寵物比人還能賺錢的？這也是在養家啊！」裴亮感慨並得意著，為自家猴子挽回些面子。

旁邊的齊大大跟著唧唧啊啊幾聲，像是在應和。

不過，聽到裴亮剛才「寵物賺錢養家」的話，二毛和核桃師兄同時看了鄭歎一眼，但都沒說話。周圍幾人注意到二毛兩人的動作，追問了幾句，但二毛就是不細說，只說這隻黑貓也是個賺錢養家的，還是個富豪。

「敢情這隻土貓比齊大大還出名？這也太低調了吧，我從沒見到關於這貓的消息啊！」一人說道。

「那是牠家貓爹不讓高調。」二毛答。

「這是對的！」師父老人家「啪」的一拍茶几。

幾人同時看了看那茶几，確定茶几沒壞，才又繼續開始說說笑笑，心裡則各自嘀咕：師父這喜歡拍桌子的破習慣什麼時候才能改啊？還好他老人家知道不能破壞飯店的東西。

老人家也沒覺得自己有啥行為不當之處，繼續說道：「這是對貓的保護。現在的一些人，被利欲熏心、功利心強，什麼事都幹得出來，而且動物也不像人那樣還享受一些保護，尤其是沒列入國家保育級別的，遭罪了只能認，所以還是護著點好。裴亮你學著點！」

「是是是！」裴亮點頭，「這不是因為我家那裡是山區，不像大城市這裡人多眼雜，我們那裡養猴子的也不止我一個。」

「別人家的猴子跟你家的一樣出風頭嗎？！」師父老人家瞪眼。

「沒。」裴亮蔫了，「我一定注意！」

「咳，話說回來，這貓力氣真大。」有個人接到裴亮的求助眼神，開口轉移話題。

果然，話一轉到貓身上，老人家就不揪著裴亮了。

「這有什麼好奇怪的，貓嘛，不能以常理論之。我家那隻還抓過比牠大幾倍的獵物呢！」老頭一副理所當然的語氣道。

剛才說話的那人微微撇嘴，不吱聲了。反正說啥師父他老人家都有理由，而且不准反駁。至於師父家裡的那隻貓……看看不遠處那隻黑的，再想想師父家裡的那隻，這他媽的能一樣嗎？

「除去力氣問題，這貓剛才的反應也很快。這隻黑貓剛才動手的時候，齊大大才剛竄出來。反應真夠快的。」一人道。

「二毛你洩密了？告訴這貓房裡有猴子？」另一人問道。

「沒有，絕對沒有！我只讓牠機靈點。」二毛否認。

師父老人家點點頭，「這貓剛才從進門起就警覺著，那貓耳朵一動，我就知道這貓察覺到齊大大了，肯定知道猴子會從後面偷襲，準備著呢。」

鄭歎：「……」您謬讚，在下真沒那能耐能找到那隻破猴子。

而且，鄭歎以人的心理角度，不怎麼想被拿來與其他動物相比。這樣有點欺負弱小的感覺。

「你們啊！」老人家抬手，挨個點了點二毛幾個，「連隻貓都不如！」

二毛他們師兄弟幾人同時一副噎住了的表情，就是沒一個人反駁。得，說啥話題也得連帶著訓人！

鄭歎聽著這群人聊天，注意到那老頭除了訓人就是誇讚他家的那隻貓。親身經歷過的鄭歎知道，自家養的掛嘴上的話都是各種好，真正見到實物了才知道各種坑。

躲在裴亮身邊的齊大大挨了那一摔，現在也不敢接近鄭歎，估計是看出鄭歎不是個軟柿子，反而是個危險物，沒敢接近，但挑釁不斷，比如朝鄭歎扔個瓜子、花生啥的，鄭歎怒了一靠近，那傢伙就躲在裴亮旁邊一陣唧唧啊啊直叫。

後來鄭歎也懶得理牠，換了個地方，跳到核桃師兄的沙發靠背上，那傢伙不敢扔東西了，要是一不小心扔到師兄級別的，連猴子帶人都得挨罵。

晚上吃了頓飯，各回各家，二毛他們嚷嚷著鬧洞房去了，鄭歎可沒那心思跟著去，他一隻貓跟著摻合啥。

原本鄭歎以為在衛稜的婚禮之後，便不會再見到那隻猴子了。可一週後，二毛問鄭歎出不出去玩，說齊大大想他了。

原來，這次裴亮帶著這傢伙來楚華市，一個是參加衛稜的婚禮，另一個就是某劇組在楚華市附近的某個地區拍戲，齊大大要過去客串一把，聽說片酬不少。婚禮第二天就過去拍戲，昨天才回來，兩週後還有個動物類節目要去京城那邊，這段時間裴亮就先住在核桃師兄他家。

二毛開車帶著鄭歎往核桃師兄家那邊去，「那隻猴子應該是記仇了，估計這次琢磨著怎麼復仇呢，黑煤炭你得多注意點，別被揍了。」

——被揍？怎麼可能？！就憑那隻猴子？！

到核桃師兄他家後，剛進門，鄭歎就聽到聲音，循聲看過去，齊大大正騎在一隻大狗身上，很神氣的看著鄭歎，揚了揚下巴。

鄭歎突然很想對那隻大狗說一句：你是猴子請來搞笑的嗎？

「哎，師兄，你這裡怎麼還有狗啊？」二毛盯著那隻狗，見那狗並沒有對鄭歎表現出敵意，才鬆了口氣。

鄭歎也看出來了，眼前這隻狗除了一開始表現出很強烈的警戒之外，盯了他和二毛一會兒後就隨和了很多，不像有攻擊性，但牠依舊將他和二毛堵在門口，一點都沒有要離開的樣子。

只是大狗背上的猴子見大狗久久不發威，急得叫了幾聲，還扯了扯狗脖子上的項圈。

「黑金，過來，是客人！」書房那邊傳來核桃師兄的聲音。

堵在鄭歎和二毛眼前的大狗立刻避開了，往書房那邊走過去。

這下子齊大大更急了，似乎覺得丟面子，又扯了幾下狗脖子上的項圈，想讓大狗回身，可惜不僅沒讓大狗改變方向，反而被大狗從背上甩了下去。在地上打了一個滾，齊大大起身後看向鄭歎，見鄭歎的眼神不太好，趕緊往書房跑，找靠山去了，牠可不想再被揍。

鄭歎走進書房的時候，發現那隻大狗正趴在核桃師兄旁邊，對周圍其他人都不理不睬的樣子。齊大大則跳到裴亮那裡，估計在告狀。

又一個告狀精。鄭歎心裡不屑。

「這是昆明犬吧？看起來像是服過役的。」二毛雙眼放光看著黑金，說道。

男人，大多數還是更願意養狗，就像當初鄭歎第一次見到核桃師兄的時候，他就說過「寧願養狗也不養貓」的話。

「對。」聽到二毛的話，核桃師兄很得意，「黑金是因為傷病原因提前退役的軍犬，一個朋友連隊裡的。狗在那邊，雖然比不上人的地位，但怎麼說也是名戰士不是？人家都說了，一個蘿蔔一個坑，牠也算是軍備裡的武器，你想要還不一定要得著呢。我費老大功夫才將牠弄了過來，過來後還得磨合。好在一切順利，前兩天還幫我抓了個毒販，老當益壯啊這狗！不過，我不敢把他帶局裡去，這類狗一般不隨便咬人，真要咬起來比狼還狠。」

「不聲不響就養了，那天在飯店大家吹自家寵物的時候，也沒聽核桃師兄你說半句關於狗的話。不過話說回來，你們那裡不是還有警犬嗎？想養狗不至於等到現在。」二毛問。

「這不看對眼了嘛！而且帶回來後，花了一段時間才讓牠適應這裡，這要換個性子烈的，我壓根請不回來。黑金可能耐了，出去能幫忙抓捕，在家能防小偷，下雨了還幫忙收鞋呢！聽我那朋友說，在連隊的時候，黑金經常被那些人指使著去偷人家的鞋，就等著緊急集合的時候出醜，有次還偷到他們連長那裡了。」

趴地上的黑金支著的耳朵時不時動兩下，注意著周圍，偶爾聽到幾個熟悉的字眼還抬眼看看核桃師兄那邊。在核桃師兄說到那個當兵的朋友以及那個連隊事情的時候，趴在地上的黑金發出嗚嗚的像哀鳴似的聲音。

核桃師兄俯身摸了摸黑金的頭，「想他們了是吧？」

鄭歎突然感覺這氣氛變得憂傷了，連齊大大也沒動作，睜大眼睛不知道在想什麼。

「哎，二毛，給你看看前段時間齊大大拍戲的照片。」裴亮出聲打破這種悲傷的氣氛，「瞧，還有個當紅女明星，我還有親筆簽名……到時候能賣不少錢。」

鄭歎：「……」敢情這撈簽名就是為了去賣錢的？

「這些照片到時候去參加節目還能多秀秀，增加人氣。」裴亮將這些照片寶貝著，專門買了幾本相冊放這類照片，到時候拿過去撐場面。

「拍古裝劇，還穿戲服呢！裴師兄你這麼把人家的照片拿出來秀，到時候不怕被追究嗎？」二毛指了指相冊上的照片。

「沒事，我徵得同意了，他們樂意著呢！這也是一種宣傳，能提高他們的關注度。」顯然裴亮不是第一次遇到這種事情，應對熟練，很多方面都考慮到了。

在二毛看照片時，裴亮拿出數位相機，對鄭歎道：「來，三個小夥伴，拍個照紀念一下。」

「拍照可以，但到時候別把這照片流出去。」核桃師兄道。

「知道，我心裡有數。」裴亮擺擺手，然後示意鄭歎過去，「黑金、黑碳，都是『黑』家的，緣分啊！」

「說不定這兩隻什麼時候還能合作一把呢，畢竟都有破案經歷。」核桃師兄在旁邊開玩笑似的說道。

要拍照，鄭歎看看搔首弄姿的齊大大，再看看被叫過來乖乖蹲在那裡一副正在執行任務似的樣子的黑金，鄭歎想了想，跳到一張小椅子上。個矮了就得站得高一點，要不然齊大大和黑金一過來，就顯得他相當瘦小。

齊大大不敢挨著鄭歎站，只有讓黑金站在中間，鄭歎和齊大大分站兩邊。站中間還是站兩邊鄭歎無所謂，應付一下拍照就行了。

回家後，鄭歎再次以為不會見到那隻猴子了，可沒幾天，裘亮帶著齊大大登門拜訪。說登門拜訪，其實是二毛那邊不准他們進屋，只得來焦家坐。齊大大一進二毛那裡的門，黑米就開始吼，所以二毛也不管其他了，自家貓要緊，猴子嘛，還是站在門外去。

二毛心疼自家貓，裘亮更心疼自家猴子，在二毛那裡坐了會兒就跟二毛商量了，由二毛帶上樓拜訪。畢竟，焦媽並不認識裘亮。

今天是週六，這個時間小柚子和焦遠都在房間裡面做作業，聽到有客人來也沒準備理會，但一聽有猴子，立刻甩下筆就奔客廳。

齊大大今天穿著一件薄料子的風衣，剛才牠戴著帽子。

「剛才沒仔細看，還以為是個小朋友呢！」焦媽聽了二毛介紹之後，熱情招待了裘亮和齊大大，「可惜家裡沒有香蕉，吃的東西也沒剩多少了。」

「不用那麼麻煩，給牠一杯水就行了。」裘亮趕緊止住準備出門買東西的焦媽。

焦媽還是洗了一些水果拿出來，還有小零食。裘亮選擇性的讓齊大大吃一點，亂吃容易壞肚子，畢竟這個吃貨不是人。

等齊大大跟著焦遠去他房間裡面玩玩具，客廳裡就剩幾個大人。今天裴亮過來一個是拜訪，看看養出鄭歎這隻特殊貓的家庭到底是啥樣的，第二個就是給他們那張三個小夥伴的合照，順便說些事情。

裴亮掏出菸準備抽，但是想到這屋裡一個女人、兩個孩子，又重新將菸放下來。

「沒事，抽吧。」

「不了，我要是將菸掏出來，齊大大又得浪費我一根菸。」

「喲，牠還抽菸呢。」焦媽驚訝。

「可不是……」裴亮開始抱怨，從抽菸到喝酒，現在還會打牌，「這傢伙還有自己的衣櫃，有家裡人替牠做的，也有一些劇組送的紀念服裝，齊大大臭屁著呢，牠的衣服就算破了也不准我們扔，除非牠自己嫌棄了自己扔。都快被家裡寵壞了。」

這下引發焦媽的共鳴，「我家的也是啊！都寵壞了，這脾氣啊，比人還大……」

房間裡支著耳朵聽著的鄭歎：「……」

齊大大跟孩子們相處得很好，或許是從小就跟小孩子接觸比較多的原因，不像很多貓狗，看到熊孩子就跑。現在齊大大正在欺負缸裡的兩隻小巴西龜。那小龜一伸頭出來牠就用手戳一下，再伸出來牠再戳，然後唧唧得意幾下，看起來就一副欠打樣。焦遠和小柚子在旁邊直笑。

「去京城參加節目？」

客廳裡，焦媽驚訝道。

「是啊，前兩個月就發出邀請了，為了這個，家裡人都陪著牠準備，我母親還特意買了好布料替牠做了件新的齊天大聖服，就是照著電視上舊版《西遊記》裡面孫悟空的樣子縫的，等著到時候去震撼全場。我覺得你們家這隻貓也可以過去參加，去那裡參加節目的很多動物都很聰明，還有不少上過電視、電視劇、電影什麼的，算半個明星呢。聽說妳家這隻也拍過廣告，絕對夠資格了，可以打電話報名。」

「你們當初也是這樣報名過去的？」焦媽問。

「不是。」裴亮搖搖頭，說起這事他又開始得意了，「我們家這隻是節目組親自打電話邀請的，連資格審查都不用，因為齊大大早就拍過不少片了，還跟很多明星合過影。至於這個節目邀請的起因，前幾個月有個吃猴腦的事情引發熱議，節目組的人又突然看到某部電視劇裡面有齊大大的客串，就想了這麼個主意，讓人們嘴下留情。」

「我家的也是。」焦媽道，「當初去拍公益廣告就是因為虐貓的事情，能多引發一些公眾關注。唉，現在的人吶！」

過了一會兒，鄭歎聽到焦媽的驚嘆聲往那邊看過去，便見到裴亮又將齊大大與那些明星們的合影拿出來炫耀，連小柚子和焦遠都跑過去看了。

裴亮離開的時候，還留了電話號碼和自家店的地址，到時候焦家人要是去那邊旅遊，提前說一聲，他們會預留一間房，管吃管喝還包導遊，那裡可是齊大大的地盤。

齊大大參加的那期節目播放時間恰好也在週六，一般是晚上八點多鐘，以往這時候都是焦媽在看電視劇，這天例外，焦家三人連帶鄭歎都集中在電視機前。

節目是早已拍攝好的，裴亮已經帶著齊大大回到家，不過首次播放就在這晚。

上臺的時候，齊大大一身齊天大聖服，頭上還插著兩根仿野雞翎子的東西，看著和電視上《西遊記》裡齊天大聖的那套裝扮有七、八成像。一上來就拿著根「金箍棒」舞著，耍棍翻觔斗，引來觀眾席掌聲和叫好聲一片。

表演完了還來個鞠躬，顯示牠不僅有才，還有禮。

鄭歎不得不感嘆，果然是演過戲的，跟主持人互動的時候，總能將鏡頭前觀眾的注意力從俏麗的主持人身上挪到牠那裡。

就如那主持人所說的，這就是個「猴精」。

接下來還有其他才藝表演，簡單的算術是很多寵物來參加節目的時候都表演過的，但裴亮沒準備讓牠展示這個。

「這上場能舞槍弄棒，在家還能幫著燒火做飯，太全能了！不過，我還是得多問一句，齊大大還有其他的才藝展示嗎？」主持人一副什麼都不知道的樣子問裴亮。

裴亮作勢想了想：「那就來段有感情的朗讀吧。」

現場和電視機前的觀眾都好奇，這猴子怎麼有感情的去朗誦詩詞？

沒等多久，終於知道了。

齊大大面對觀眾，在牠的後面，背景螢幕上顯示著：「鵝，鵝，鵝，曲項向天歌。白毛浮綠水，紅掌撥清波。」

裴亮讀了一遍。

隨即，齊大大跟著讀：「唧，唧，唧，唧唧唧唧唧。唧唧唧唧唧，唧唧唧唧唧。」

除了這首詩之外，裴亮又讀了幾句詩詞，齊大大跟著「唧」。

雖然大家都聽不懂，但是齊大大斷句卻有模有樣，節拍、還有語調語勢變化等，都做得很不錯，惹得現場觀眾們直樂。

焦遠看著電視節目，往嘴裡扔了一塊巧克力，說道：「我覺得黑碳也可以過去『喵』幾句詩詞，肯定比齊大大做得好！」

小柚子贊同的點頭。

鄭歎：「……」打死也不去！

節目搞笑過後，便開始煽情了。裴亮那演技也不是蓋的，雖然講述的大部分都是真實事件，但也需要經過一些渲染才能讓人們感觸更深，讓人們理解那種責任感，很多時候對待寵物就像對待家裡的另一個孩子一般，或許很多人不能理解，但有相同經歷的人都連連點頭。

現場主持人還聯絡了裴亮家裡，是裴亮老母親接的電話。

老太太接到電話，聽主持人說明後第一句就是：「齊大大，我是奶奶！」

主持人在旁邊笑，小聲道：「裴亮都被排後面了。」

現場觀眾也跟著樂。

聽到聲音，齊大大往周圍找了找，沒找到人，裴亮把話筒遞給牠：「來，跟奶奶說幾句。」

齊大大搶過電話，在那裡唧唧啊啊，別人也聽不懂牠在說什麼，但看上去這隻猴子情緒相當激動，眼睛都濕潤了。

「拍完節目早點回來，路上小心。」通話結束前，裴亮老母親說了一句作為結尾。

通完話，齊大大跳到裴亮懷裡，裴亮像安慰孩子似的拍拍牠的背，「想家了吧？我們拍完節目就直接回家。」

之後沒多少裴亮和齊大大的事情了，節目快到尾聲，主題得放上來。背景螢幕上是一些被關在籠子裡的猴子照片，還有牠們眼裡的不安和驚恐眼神。這就是那段日子討論比較熱門的吃猴腦事件。

焦媽在那裡感慨這些屢禁不止的食用野生保育動物問題，而鄭歎則在想：果然，有個好靠山，比什麼都可靠！

鄭歎打開貓跳臺上隱祕的抽屜中的其中一格，這一格是鄭歎專門清理出來放名片一類東西的。以前沒往名片這方面想，畢竟一般人誰會給一隻貓名片？

但是現在認識的人多了，總有那麼些人比較特殊，想法非一般。

就比如之前衛稜婚禮那天在二毛幾個師兄弟的那個房間裡，鄭歎就收了很多名片，當時是二毛幫忙收著，後來回社區才給鄭歎。

有名片的給名片，沒名片的裁了張與名片差不多大小的紙寫了些通訊地址等，比如二毛他師父就是這樣，讓鄭歎以後有時間去他那邊玩玩，順便還可以認識「大山」。不知道這紙是給鄭歎的，還是給鄭歎身後的焦家人，後者的可能性更大一些。在這些人看來，一隻貓能看懂啥，能收名片就很能耐了。

裴亮的名片挺職業的，做得精緻些，常在外走動，接觸的人多，講究一些。裴亮也讓鄭歎有時間跟著焦家的人去那邊旅遊觀光，遊山玩水。

鄭歎倒是真想出去遊山玩水，可現在他這副貓樣子，是不可能獨自行動的。焦家三人也走不開，就算放假，焦媽也不敢將兩個孩子帶遠，想要出遠門遊山玩水看風景，只能等焦爸回來。

鄭歎算算日子，從焦爸離開，才過去半年，還有得等。

衛稜現在結婚了，有了老婆，最近忙著造人，戒菸戒酒，也不去夜樓了，規矩得很。而二毛倒是經常出去，和秦濤他們一起不知道跑哪裡逍遙快活。仔細算來，充當鄭歎外出玩樂「交通工具」兼司機的也就這兩人，現在這兩人都各忙各事，鄭歎想出去玩玩都不可能。

至於方邵康，現在又忙得不見人，家大業大，鄭歎不指望他。

看了看名片之後，鄭歎心裡嘆氣，重新將抽屜鎖好、將鑰匙藏起來，伸了個懶腰之後，決定出去走走。

《回到過去變成貓06神偷怪貓出沒中！》完

敬請期待更精采的《回到過去變成貓07》

羊角系列023

# 回到過去變成貓 06

## 神偷怪貓出沒中！

出版者■典藏閣
作　者■陳詞懶調　繪　者■PieroRabu　拉頁畫者■若風、蒼橙
授權方■上海玄霆娛樂信息科技有限公司（起點中文網 www.qidian.com）
總編輯■歐綾纖
製作團隊■不思議工作室
郵撥帳號■50017206 采舍國際有限公司（郵撥購買，請另付一成郵資）
台灣出版中心■新北市中和區中山路2段366巷10號10樓
電　話■(02)2248-7896　傳　真■(02)2248-7758
物流中心■新北市中和區中山路2段366巷10號3樓
電　話■(02)8245-8786　傳　真■(02)8245-8718
ISBN■978-986-271-700-4
出版日期■2016年6月
全球華文國際市場總代理／采舍國際
地　址■新北市中和區中山路2段366巷10號3樓
電　話■(02)8245-8786　傳　真■(02)8245-8718
新絲路網路書店
地　址■新北市中和區中山路2段366巷10號10樓
網　址■www.silkbook.com
電　話■(02)8245-9896
傳　真■(02)8245-8819

☞**您在什麼地方購買本書？**☜

1. 便利商店（________市／縣）：□7-11　□全家　□萊爾富　□其他____________
2. 網路書店：□新絲路　□博客來　□金石堂　□其他__________
3. 書店（________市／縣）：□金石堂　□蛙蛙書店　□安利美特animate　□其他____

姓名：________地址：______________________________

聯絡電話：____________　電子郵箱：____________________

您的性別：□男　□女　　您的生日：西元________年________月________日

（請務必填妥基本資料，以利贈品寄送）

您的職業：□上班族　□學生　□服務業　□軍警公教　□資訊業　□娛樂相關產業

□自由業　□其他__________

您的學歷：□高中（含高中以下）　□專科、大學　□研究所以上

☞**購買前**☜

您從何處得知本書：□逛書店　□網路廣告（網站：__________）　□親友介紹

（可複選）　□出版書訊　□銷售人員推薦　□其他________________

本書吸引您的原因：□書名很好　□封面精美　□書腰文字　□封底文字　□欣賞作家

（可複選）　□喜歡畫家　□價格合理　□題材有趣　□廣告印象深刻

□其他________________

☞**購買後**☜

您滿意的部份：□書名　□封面　□故事內容　□版面編排　□價格　□贈品

（可複選）　□其他

不滿意的部份：□書名　□封面　□故事內容　□版面編排　□價格　□贈品

（可複選）　□其他

您對本書以及典藏閣的建議________________________________________

____________________________________________________________

____________________________________________________________

未來您是否願意收到相關書訊？□是　□否

**感謝您寶貴的意見**

印刷品

$3.5
請貼
3.5元
郵票
不思議信箱
FUSIGI POST

235 新北市中和區中山路二段366巷10號10樓

# 華文網出版集團　收

（典藏閣－不思議工作室）

陳詞懶調 × PieroRabu

# 回到過去變成貓

BACK TO THE PAST
TO BECOME A CAT NO.6